ハヤカワepi文庫
〈epi 86〉

すばらしい新世界
〔新訳版〕

オルダス・ハクスリー
大森　望訳

epi

早川書房

7916

BRAVE NEW WORLD

by

Aldous Huxley

1932

ユートピアは、かつてそう信じられていたよりもはるかに、その実現可能性が高まっているように思える。われわれはいま、新たな警戒すべき問題に直面している。すなわち、ユートピアの最終的な実現をいかにして防ぐか？……ユートピアは実現可能である。生活は、ユートピアに向かって行進している。そしておそらく、新しい世紀が始まるだろう。知識階級や教養人たちが、なんとかしてユートピアを避け、それほど〝完璧〟ではなくもっと自由な非ユートピア的社会に立ち戻ろうとして、その方策を夢見る世紀が。

――ニコライ・ベルジャーエフ

すばらしい新世界〔新訳版〕

第1章

たった三十四階しかない、ずんぐりした灰色のビル。正面玄関の上には、『中央ロンドン孵化条件づけセンター』の文字と、盾《たて》のかたちのマーク。盾の中には、共生《コミュニティ》、個性《アイデンティティ》、安定《スタビリティ》という、世界国家のスローガンが記されている。

一階の大部屋は北向きだった。窓の外は夏だし、部屋自体も熱帯の暑さだというのに、雰囲気は寒々しい。ガラス越しに射し込むざらついた薄い光は、滅菌布をかぶせた人体模型か、さもなければ生白い研究者の鳥肌を貪欲に探し求めるが、見つかるものと言えば、ガラスとニッケルと冷たく光る陶器でできた実験器具だけ。冬のわびしさが冬のわびしさに応えている。作業スタッフのいでたちは、白衣に青白い死体色のゴム手袋。陽射しは凍りついて動かない亡霊だった。唯一、作業台の上に長い列をなして並ぶ顕微鏡の黄色いぴかぴかの鏡筒から多少の明るさと生命力を借りて、バター色の官能的な光のすじをつけている。

「そして、ここが受精室」孵化条件づけセンター所長がドアを開けて言った。

このとき、三百人の受精スタッフは、実験器具の上にかがみこみ、ほとんど息もしないくらいの沈黙に没入して、作業に集中していた。ときおり無意識にひとりごとをつぶやいたり、低くうなったり、小さく口笛を吹いたりする程度。所長のすぐうしろにつきしたがって、卑屈に見えるくらいおどおどした態度で大きな部屋に入ってきたのは、まだ幼い、ピンク色の肌をした青二才の一団だった。それぞれがメモ帳を手にして、偉大な所長がなにか言うたびに書きつけている。斯《し》界《かい》の権威の口からじかに教われるというのは、めったにない僥倖だ。新しい研修生が入ってくると、みずから彼らを引率して各部署をまわるのが、中央ロンドン孵化条件づけセンター所長のポリシーだった。

「とりあえずの目標は、広く全体を把握すること」所長は生徒たちに毎度そう説明する。知的労働のためには、もちろん、全体の把握が必要だ。ただし、社会の善良で幸福なメンバーになるためには、把握の程度は低いに越したことがない。なぜなら、周知のとおり、美徳と幸福に至る道は〝特殊〟であり、〝全体〟は知性にとっての必要悪にすぎないからだ。社会の屋台骨を担うのは、哲学者ではなく、木工細工職人であり、切手コレクターなのである。

「あしたになれば」所長はちょっと脅かすようなやさしい笑みを浮かべてつけ加える。「諸君も実地の仕事をはじめるから、全体にかまけている時間はなくなってしまう。しかし、それまでのあいだは……」

それまでのあいだは、この特権を享受できる。所長の口から出る言葉をそのままノートへと、少年たちは狂ったように書き殴る。

所長は、長身で痩せ気味だがまっすぐ背筋の伸びた姿で歩いてくる。顎は長く、歯は大きくてやや出っ歯だが、笑っていないときは、血色のいいふっくらした弓形の唇に隠れている。年配なのか？　それとも若いのか？　三十歳？　五十歳？　五十五歳？　外見だけでは判定がむずかしい。しかし、どのみちだれもそんな質問はしない。フォード《A》紀元《F》六三二年というこの安定の時代、相手の年齢をたずねるような人間はひとりもいないのである。

「では、初歩の初歩から説明しよう」所長がそう言うと、生徒たちはますます熱を込めて所長の言葉をノートに記録した。初歩の初歩から。所長は片手を振って、「これが孵化器」と言ってから、遮蔽ドアを開け、無数に並ぶ番号つきの試験管の列を見せた。

「こっちは今週供給された卵子。体温と同じ温度に保たれている。一方、精子のほうは」と別のドアを開き、「三十七度ではなく、三十五度に保つ必要がある。血液と同じ温度にすると生殖能力が失われるからね」去勢していない羊でも、局部を温めると繁殖しなくなる。

所長は孵化器に寄りかかったまま、現代の受精過程について手短に説明し、生徒たちがそれを読みにくい字で殴り書きする。もちろん、最初の話題は外科的処置のこと——

「この手術は、自発的な志願者に対して施される。もっとも、特別手当として給料の六カ月分が支給されることは言うまでもない」続いて、摘出した卵巣を生かしたまま成長させる技術について触れる。最適温度、塩分濃度、粘度。成熟した卵を卵巣から分離して保存する液。それから、研修生たちを作業台のそばに導き、卵の入った液を試験管から出すところを実地に見学させる。適温に温めたスライドグラスに一滴ずつ保存液を落として、卵に異常がないか顕微鏡で確認し、数を数えてから、多孔性の容器に移す。その容器は（所長はこの作業を見学できる場所へ研修生を案内した）多数の精子が自由に泳ぎまわっている温かい培養液に浸される。精子の密度は、一ミリリットルあたり最低でも十万に及ぶ、と所長は力を込めて言った。十分後、卵を入れた容器を精子培養液から引き上げ、ふたたび検査する。未受精卵があれば、ふたたび精子培養液に浸し、必要ならさらに同じ過程をくりかえす。受精した卵は孵化器に戻され、アルファとベータは瓶詰めまでそこに残される。しかし、ガンマ、デルタ、イプシロンは、わずか三十六時間で孵化器から取り出され、ボカノフスキー処置される。

「ボカノフスキー処置される」所長がもう一度くりかえすと、生徒たちはその言葉に下線を引いた。

一個の受精卵がひとりの胎児になり、ひとりの成人になる――これがノーマルな成長過程。しかし、ボカノフスキー処置された受精卵は、芽吹き、増殖し、分裂する。一個の受精卵が八個から九十六個の新芽に分かれ、それぞれが完全な胎児になり、それぞれの胎児が一人前の人間に成長する。前は一個からひとりしか生まれなかったのに対して、いまは九十六人生まれる。すばらしき進歩。

「ボカノフスキー処置とは、すなわち、一連の成長阻害処置にほかならない」と所長が結論を述べた。「逆説めいた話だが、成長を邪魔すると、卵は分芽《ぶんが》して対応する」

分芽して対応する。鉛筆がせわしなくメモする。

所長は指をさした。のろのろ動くベルトコンベアの上に、試験管がびっしり立つラックがひとつ。大きな金属製の囲いにそれがゆっくり入っていくのと同時に、囲いの反対側から別のラックが出てくる。機械はかすかに低くうなっている。ラックが囲いの中を通過するのにかかる時間は八分間だと所長が解説する。囲いの中では、強いX線が照射される。卵がX線に耐えられる限界が八分間。一部の卵は死ぬが、大多数は生き残る。残った卵のうち、もっとも影響を受けにくい部類に属するものは、二つに分芽する。大半は四つに分裂し、八つになるものもある。こうした卵を孵化器に戻すと、それぞれ成長しはじめる。二日後、孵化器を急激に冷却し、それによって成長を抑制する。すると、それぞれの分芽が、二つ、四つ、または八つに分芽する。そうやって分芽したものを限界ぎりぎりまでアルコールに浸すと、その結果、卵はまた分裂し——分芽から出た分芽からまた分芽する——そこから先は自然の生育にまかせる。これ以上成長を阻害すると、死んでしまう場合が多いからだ。この段階まで来ると、たいていの場合、もとの卵一個が、八人ないし九十六人の胎児に育ちはじめている——自然状態にくらべると、まさに驚くべき進歩。古き胎生時代にも、ときおり、卵が偶然に分裂することで、一卵性の双子や三つ子が生まれたが、これはそんなけちくさい話ではない。一度に数十人という規模で、一卵性多胎児が誕生する。

「数十人」所長はそうくりかえしながら、気前よくプレゼントをばらまくような仕草で両腕を広げる。「数十人」

ところが、愚かな生徒のひとりが、それのどこに利点があるんですかと質問した。

「やれやれ！」所長はさっとその生徒のほうに目を向けた。「どこに利点があるかわからない？　わからないと？」所長は片手を上げた。厳粛そのものの表情。「ボカノフスキー処置は、社会の安定を保つ主要な手段のひとつだ！」

社会の安定を保つ主要な手段。

同一の型から生まれた標準的な男女。ボカノフスキー処置された卵一個が生み出す労働力で、小規模な工場ひとつをまるごと稼働させられる。

「九十六人のまったく同じ多胎児が、九十六台のまったく同じ機械を操作する！」熱が入りすぎて、声が震えそうになっている。「その結果は、きみにもわかるだろう。人類史上はじめての快挙」所長はここで、世界国家の標語を唱えた。「共生《コミュニティ》、個性《アイデンティティ》、安定《スタビリティ》」偉大な言葉。「ボカノフスキー化を無限に推し進めることができれば、あらゆる問題が解決する」

標準的なガンマ、不変的なデルタ、画一的なイプシロンが解決する。数百万人の一卵性多胎児。大量生産の原理がとうとう生物学に適用される。

「しかし、悲しいかな」所長は首を振った。「ボカノフスキー化を無限に進めることはできない」

どうやら、受精卵一個からできる人間は九十六人が限界らしい。よく見積もって平均は七十二人。したがって、最善の策は(正確には次善の策だが)、一個の卵巣とひとりの男性の精子を使って、できるだけ多くの一卵性多胎児をつくること。しかし、この方法さえも困難がつきまとう。

「というのも、自然状態では、ひとつの卵巣が二百個の卵を成熟させるのに三十年を要するからだ。しかるに、われわれの責務は、いまこの時点で、ただちに人口を安定させることにある。四半世紀かけて多胎児をちょぼちょぼ生み出したとして――そんなことがなんの役に立つ?」

明らかに、なんの役にも立たない。ところが、ポッドスナップ技術の開発によって卵の成熟速度が飛躍的に高まり、卵巣一個から二年間に少なくとも百五十個の成熟した卵を確実に採取できるようになった。それらを受精させてボカノフスキー処置すれば――つまり、七十二倍すれば――百五十組の一卵性多胎児は、平均しておよそ一万一千人の兄弟姉妹となる。きょうだい間の年齢差は二歳以内。

「しかも、例外的なケースでは、ひとつの卵巣から一万五千人以上が生み出せる」

所長は、たまたま通りかかった金髪で血色のいい若者を手招きした。「フォスターくん!」と呼びかけると、血色のいい若者がこちらにやってきた。「卵巣一個の最高記録を教えてくれないか、フォスターくん」

「当センターでは、一万六千とび十二人です」フォスターくんは即答した。たいそう早ロで、青い目は生き生きと輝き、そらで数字を言うのが楽しくてしかたないという表情だ。「一卵性多胎児が百八十九組、計一万六千十二人。もちろん、熱帯地方のセンターではそれ以上の記録が出ています」とまくしたてる。「シンガポールでは、一万六千五百人を超えることも珍しくありませんし、ケニアのモンバサでは一万七千の大台に乗りました。もっとも、彼らの場合は特有のアドバンテージがありますから、フェアな勝負とは言えません。ご承知のとおり、黒人の卵は下垂体ホルモンに敏感に反応しますから！　ふだんヨーロッパ人の卵を扱っている人間にとっては驚きですよ。それでも」とフォスターくんは笑って（目に闘争心の光を宿し、挑戦的に顎を突き出して）つけ加えた。「いつかかならず勝つつもりでいますよ。いまも、デルタマイナスのすばらしい卵巣で作業中です。まだ十八カ月ですが、すでに一万二千七百人の子どもが生まれ、一部はすでに出瓶《デカント》されています。数字はいまも堅調に推移しています。きっと勝ってみせますよ」

「その意気だ！」所長はそう叫んでフォスターくんの肩を叩いた。「いっしょに来て、彼らにきみの専門知識を伝授してやってくれ」

フォスターくんは慎しみ深い笑みを浮かべた。「喜んで」一行はまた歩き出した。

瓶詰め室《ボトリング・ルーム》は、調和のとれた喧騒と秩序ある活気に満ちていた。適当な大きさにカットされた雌豚の新鮮な腹膜が、地下の臓器貯蔵庫《オーガン・ストア》から小型昇降機で届く。ビューン、ガチャッ！　扉が開くと、内張り係が片手を伸ばして腹膜をとり、瓶に入れ、しわを伸ばす。内張り作業を終えた瓶が、無限に続くベルトコンベアに並んだ他の瓶といっしょに遠ざかってゆく前に、ビューン、ガチャッ！　次の腹膜が地下から届き、ゆっくり動いてゆく果てしないベルトの次の瓶にさしこまれる。

内張り係の横に立つのは卵投入係。瓶の列が進むにつれ、試験管に入っていた卵が一個ずつ瓶に移されてゆく。卵投入係は、瓶の内張りの腹膜にてきぱきと切れ目を入れ、桑実胚《そうじつはい》段階の卵を所定の位置に流し込んでから、瓶に生理食塩水を注ぐ……と、瓶はすでに卵投入係の前を通過して、ラベル貼付係の前に来ている。遺伝形質、受精日、所属するボカノフスキー集団などのデータが試験管から瓶に転記される。もはや無名の卵ではなく、名前と身元を持つ瓶の列はゆっくり行進を続け、壁の開口部を抜けて、社会階級決定室に入っていく。

「索引カードの総量は、体積にして八十八立方メートル分になります」一行が部屋に入ると、フォスターくんが快活に言った。

「関連情報すべてが収められている」と所長がつけ足した。

「毎朝、最新の状態に更新されます」

「そして、毎日午後に統合される」

「そのデータをもとに、ここで計算が行われるんです」

「これこれの特質を持った人間を」

「これこれの数だけ配分する、というふうに」とフォスターくんが言う。「出瓶率《デカント》はつねに最適に保たれています」

「予期せざる損耗は、すみやかに補塡される」

「すみやかに」とフォスターくんがくりかえした。「こないだの日本の大震災で、どんなに残業させられたことか！」そう言って、上機嫌で笑いながら首を振った。

「社会階級決定係が数字を受精係に伝える」

「受精係は、求められた数の胎児を社会階級決定係に提供します」

「すると、瓶がここに運ばれてきて、社会階級が細かく決定される」

「その後、胎児保育室《エンブリオ・ストア》に送られます」

「では、われわれもそこへ行くとしよう」

フォスターくんがドアを開け、地下一階へ続く階段を先頭に立って下りはじめた。

温度はなおも熱帯のようだった。一行は、しだいに濃くなる薄闇の中へ降りていく。

途中、ドアが二カ所あり、通路が二度折れ曲がるおかげで、日光が地下に射し込む可能性はゼロだった。

「胎児は、現像前のフィルムといっしょで」二つめのドアを押し開けながら、フォスターくんがおどけた調子で言った。「あてもいい光は、赤い光だけなんですよ」

実際、生徒たちが入っていく蒸し暑い闇は、夏の午後に目を閉じたときのような赤い色に見えた。はるか向こうまで何列も何段も続く瓶は、ふくらんだ腹にルビー色の光を反射している。そのルビー色のあいだで動く男女のぼんやりした赤い亡霊は、紫色の目と、狼瘡《ろうそう》患者のような顔色をしている。機械のノイズがかすかに空気を乱している。

「みんなにいくつか数字を教えてやってくれ、フォスターくん」しゃべり疲れた所長が言った。

フォスターくんは、大喜びでさっそく数字を並べはじめた。

長さ二百二十メートル、幅二百メートル、高さ十メートル。フォスターくんが上を指さすと、生徒たちは、ひよこが水を飲み下すときみたいに、大きく首をそらして高い天井を見上げる。

ラックは三階分の高さに積み重なっていた。二階と三階は回廊になっている。

回廊をかたちづくる蜘蛛の脚のような鉄骨は四方八方に伸び、その先は闇の中に消えている。研修生一行のそばでは、三体の赤い亡霊が、昇降機から忙しく瓶を下ろしている。

社会階級決定室から降りてくる昇降機だ。

それぞれの瓶は、十五あるラックのどれに置いてもかまわない。目で見ても判別できないが、それぞれのラックは、時速三十三と三分の一センチで動くコンベアになっている。一日に八メートル進み、全行程は二百六十七日を要する。距離にして、二千百三十六メートル。一階部分と二階部分をそれぞれ一巡したあと、三階部分を半周し、二百六十七日目の朝、出瓶室《デカント・ルーム》ではじめて日の光を浴びる。晴れて独立した人間になるわけだ。

「しかし、それまでのあいだ、僕たちが、ずいぶんいろんな世話をするんです」と、フォスターくんが話を締めくくった。「そりゃもう、いろんなことをね」訳知り顔で、勝ち誇ったような笑い声を響かせる。

「その意気だ」と所長がもう一度言った。「さあ、ひとまわりしよう。なにもかもぜんぶ話してやってくれ、フォスターくん」

フォスターくんは順序立てて解説した。

腹膜のベッドの上で成長する胎児の話からはじめて、胎児に与える栄養豊富な人工血液を生徒たちに舐めさせ、胎児をプラセンチンとチロキシンで刺激しなければならない理由を説明した。黄体エキスについて語り、M《メートル》０地点からM２０４０地点まで、十二メートルごとに黄体エキスを自動注入するジェット噴射口を見せた。全行程の最後の九十六メートルのあいだに少しずつ増量しながら投与される脳下垂体製剤のことや、Ｍ１１２地点で瓶に装着される人工母体血液循環装置のことを話し、人工血液の貯蔵タンクと、人工血液を腹膜に循環させて人工肺と老廃物除去装置を通過させる真空ポンプを見せた。厄介なことに、胎児は貧血になりやすいため、豚の胃や馬の胎児の肝臓から抽出したエキスを大量に投与する必要があることにも触れた。

六メートル進むごとに、そこから二メートルのあいだは、胎児を揺さぶって刺激を与え、運動に慣れさせる。そのために設置されている簡単な機械を見学させた。いわゆる〝出瓶時心的外傷〟が重大な問題となることをほのめかし、瓶詰め胎児に適切な訓練を課すことで、この危険な衝撃を最小限にすべく講じられるさまざまな予防措置を数え上げる。Ｍ２００地点付近で行なわれる性別検査について話し、分別システムについて解説する——男子はT、女子は○印、不妊個体《フリーマーチン》となる女性は白地に黒の疑問符。

「というのは、もちろん」とフォスターくんが言う。「受精能力はたんに厄介なだけというケースが圧倒的多数だからです。目的を達するには、受精能力を持つ卵は千二百個に一個あれば足りる。とはいえ、じゅうぶんな数の選択肢はほしい。それにもちろん、安定的な供給のために、つねにたっぷりゆとりをとっておく必要があります。そこでわれわれは、女性胎児のうち、じつに三十パーセントにまで、正常な発育を許しています。他の胎児に関しては、残る全行程で、二十四メートルごとに男性の性ホルモンが投与されます。その結果、それらの胎児は、フリーマーチンとして出瓶します――身体構造上はまったく正常ですが」（ただし、ひげが生えやすい傾向がごくわずかにあると、フォスターくんはしぶしぶ認めた）「妊娠はしません。保証つきの不妊です。これによって、僕たちはついに、自然を隷属的に模倣する世界を卒業して、人間がゼロからすべてをつくりだす、はるかに興味深い世界に足を踏み入れたのです」

フォスターくんは両手をこすり合わせた。というのも、彼らはもちろん、胎児を世に出すだけでは満足していないからだ。そんなことなら、牛にだってできる。

「ここでは、社会階級の決定と条件づけも行います。赤ん坊を社会化された人間として出瓶《デカント》させるんです。アルファか、イプシロンか。あるいは、将来の下水道係か、将来の……」世界統制官と言いかけて口をつぐみ、「将来の孵化条件づけセンター所長か」と言い直した。

所長はにっこり笑って追従を受け入れた。

一行は11番ラックのM３２０地点に来た。ベータマイナスの若い機械工がドライバーとスパナを操り、通過していく瓶の人工血液ポンプをせわしなく調整していた。彼がナットを回すと、電動モーターのハム音がほんの少しだけ低くなる。低く。もうちょっとだけ低く。最後にもうひと回ししてから、積算回転計に目をやる。調整終了。機械工はラインの二歩先へと進み、次のポンプを同じように調整しはじめた。

「一分あたりの回転数を減らしています」フォスターくんが説明した。「これで人工血液の循環速度が遅くなり、肺を通過するまでの間隔が長くなります。それによって、胎児に供給される酸素量が減少するわけです。胎児を標準以下にしておくには酸素不足が一番なんです」と言って、また両手をこすり合わせる。

「でも、どうして胎児を標準以下にしとくんですか?」と純朴な生徒がたずねた。

「莫迦《ばか》かきみは!」所長が長い沈黙を破った。「イプシロンの胎児には、イプシロン用の遺伝形質だけでなく、イプシロン用の環境も必要に決まっているだろう!」

そんな可能性は考えもしなかったらしく、質問した生徒はうろたえた表情になった。

「胎児の社会的階級が低ければ低いほど」とフォスターくんが言う。「与える酸素量を減らします」酸素不足の影響が最初にあらわれるのは大脳で、その次は骨。酸素量を正常値の七十パーセントまで制限すると、低身長症になる。さらに減らすと、目のない化け物になる。

「そうなったら使いものになりません」とフォスターくんが締めくくった。

しかし（内緒話をするような、熱のこもった口調で）、もし成熟までの期間を短縮する方法が見つかったとしたら、なんと大きな勝利、なんと大きな社会貢献になることでしょう！

「たとえば、馬のことを考えてみてください」

生徒たちは馬のことを考えた。

馬は六歳で成熟する。象なら十歳。ところが人間の場合は、十三歳でも性的にはまだ未熟で、二十歳になってやっと完全に成熟する。もちろん、そのおかげで、発達の遅れが実らせる果実とも言うべき知性を獲得できるのだが。

「しかし、イプシロンには」フォスターくんは当然のことのように言った。「知性など必要ありません」

必要ないし、それを獲得することもない。しかし、イプシロンの精神が十歳で成熟するのに対して、肉体が労働に適するのは十八歳になってから。無駄になる余分な未成熟期間が長すぎる。この発育期間を、たとえば牛と同程度にまで短縮できたとしたら、社会にとって、どんなに大きな節約になることでしょう！

「節約になることでしょう！」と生徒たちがつぶやいた。フォスターくんの熱が伝染している。

フォスターくんは、それにつづいて、いくらか専門的な話をはじめた。人間の成長が、他の動物にくらべて遅いのは、ホルモン分泌に異常があるためで、その原因は、胚細胞の突然変異にあると思われる。この突然変異の影響を打ち消すことはできないか。なんらかの処置によって、イプシロン胎児の成長速度を、犬や牛のような正常なスピードに戻すことはできないか。それが課題だった。そしてこの課題は、ほとんど解決しかけていた。

モンバサのピルキントンが、四歳で性的に成熟し、六歳半で成長が完了する人間を生み出したのである。しかしそれは、科学的には大きな勝利だとしても、社会的には無益だった。六歳の人間は、知能が低すぎて、イプシロン向けの仕事さえおぼつかないからだ。しかも、ピルキントンが開発したプロセスは、1か0かだった。六歳半で成人するか、それともまったくなんの変化もないか。研究者たちは、二十歳と六歳のあいだで成人年齢の理想的な妥協点を見つけようとしていますが、まだ成功していません。フォスターくんはそう言ってため息をつき、やれやれと首を振った。

一行は真紅の薄闇を歩きつづけ、9番ラックのM170地点付近に来た。ここから先、9番ラックには覆いがかぶさり、瓶は残りの行程、一種のトンネルの中を進むことになる。もっともこのトンネルには、途中、ところどころ、長さ二、三メートルにわたる切れ目が開いている。

「熱による条件づけをほどこすためです」とフォスターくんが言った。トンネルは熱い部分と冷たい部分が交互に来る。冷たい部分には強いX線が照射され、それによって冷たさと不快感が恒常的に結びつく。そのため、この条件づけを受けた胎児は、出瓶後、寒さを恐れるようになる。こうした胎児は熱帯に送られて、鉱山や合成繊維工場や製鉄所で働くことが決まっている。その後、彼らの精神も、肉体に付与されたこの傾向に合致するよう調整される。「熱帯ですくすく育つように条件づけしてやるんです」とフォスターくんは説明した。「暑さを好きになるように、上の階の同僚が教育します」

「そしてそれこそが、幸福と美徳の秘訣なんだよ」と、所長がもったいぶって口をはさんだ。「すなわち、置かれた場所を好きになること。条件づけがめざすのは、つまるところそれだけだと言ってもいい。人間だれもが、逃れられないみずからの社会的運命を気に入るようにしてやること」

二つのトンネルの間の切れ目で、ひとりのナースが細長い注射器を手にして立ち、通過する瓶のゼラチン状の中身にていねいに注射していた。研修生と引率者たちは、しばらく黙ってその作業を観察した。

「やあ、レーニナ」ナースがようやく注射器を抜いて背すじを伸ばしたとき、フォスターくんが声をかけた。

若いナースはびくっとしてふりかえった。狼瘡患者のような赤い顔と紫色の目をしているが、それでもやはり、なみはずれた美貌の持ち主であることはわかる。

「まあ、ヘンリー！」レーニナは赤い笑みを一瞬ひらめかせ、口もとに真珠の歯がこぼれた。

「いつもながらかわいいね」とつぶやいて、所長がぽんぽん尻を叩くと、レーニナはやや儀礼的な笑みを返した。

「なんの注射ですか？」あらたまった口調で、フォスターくんがたずねた。

「ええと、いつものチフスと眠り病です」とレーニナ。

「熱帯地方の労働者となる予定の胎児は、M150地点で最初の予防接種を受けるんです」とフォスターくんは生徒たちに説明した。「この段階の胎児には、まだ鰓《えら》が残っています。将来かかるかもしれない人間の病気に備えて、魚に予防接種するわけですね」それからレーニナのほうを向き、「じゃあ、いつものように、五時十分前に屋上で」

「かわいい。ほんとにかわいいね」所長は最後にもう一度レーニナの尻を軽く叩き、一行のあとについて歩きだした。

10番ラックでは、次世代の化学工場労働者となる予定の胎児たちが、鉛、苛性ソーダ、タール、塩素の耐性をつける訓練を受けていた。ロケット飛行機のエンジニアになる二百五十人の胎児のうち最初の一団は、3番ラックのM1100地点を通過しつつある。「バランス感覚を向上させるためです」とフォスターくんが解説する。「飛行中に機外に出て修理するのはやっかいですから。瓶が直立しているときは人工血液の供給を減らして、半ば飢えさせる。逆さまのときは供給を倍にする。これで、逆立ち状態と幸福感が結びつき、逆立ちしているときだけ本当のしあわせを感じるようになるというわけです」

フォスターくんはさらに話を続けた。「さて今度は、アルファプラス知識階級向けの非常に興味深い条件づけを見てもらいましょう。5番ラックに大きな一団が来ています。おっと、二階の回廊ですよ」と階段を降りかけた二人の生徒に声をかけた。「現在は、M900あたり」と説明する。「胎児にしっぽがなくなるまで、実用的な意味で役に立つ条件づけはできませんから。さあ、こちらへ」

しかし、所長は腕時計に目をやって言った。「三時十分前か。あいにく、知識階級の胎児を見学する時間はなさそうだ。子どもたちの昼寝の時間が終わる前に、上の育児室へ行かなくては」

フォスターくんはがっかりした顔になり、「せめて、出瓶室をひとめ見るだけでも」と懇願した。

所長は鷹揚な笑みを浮かべ、「まあ、ひとめ見るだけならいいだろう」

第2章

フォスターくんを出瓶室に残し、所長と研修生たちは最寄りのエレベーターに乗り込み、五階に上がった。

案内板には、『幼児保育室／ネオ・パヴロフ式条件反射教育室』とある。

所長がドアを開けた。がらんとした広い部屋で、陽光にあふれている。南側の壁一面は大きな一枚窓。衛生のため白い帽子に髪を包み、白い合成リネンの上着とズボンがセットになった制服を着た六人の保育士が、床にいくつも水盤を並べている。長い列をなした大きな水盤には、それぞれ薔薇の花がぎっしり生けられていた。開ききった数千枚の花弁はシルクのようになめらかで、無数の小天使が頬を並べているかのようだった。もっとも、まばゆい光を浴びた花びらの中には、ピンクの頬のアーリア人種だけでなく、明白に中国系だったりメキシコ系だったりの子もいれば、天上のラッパを吹きすぎて脳の血管が切れそうなほど真っ赤な顔をしたのや、死人のように白い大理石色の肌のもいた。

研修生をしたがえて所長が入っていくと、保育士たちは直立不動の姿勢をとった。

「本を並べて」所長は短く命じた。

保育士たちは無言のまま命令に従った。大判の絵本には、動物や魚や鳥が明るい色で描かれている。それぞれの絵本は、水盤のあいだの所定の位置に置かれた。

「子どもたちを連れてきなさい」

六人の保育士たちは急いで部屋を出ると、一、二分でまた戻ってきた。ひとり一台ずつ、背の高い給仕用ワゴンみたいなカートを押している。ワゴンには金網の棚が四段あり、一段にひとりずつ生後八カ月の赤ん坊がのせられていた。どの赤ん坊もそっくりで(同じボカノフスキー集団に属しているのは明らかだ)、全員が(デルタ階級なので)カーキ色の服を着せられていた。

「床に下ろして」

赤ん坊たちはワゴンから下ろされた。

「じゃあ、本と花が見えるように向きを変えて」

向きが変わると、赤ん坊はたちまち静かになり、つややかな色をしたかたまりや、白いページに明るく楽しく描かれたかたちに向かって、いっせいにハイハイしはじめた。

ゴールに近づいたとき、しばらく雲間に隠れていた太陽が顔を覗かせた。その光を浴びて、薔薇の花が内なる情熱の炎でめらめら燃え上がり、絵本の輝くページに新たな深い意味が加わったように見えた。這い進む赤ん坊たちのあいだから、くうくうだあだあと興奮の声があがる。

所長は両手をこすり合わせた。「すばらしい！　タイミングぴったりの舞台効果みたいじゃないか」

ハイハイがいちばん速い赤ん坊はもうゴールに到達していた。おずおずと小さな手を伸ばし、薔薇の花をぎゅっとつかんで花弁をちぎりとったり、絵が描かれた本のページをくしゃくしゃにしたり。所長はすべての赤ん坊が楽しく遊びはじめるのを待ってから、研修生たちに「さあ、よく見て」と言うと、片手を上げて合図した。

部屋の奥でスイッチボードの脇に立っていた主任保育士が、小さなレバーを下げた。けたたましい爆発音が轟いた。それにかぶさるようにかん高いサイレンがうなりをあげ、複数の警報ベルが気の狂いそうなノイズを発する。

赤ん坊たちはびくっとして泣き出した。おびえて顔がくしゃくしゃになっている。

「さて、次は」と所長は（耳を聾《ろう》する騒音に負けじと）声を張り上げた。「弱い電気ショックでしつけをする」

所長がふたたび片手で合図をすると、主任が第二のレバーを下げた。赤ん坊たちの泣き声の調子が急に変わった。痙攣《けいれん》的なかん高い金切り声に、ほとんど気がふれたような、やけっぱちの響きが混じる。赤ん坊の小さな体が引きつり、硬直する。見えない糸で操られているみたいに手足がぴくぴく動く。

「床のあの一画は、電気が流せるようにしてある」所長が大声で説明する。「しかし、もうじゅうぶんだ」と言って、主任に合図する。

爆発音が途絶え、警報ベルがやんだ。かん高いサイレンのうなりがしだいに低くなり、やがて沈黙した。ひきつけを起こし震えていた赤ん坊たちの体から力が抜け、狂ったようにヒステリックな泣きわめきは、また最初の、ふつうにおびえて泣いている赤ん坊の声に戻った。

「花と本をもう一度」

保育士たちは指示どおりにしたが、今度は、薔薇の花が近づいただけで、あるいは、ニャンコやコッコやメエメエが描かれた色鮮やかな絵を見ただけで、赤ん坊たちは縮み上がり、泣き声が急に大きくなる。

「よく見て」所長が勝ち誇ったように言った。「ちゃんと観察しなさい」

絵本と騒音、花と電気ショック——幼児たちの心の中では、すでに、この組み合わせがひとつに結びついて、こわがる対象になっている。こうしたしつけを二百回くりかえすと、両者の結びつきは金輪際ほどけなくなる。人の合わせしもの、自然これを離すべからず、とでもいうように。

「あの赤ん坊たちは、成長過程で、本や花に対して、心理学で言う〝本能的な〟嫌悪を抱くようになる。反射的反応が条件づけによって固定化するわけだ。あの子たちは、このさき一生、本や植物にわずらわされる心配がない」所長は保育士のほうを向いて、「もういい」

泣きつづけているカーキ色の服の赤ん坊たちは、また例のワゴンにのせられて部屋から出ていった。あとには、すっぱいミルクの匂いと、ほっとする静けさが残った。

生徒のひとりが手を挙げて質問した。下層階級の人間が本を読むと、共同体の時間が無駄になる。また、読書によって反射的反応の条件づけがうっかり解けてしまう危険性もある。そこまではよくわかりますが、花のことがわかりません。なぜわざわざ、デルタが心理学的に花を受けつけないように条件づけするんですか？

所長が辛抱強く説明する。薔薇の花を見て泣き出すように赤ん坊をしつけているのは、高度な経済政策に立脚している。そう古い話でもないが、かつては（一世紀ばかり前）ガンマ、デルタはもちろん、イプシロンでさえ、自然や花を好きになるように条件づけされていた。機会があるたびに郊外へ旅行したいという願望を植えつけ、交通機関の利用を促進することが目的だった。

「彼らは交通機関を利用しなかったんですか?」と質問した生徒が訊いた。

「したとも。ずいぶん利用した」と所長が答えた。「しかし、それだけだった」

サクラソウや自然の風景には、ひとつ、大きな欠点がある。所長はそう指摘した。すなわち、無料で楽しめること。自然を愛することは、工場生産に対する需要を喚起しない。そこで、少なくとも下層階級に関しては、自然を愛する条件づけを中止した。自然を愛することは禁止しても、交通機関の利用に対する嗜好は消さない。自然が嫌いでも、田舎には積極的に通わせたい。問題は、サクラソウや美しい風景以外の、もっと経済にプラスになるような動機があるかどうかだが、やがて答えが見つかった。

「大衆には自然を嫌うよう条件づけをする」と所長は言った。「ただし、それと同時に、あらゆる野外スポーツを愛好するように条件づけする。さらに、そうした野外スポーツには高価な道具が必要だという認識を刷り込む。そうすれば、交通機関だけでなく、工業製品も消費するようになる。ゆえに、花には電気ショックというわけだ」

「はあ」生徒は感心したようにうなずき、それきり黙ってしまった。

しばし沈黙が流れた。所長がひとつ咳払いして、「むかしむかし」と語りはじめた。

「われらがフォードさまがまだ地上におわしたころ、ルーベン・ラビノヴィッチという名の少年がいた。ルーベンの親はどちらもポーランド語を話した」そこで言葉を切り、「ポーランド語がなにかは知っているかね」

「死んだ言語です」

「フランス語やドイツ語と同じような」と、別の生徒が知識をひけらかすようにつけ加えた。

「では、〝親〟とは？」と所長が質問した。

ぎこちない沈黙。数人の少年が顔を赤らめた。淫語と科学用語とを決定的に分ける、きわめて細い境界線があることを、生徒たちはまだ学んでいない。ひとりがようやく勇気を出して手を挙げた。

「人間は、そのむかし……」と言いかけて口ごもる。頬を紅潮させて、「ええと、人間は、むかし、胎生でした」

「そのとおり」所長はよしよしというようにうなずいた。

「そして、赤ん坊が出瓶されると……」

「〝生まれると〟」所長が訂正する。

「生まれると、彼らのことを親と呼んだんです――いえ、赤ん坊じゃなくて、別の人たちのことを」生徒はどぎまぎして、それ以上しゃべれなくなった。

「簡単に言えば」と所長がまとめた。「親とは〝父〟と〝母〟だ」実際は科学用語だが、猥褻《わいせつ》な響きを持つその言葉に、生徒たちは強い衝撃を受け（ガーン）所長から目をそらした。「〝父〟と〝母〟」所長は、科学について解説しているのだから一点も恥じるところはないと言わんばかりに声高にくりかえすと、椅子の背にもたれて、「たしかに不愉快な事実だよ」とむっつり言った。「しかし、歴史的事実とは、たいていの場合、不愉快なものだからね」

所長は、ルーベン少年のことに話を戻した。ある夜、ルーベン少年の部屋に置いてあるラジオを、父と母（ガーン、ガーン）がうっかり消し忘れた。

（「忘れないでほしいが、おぞましい胎生時代には、子どもはつねに、国立条件づけセンターではなく、親によって育てられていたんだよ」）

ルーベン少年が眠っているあいだに、ラジオが急に、ロンドンの放送局の電波を受信した。すると翌朝、彼のガーンとガーンが（肝のすわった一部の少年たちは顔を見合わせてにやにやした）驚いたことに、ルーベン少年は、ある老作家の長い講演を一言一句たがえず最初から最後までぜんぶ暗唱した。問題の老作家とは、かの奇才（著作が現代まで残ることを許されているごく少数の作家のひとり）、ジョージ・バーナード・ショー。信憑性が高いとされる説によれば、講演のテーマは、ショー自身の天才性だったという。暗唱を終えたルーベン少年が目をぱちくりさせて照れ笑いしていたことからもわかるとおり、講演の中身は彼自身にとってまったく理解不能だった。子どもの頭がおかしくなったのではないかと心配した親は、医者を呼んだ。さいわい、英語がわかる医師だったので、少年の暗唱が昨夜ラジオで放送されたショーの講演であることに気づき、この出来事には重大な意味があると考えて、学会誌に論文を投稿した。

「こうして、ヒプノペディア、つまり睡眠学習の原理が発見されたわけだ」所長はここで、芝居がかった間をとった。

原理は発見された。しかし、実用化にはそこから長い長い歳月が必要だった。

「ルーベン少年の事件は、われらがフォードさまの初代T型フォードが市場に出てわずか二十三年後だった」（ここで所長が、自分の腹の上に指先でTの字を書いてみせたので、生徒たちも敬意を込めてその真似をした）「しかし……」

生徒たちは猛烈な速度でペンを走らせた。フォード《A》紀元《F》二一四年、睡眠学習がはじめて公式に採用される。なぜ導入がそこまで遅れたか。理由は二つ。（a）……。

「初期の実験は、そもそも方向をまちがえていた」と所長が説明する。「睡眠学習が知的教育の手段になると思っていたのだ……」

（初期の睡眠学習実験は、たとえばこんな具合。幼い男の子が体の右側を下にしてベッドに横臥《おうが》し、伸ばした右手をだらりと床に垂らしている。そばに置かれた箱の側面にある丸い格子から声が流れてくる。

「ナイル川はアフリカ大陸でいちばん長い川で、世界では二番めに長い川です。その長さは、ミシシッピ・ミズーリ川に及びませんが、一本の川としては世界でもっとも長く、緯度三十五度……」

翌朝、朝食のテーブルで、「なあ、トミー、アフリカでいちばん長い川を知っているかい？」とだれかが質問する。トミーは首を横に振る。「でも、こういうのは覚えてないかい？〝ナイル川はアフリカ大陸で……〟」

「ないるがわはあふりかたいりくでいちばんながいかわでせかいではにばんめにながいかわです」言葉がトミーの口からあふれだす。「そのながさはみししっぴみずーりがわに……」

「よし、じゃあ、アフリカでいちばん長い川は？」

少年の目はどんよりしている。「わかんない」

「ナイル川だろ、トミー」

「ないるがわはあふりかたいりくでいちばんながいかわでせかいでは……」

「じゃあ、世界一長い川は？」

トミーは「知らない」と言ってわっと泣き出した）

この号泣が初期の研究者たちの意気をくじいた、と所長は解説した。実験は中止になり、睡眠中の子どもにナイル川について教え込む試みは二度となされなかった。じつに正しい。わけもわからず丸暗記しても、学習したとは言えない。

「最初から道徳教育に的を絞っていればそれでよかったんだよ」所長は先に立ってドアのほうへと歩いていく。生徒たちは必死にノートをとりながら、所長のあとに続いてエレベーターに乗り込んだ。「道徳教育は、どんな場合も、理解を必要としないからね」

「静粛に、静粛に」十四階でエレベーターを降りると、スピーカーがそうささやいていた。「静粛に、静粛に」すべての廊下の壁に一定の間隔をおいてラッパ形の口が並び、その言葉を根気よくくりかえしている。研修生たちも所長も、自然と足音を忍ばせて歩き出した。もちろん、彼ら全員がアルファだが、よく条件づけされている。「静粛に、静粛に」十四階の空気は、歯擦音の断固たる命令に支配されていた。

忍び足で五十ヤード進むとドアがあり、所長が用心深くそのドアを開けた。中は鎧戸を下ろした薄暗い共同寝室だった。壁ぎわに簡易ベッドが八十台並び、規則正しい小さな寝息とだれかが遠くでささやくようなかすかな声がたえず聞こえてくる。

一行が部屋に入ると、ひとりの保育士が椅子から立ち上がり、所長の前で直立不動の姿勢をとった。

「午後の授業はなんだね」所長が訊いた。

「午後の一限目は〈性愛・初級〉でした」と保育士は答えた。「四十分の授業が終わって、いまは〈階級意識・初級〉です」

所長はベッドの長い列に沿ってゆっくり歩いていった。薔薇色の頬をした八十人の少年少女が安らかに眠り、おだやかな寝息をたてている。どの枕の下からもささやき声が聞こえる。所長は足を止めて、小さなベッドのひとつにかがみこみ、耳をそばだてた。

「〈階級意識・初級〉と言ったね。授業をスピーカーに出してみよう」

部屋の端の壁にラッパ形のスピーカーが据えつけられている。所長はそちらに歩いていってスイッチを入れた。

「……みんな緑色の服を着ている」やわらかだが滑舌のいい声が文章の途中から話しはじめた。「デルタの子はみんなカーキ色の服を着ている。いやだ、デルタの子とは遊びたくない。イプシロンなんてもっとひどい。頭が悪すぎて読み書きもできない。それに黒い服を着てる。黒なんて最低。わたしはベータでほんとによかった」

ややあって、別の声がしゃべりだした。

「アルファの子は灰色の服。わたしたちよりずっとたくさん勉強をする。すごく頭がいいから。わたしはベータでほんとによかった。あんなにたくさん勉強しなくて済むから。ガンマやデルタよりもずっといい。ガンマは莫迦。みんな緑色の服を着ている。デルタの子はみんなカーキ色の服を着ている。いやだ、デルタの子とは遊びたくない。イプシロンなんてもっとひどい。頭が悪すぎて読み書きもできない……」

所長がまたボタンを押してスイッチを切り、声が途切れた。八十個の枕の下から漏れる小さなささやき声だけが亡霊のように残っている。

「起きるまでにあと四、五十回、いまのがくりかえされる。そのあと、木曜と土曜にも。ひと晩に百二十回、それを週三回、三十カ月続ける。それが済んだら、さらに上級の講座に進む」

薔薇と電気ショック、デルタのカーキ色と生薬の阿魏《アサフエテイダ》のにおい——子どもが言葉を覚える前に、それぞれの組み合わせが分かちがたく結びつく。しかし、言葉を使わない条件づけは粗雑で画一的だ。細かいニュアンスが伝わらないし、複雑な行動様式をしつけられない。そのためには言葉が必要だが、理窟を抜きにした言葉でなければならない。つまり、睡眠学習。

「道徳化と社会化を推進するための、史上最高の力」

生徒たちは小さなノートにそれをメモした。権威ある人物から直接聞いた言葉を。

所長はもう一度スイッチを押した。

「……すごく頭がいいから。わたしはベータでほんとによかった。あんなにたくさん……」

水の滴りとはまた違う。たしかに水滴も硬い花崗岩に穴を穿つが、これはむしろ、封蠟の滴りに近い。溶かされた蠟は紙にくっつき、冷えて硬くなり、紙の表面でひとつの緋色の塊になる。

「やがてついに、子どもの心はこうした暗示の言葉と一体化し、暗示の総体が子どもの心になる。子どもの心だけの話ではない。大人の心も同じこと――死ぬまで変わらない。判定し、欲求し、決断する心――それは、こうした暗示から成っている。しかし、その暗示はすべて、われわれが刷り込んだものだ！」所長は勝ち誇るように叫んだ。「国家からの暗示なのだ」最寄りのテーブルをどんと叩く。「したがって……」

声が響き、所長はそちらをふりかえった。

「しまった！」と素に戻って言う。「うっかり子どもたちを起こしてしまった」

第3章

いま、外の庭では、遊び時間だった。六月のあたたかな陽射しを浴び、六、七百人の幼い男の子と女の子が、全員はだかのまま、かん高い叫び声をあげて芝生を走りまわったり、ボールで遊んだり、花咲く茂みのあいだに二、三人ずつ黙ってすわったりしている。薔薇は咲き誇り、林では二羽のナイチンゲールがさえずり、菩提樹の木立のあいだでは一羽のカッコウが調子はずれの声で鳴いている。蜜蜂の羽音と遠いヘリコプターのローター音が空気を満たし、眠けを誘う。

所長と研修生たちは、遠心式バンブル・パピー競技をしばらく見学した。二十人の子どもたちがクロム鋼の塔を囲んで輪をつくっている。投げ上げたボールが塔のてっぺんの台に載り、塔の中へ転がり込むと、高速回転している円盤の上へ落ちる。円盤の側壁にはいくつも穴が空いていて、ボールはそのどれかから外に飛び出してくる。そのボールをうまくつかまえられたら得点になる。

「考えてみると妙な話だ」生徒たちといっしょに歩き出しながら、所長が考え込むように言った。「われらがフォードさまの時代にも、たいていの球技はほとんど道具を必要としなかった。ボール一、二個と、あとは棒切れみたいなものが一、二本、それにまあ、ネットがひと張りあれば、それでプレーできた。消費の促進にまったく寄与しない、そんな高度な競技を人間にやらせておくなんて、まったく莫迦げている。まさに狂気の沙汰と言うしかない。今日《こんにち》では、新しい競技は、現行のもっとも複雑な競技と同等以上の道具を必要とすると証明されないかぎり、世界統制官たちの承認は得られない」所長はそこで言葉を切り、向こうを指さした。

「ほら、かわいいちびちゃんたちだ」

乾燥ヒースの背の高い茂みのあいだに入り江のように広がる小さな草地で、二人の子どもが遊んでいた。七歳くらいの男の子と、たぶん一歳ほど年上の女の子。新発見を目前にした科学者さながらの集中力で、たいそう真剣に、初歩的な性的遊戯に興じている。

「かわいいね。じつにかわいい！」所長は感情を込めてくりかえした。

「かわいいですね」

生徒たちは礼儀正しくうなずいたが、口もとには苦笑が浮かんでいた。こういう遊戯を卒業したばかりの彼らにしてみれば、どうしても軽蔑が先に立つ。かわいいって？

子どもがじゃれ合ってるだけだろ。子どもの遊びだよ。

「前から思っていたが」と、所長は同じ感傷的な口調で話を続けたが、大きな泣き声に邪魔された。

近くの灌木《かんぼく》の陰から、保育士に手を引かれて、小さな男の子がわんわん泣きながら出てきた。女の子が心配そうについてくる。

「どうした？」と所長がたずねた。

保育士は肩をすくめた。「なんでもないんです。あたりまえの桃色ごっこ《エロティック・プレイ》なのに、この子がひどくいやがって。前にも一、二度そういうことがあったんですが、きょうもまた。いまさっき急にわめきだして……」

「ほんとだってば」と心配顔の女の子が言う。「痛くしたりする気とかなかったもん。ほんとに」

「もちろんよ」保育士はそう言って女の子をなだめ、所長のほうに向き直った。「それで、いまから心理課の副課長のところへ連れていこうと思いまして。念のため、異常がないか検査に」

「もっともな判断だ。そうしたまえ」それから、所長は女の子に向かって、「お嬢ちゃんはここにいなさい」保育士がまだ泣きじゃくっている男の子を連れて立ち去ると、

「名前は？」とたずねた。

「ポリー・トロツキー」

「とってもいい名前だね。さあ、もう行って、いっしょに遊んでくれるほかの男の子を見つけなさい」

女の子は逃げるように駆け出して、灌木のあいだに姿を消した。

「なんとも美しい子どもじゃないか！」そう言って女の子を見送ってから、所長は生徒たちに向き直った。「いまから話すことは、きみたちにとっては、およそ信じがたいかもしれない。しかし、それを言うなら、歴史になじみがない人間にとって、過去の事実はたいてい信じがたく思えるものでね」

そう前置きしてから、所長は驚くべき事実を紹介した。われらがフォードさまの時代以前の長いあいだ――いや、フォード紀元の始まりから数世代あとまで――子どもたちの性的交遊は、アブノーマルな行為とされていた（生徒たちのあいだでどっと笑いが起きた）。アブノーマルというだけでなく、不道徳でもあり（まさか！）、したがって、厳しく禁止されていた。

生徒たちの顔に驚愕と不信の表情が浮かんだ。自分たちで楽しむことを禁じられたかわいそうな子どもたち？　信じられない。

「小さな子どもだけの話ではない」と所長は続けた。「きみたちの年齢になっても——思春期に入ってもなお、性的交遊は禁じられていた」

「まさかそんな！」

「ひと目を盗んでのささやかな自慰行為と同性愛行為を別にすると——性的交遊は一切なし」

「まったくのゼロ？」

「たいていの場合、二十歳を過ぎるまでは、ゼロだった」

「二十歳？」生徒たちは信じられないという口調で異口同音にくりかえした。

「二十歳」と所長もくりかえす。「だから、きみたちには信じられないだろうと言ったんだよ」

「で、どうなったんですか？　その結果は」

「結果は最悪だったよ」低音のよく響く声がふいに割り込んだ。

全員がはっとしてそちらを向いた。生徒たちの集団の端に、いつのまにか、見知らぬ人物が立っていた——中背、黒髪、鉤鼻、赤く分厚い唇、射抜くような黒い瞳。「最悪だったよ」と、男はもう一度言った。

所長はこのとき、庭園の各所に置いてあるスチールと樹脂製の休憩用ベンチに腰かけていたが、その人物を見てはじかれたように立ち上がり、満面の笑みを浮かべて、片手をさしだしながら歩み寄った。

「統制官閣下！　なんと思いがけないしあわせ！　諸君、こちらにおいでの方をどなたと心得る。世界統制官、ムスタファ・モンド閣下であらせられるぞ」

　中央ロンドン孵化条件づけセンターの四千の部屋で、四千の電動時計が一斉に四時を告げる。ラッパ形の口から人間味のない声が流れた。

「第一昼間勤務、終了。第二昼間勤務、開始。第一昼間勤務、終了」

　更衣室のあるフロアにエレベーターで上がるあいだ、ヘンリー・フォスターとその友人の社会階級決定係補佐は、心理課のバーナード・マルクスにこれみよがしに背を向けていた。評判の芳しくない男と関わるのを避けるためだ。

　機械のかすかなハム音と振動音が胎児保育室の紅い空気をあいかわらず乱している。作業員が来ては去り来ては去りして、狼瘡色の顔が次々に交代するあいだも、ベルトコンベアはいずれ人間になる積み荷をおごそかにのろのろと運びつづける。

　レーニナ・クラウンは、戸口に向かってきびきびと歩いていく。

ムスタファ・モンド統制官閣下《ヒズ・フォードシップ》！　敬礼する生徒たちの目玉はいまにもこぼれ落ちそうだった。ムスタファ・モンド！　西ヨーロッパ駐在統制官！　世界統制官十人衆のひとり。全世界に十人しかいない統制官のうちのひとり……そのお方がこちらにやってきて、しばしこの場にとどまり、直々に話をしてくださる……文字どおりの第一人者の口から。まさにフォードその人の口から。

えび茶色の肌をした子どもが二人、近くの茂みから姿をあらわし、驚きに大きく見開いた目で世界統制官と所長をしばらく見つめてから、遊戯のためにまた葉むらの陰にひっこんだ。

「きみたちはみんな覚えていることだろう」世界統制官は力強い低音の声で言った。「われらがフォードさまの美しくみごとな名言を。すなわち、〝歴史などたわごとだ〟」それからもう一度ゆっくりとくりかえした。「〝歴史などたわごとだ〟」

統制官は、見えない羽箒で掃くように、さっと片手を振った。掃かれた塵はハラッパ、カルデアのウル。払われた蜘蛛の巣は、テーベ、バビロニア、クノッソス、ミケーネ。さっ、さっ——オデュセウス、ヨブ、ゼウス、ゴータマ、イエスはどこに行ったやら。さっ——アテネ、ローマ、エルサレム、エジプト中王国が、古い砂埃のごとく消え去った。さっ――イタリアのあった場所が空白になった。さっ――すべての大聖堂がなくなった。さっ、さっ――『リア王』、パスカルの『パンセ』、キリスト受難曲。さっ、鎮魂曲。さっ、交響曲。さっ……。

「今夜は感覚映画《フィーリー》かい、ヘンリー？」と社会階級決定係補佐がたずねた。「アルハンブラ劇場でやってる新作が上出来だっていう話だけど。熊の毛皮の上で濡れ場があって、それがすごいらしい。熊の毛の一本一本が再現されてて、触覚表現が最高だとか」

「だからきみたちは、いまだに歴史を教わっていない」と統制官は言った。「しかし、いよいよ時は来た」

所長は不安な目で統制官を見やった。統制官は書斎の金庫に古い禁断の書物を隠しているという、妙な噂がある。その中身は、聖書だか詩だか――フォードのみぞ知る。

ムスタファ・モンド統制官は所長の心配そうな目を見て、赤い唇の隅をぴくりと皮肉っぽく動かした。

「大丈夫だよ、所長」かすかに嘲りを含んだ口調で統制官は言った。「この子たちを堕落させるつもりはないさ」

所長は途方に暮れ、困惑の極みにあった。

相手に軽蔑されていると思ったら、軽蔑し返してやるのが賢明だ。バーナード・マルクスの笑みにも、軽蔑の色が浮かんでいた。ふふん、熊の毛一本一本とはね！

「よし、ぜったい行くよ」とヘンリー・フォスターが社会階級決定係補佐に約束する。

ムスタファ・モンドは身を乗り出し、研修生たちに向かって指を振ってみせた。「もしきみたち自身がその立場だったらどんな気分になるか、想像してみたまえ」その声は、一同の横隔膜に、奇妙なぞくぞく感を与えた。「自分を胎内で育てた母親がいるんだよ」

またあの猥褻な言葉。しかし、今度はだれも、くすりともしない。

「『家族と暮らす』というのがどういうことか、想像してみたまえ」

生徒たちは想像してみようとするが、見るからに、だれも成功していない。

「『家庭』がどんなものか、わかるかい？」

生徒たちは首を振るばかりだった。

レーニナ・クラウンは、紅く薄暗い地階から十七階分ビュンと上昇すると、エレベーターを出て右に曲がり、長い廊下を歩いていった。『女子更衣室』と書かれたドアを開け、腕と胸と下着が入り乱れる混沌とした喧騒に飛び込んだ。湯の奔流が、百の浴槽に注ぎ込まれたり、そこから流れ出したり。ブルブルシューシュー音をたてる八十台の振動真空マッサージ器が同時に稼働して、八十人のすばらしい利用者の日焼けしたみずみずしい肉体を揉みほぐしたり吸い込んだり。フロアの全員が声を張り上げてしゃべっている。合成音楽マシンからスーパーコルネットの独奏が流れてくる。

「あら、ファニー」レーニナは、となりのロッカーの若い女に声をかけた。

ファニーは瓶詰め室勤務で、姓はレーニナと同じクラウン。世界人口二十億に対して名字はわずか一万種類しかないから、同姓の同僚がいるのはべつだん驚くような偶然ではない。

レーニナはジッパーを下げた。まずジャケットのジッパーを下ろし、スラックスは左右二つのジッパーを両手で同時に引き下げる。最後に下着のジッパーを下げて脱ぐと、ストッキングと靴は履いたまま、浴室のほうへ歩き出した。

家庭——通常それは、二、三の小さな部屋から成り、男ひとり、定期的に懐胎する女ひとりと、さまざまな年齢の男女の子どもの群れがぎゅうぎゅうに押し込まれている。空気もなければ空間もない。消毒の行き届かない牢獄。暗闇、疾病、悪臭。
（統制官の描写があまりに真に迫っていたため、気の弱い生徒は話を聞いただけで気分が悪くなり、嘔吐しかけた）

レーニナは浴槽から出ると、タオルで体を拭いてから、壁にセットされたホースをはずして筒口を胸に向け、拳銃自殺するような仕草でひきがねを引いた。すると筒口から温風が吹き出し、タルカム・パウダーの超微粒子を全身にふりかけた。洗面台の上には小さなタップが並び、八種類の香水とオーデコロンから好きなものを選べる。レーニナは左から三番めのタップをひねり、白檀《びゃくだん》の香水をてのひらにとって体じゅうに塗り、靴とストッキングを手に持って、振動真空マッサージ器に空きがないか見にいった。

そして家庭とは、物質的のみならず精神的にも劣悪な環境である。兎の巣穴、ゴミの山にも等しい。ぎゅうぎゅう詰めの生活が摩擦熱を発し、感情の悪臭を漂わせる。家族集団の成員同士の関係は息が詰まるほど濃密で、危険かつ非常識かつ猥褻でもある。母親は、気でも狂ったように、自分の子ども（自分の子ども！）を必死で保護する。仔猫を守る母猫。ただし、その猫は言葉がしゃべれる。「わたしの赤ちゃん、わたしの赤ちゃん」と何度も何度もくりかえせる。「わたしの赤ちゃん、うん、そうよ、おっぱいにちっちゃな手をあてて吸いついてくるときの、言葉で言い表わせない切ない気分！　しばらくすると赤ちゃんは寝てしまう。口の端っこにお乳の白い泡をつけたまま、わたしのかわいい赤ちゃんがすやすや眠る……」

「そう」と、ムスタファ・モンドはうなずいた。「ぞっとするのも当然だ」

「今夜のデートの相手は？」とレーニナはファニーにたずねた。振動真空マッサージ器から出たばかりで、内側から光る真珠のように、肌がピンク色に輝いている。

「だれとも予定なし」

レーニナは驚きに眉を上げた。

「最近なんだか調子が悪くて」とファニーが説明した。「ウェルズ先生に代替妊娠薬をすすめられてるの」

「でも、あんた、まだ十九でしょ。代替妊娠薬の義務が始まるのは二十一歳から」

「わかってる。でも、体質的に、早く始めたほうがいい人もいるんだって。あたしみたいに、ブルネットで骨盤が広い人は、十七歳から代替妊娠薬を服むといいらしいの。だとしたら、二年早いどころか、二年遅れ」ファニーはロッカーを開けると、上の棚に並ぶラベルつきの薬瓶や箱を指さした。

「黄体シロップ」レーニナはラベルの文字を声に出して読んだ。「オーヴァリン、鮮度保証。使用期限、AF632年8月1日。乳腺エキス。一日三回、毎食前に少量の水で服用のこと。プラセンチン。三日ごとに5ccを静脈注射……うわっ！」レーニナは身震いした。「注射って大嫌い」

「あたしも。でも、健康のためだから……」ファニーは人一倍、良識のある娘だった。

われらがフォードさま、もしくはわれらがフロイトさまは――というのも、心理学的な問題を語る場合にかぎり、フォードさまはなぜかフロイトと自称されたので――家族生活に潜むおそろしい危険をはじめて暴いた方だった。世界は父親であふれていた――だから、悲惨があふれていた。世界は母親であふれていた――だから、サディズムから純潔主義まで、あらゆる倒錯がはびこった。兄弟姉妹おじおばであふれていた――だから、狂気と自殺があふれていた。

「しかし、ニューギニア島に近いサモア諸島の野人の子どもたちは……」

熱帯の陽光があたたかい蜜のように降り注ぐ中、ハイビスカスの花の上で男女入り乱れてくんずほぐれつする。子どもの家庭は、二十の棕櫚《しゅろ》葺《ぶ》き小屋のうちのどれでも同じ。また、トロブリアンド諸島では、妊娠は先祖の霊の御業《みわざ》であり、だれも父親という言葉を知らなかった。

「両極端は一致する」とムスタファ・モンドは言った。「一致するには、ちゃんとした理由がある」

「ウェルズ先生の話だと、代替妊娠薬を三ヵ月服むと、これからの三、四年、体の調子が見違えるようによくなるだろうって」

「先生の言うとおりだといいけど」とレーニナ。「でもファニー、だとしたら、まさかこのさき三カ月もずっと禁……」

「ううん、一、二週間だけ。今夜はクラブでミュージカル・ブリッジの予定。そっちはデートでしょ？」

レーニナはうなずいた。

「相手は？」

「ヘンリー・フォスター」

「また？」ファニーは、やさしげな丸顔には似合わない、不快と非難が入り交じった驚きの表情を浮かべた。「ヘンリー・フォスターといまだに――続いてるってこと?」

母親と父親、兄弟と姉妹。ほかにも、夫や妻や恋人がいる。一夫一婦制があり、恋愛がある。

「もっとも、きみたちはたぶん、それがどんなものか知らないだろう」とムスタファ・モンドが言った。

生徒たちはうなずいた。

家族、一夫一婦制、恋愛。いたるところに排他性がある。衝動とエネルギーを狭い水路に集中させる。

「しかし、〝みんながみんなのもの〟だ」ムスタファ・モンドは、睡眠学習で教えこまれる標語を引用した。

生徒たちはうなずき、力強く同意した。それは、闇の中で六万二千回以上もくりかえし叩き込まれて、反論の余地のない自明の公理として受け入れている命題だった。

「でも、ヘンリーとつきあいはじめてまだ四カ月よ」とレーニナは反論した。

「まだ四カ月って! 傑作ね。しかも」ファニーは指弾するように人さし指を突きつけた。「そのあいだずっとヘンリーひと筋でしょ。違う？」

レーニナは真っ赤になった。しかし、視線と声は、正面からファニーに刃向かった。

「ええ、ほかのだれともつきあってない」ほとんど喧嘩腰の口調だった。「なんでほかの人とつきあう必要があるのか、さっぱり理由がわからない」

「いまの聞いた？　この人、さっぱり理由がわからないんですって」ファニーはレーニナの左側にいる見えない話し相手に向かって言った。それからがらりと口調を変えて、「でも、真面目な話、ほんとに気をつけないと。ずっとひとりの男とだけなんて不健全もいいところ。四十歳とか、せめて三十五歳を過ぎてからなら、それもいいかもしれないけど、その若さで！　真剣な交際とか、長々と続く交際に、所長が強く反対してるのは知ってるでしょ。四カ月もヘンリー・フォスターひと筋だなんて知れたら、所長、かんかんになるわよ」

「水道管の中で加圧されている水を想像したまえ」と統制官に言われて、生徒たちは想像した。「その水道管に、ひとつ穴を開ける。すると水は、ものすごい勢いでピューッと噴き出す！」

二十個の穴を開けると、弱々しい噴水が二十個できる。

「わたしの赤ちゃん、わたしの赤ちゃん……！」

「お母さん！」狂気は伝染する。

「わたしのかわいい子、たったひとりの、大事な、大事な……」

母親、一夫一婦制、恋愛。高々と上がる噴水。泡立つ噴流が猛烈な勢いでほとばしる。衝動のはけ口はたったひとつしかない。愛しい赤ちゃん。近代以前の哀れな人々が狂気と背徳と悲嘆に蝕まれていたのも不思議はない。悲惨にまみれていたのも無理はない。彼らの世界は、正気と高潔と幸福に身をゆだねることを許さなかった。母親や恋人がいて、禁止事項を守る条件づけはなく、誘惑と自責、病とはてしない孤独の痛み、不安と貧困がある――つまり彼らは、激しい感情を持つことを強いられていた。激しい感情を持っていては（しかも、どうしようもなく個人的な孤立の中では、感情はなおさら激しくなる）、安定など望むべくもない。

「ヘンリーと別れろって言ってるわけじゃないのよ、もちろん。ときどきほかのだれかとつきあえばいいだけ。ヘンリーも、ほかに女の子がいるんでしょ？」

レーニナはうなずいた。

「当然よね。ヘンリー・フォスターなら、完璧な紳士のはずだから――つねに品行方正。

それに、所長のことも考えるべきね。知ってるでしょ、エチケットにうるさいのは」

レーニナはうなずいた。「昼間、お尻をさわられた」

「ほらね！」ファニーは勝ち誇ったように言った。「あの人はそういう人よ。細かい慣習にとにかく厳格だから」

「安定」と統制官が言った。「安定。社会の安定なくして文明なし。個人の安定なくして社会の安定なし」統制官の声はさながらトランペットのよう。聞いているうちに、だんだん生徒たちの気が大きくなり、体が熱くなる。

機械の歯車がまわる、まわる、まわりつづける――永遠に。止まれば死。十億人が地球の表皮を掻いた。運命の車輪がまわりはじめた。百五十年後、人口は二十億になった。すべての車輪が止まると、その百五十週後、ふたたび十億人になる。千の千倍の千倍の男女が餓死したからだ。

車輪はたゆみなくまわりつづけねばならないが、人間の世話なしではまわることができない。車輪の世話をする人間、車輪がしっかり軸にはまっているのと同じくらいしっかりした人間がいなければならない。気がたしかで、従順で、現状に満足し、安定した人間。

泣き声……かわいい赤ちゃん、お母さん、わたしのたったひとりのかけがえのないおまえ。うめき声……わたしの罪よ、おそろしい神よ、苦痛に悲鳴をあげ、熱に浮かされてつぶやき、老齢と貧困を嘆く——そんな人間にどうして車輪の世話ができるだろう。もし彼らに車輪の世話ができないとすれば……千の千倍の千倍の男女の遺体を埋葬することも火葬することも困難になる。

「結局のところ」なだめるようにファニーが言う。「ヘンリー以外に男をつくって、二股三股したところで、べつだんつらいとかしんどいとかってこともないんだし。もっと軽い女にならなきゃ……」

「安定」と統制官はくりかえす。「安定。安定こそ、第一にして究極の必要だ。安定。そこからすべてが生まれる」

統制官は片手を振って、庭園と、条件づけセンターの巨大なビルと、茂みでいちゃついたり芝生を駆けまわったりしている裸の子どもたちを指し示した。

レーニナは首を振り、考え込むような顔で言った。「どうしてだかわからないけど、最近あんまり浮気な気分になれなくて。たまにそういう時期があるのよ。あんたもそういうことない、ファニー?」

ファニーは、うんうん、わかるわかるというようにうなずいてから、「でも、努力はしなきゃ」と説教がましく言った。「ちゃんとして。結局、みんながみんなのものなんだから」

「ええ、みんながみんなのもの」レーニナはゆっくりとくりかえし、ひとつため息をついて、しばらく口をつぐんだ。それから、ファニーの手をとってぎゅっと握り、「いつもながら、あんたの言うとおりね。努力してみる」

堰き止められた衝動はあふれ出る。あふれ出たものが感情となり、情熱となり、狂気にもなる。どれになるかは、流れの強さと、堰の高さと耐久性で決まる。堰き止められない流れは、定められた水路をよどみなく流れて、おだやかな幸福に至る。胎児は空腹だ。夜も昼も、人工血液循環ポンプが、一分間に八百回転でたえず運転を続けている。瓶から出された赤ん坊が泣きわめく。すると、保育士が外分泌物《ミルク》の容器を手にして駆けつける。感情は、欲求と充足との時間差に潜んでいる。その時間差を短縮し、過去の無用な堰をすべて破壊せよ。

「幸運な少年たちよ！」と統制官が言った。「きみたちの生活を感情的に楽なものにするために――つまり、きみたちを可能な限り感情から守るために、あらゆる策が講じられている」

「フォード、大衆車《フリヴァー》にしろしめす」と所長はつぶやいた。「なべて世はこともなし」

「レーニナ・クラウン？」ヘンリー・フォスターは、ズボンのジッパーを上げながら、社会階級決定係補佐の質問に答えた。「あの娘は最高だよ。むちむちしてて。まだ味わってないとは驚いた」

「どうしてだか、自分でも不思議だよ」と副課長は言った。「でも、試してみる。チャンスがありしだい」

更衣室の通路の反対端にいたバーナード・マルクスが、その会話を耳にはさんで蒼白になった。

「毎日ヘンリーとばかり会ってて、正直、ちょっと飽きてきてるの」レーニナは左のストッキングを穿いた。「バーナード・マルクスって知ってる？」過度にさりげなさを装おうとして、明らかに口調がぎこちなくなっていた。

ファニーははっとした顔で、「あなたまさか……？」

「べつにいいでしょ。バーナードはアルファプラスよ。それに、野人保護区に行かないかって誘ってくれてるの。前から一度行ってみたくて」

「でも彼、評判が……」

「評判がなに？」

「障害物ゴルフが嫌いだっていう噂」

「噂、噂、噂」レーニナがからかうように言う。

「それに、ほとんどの時間をひとりで過ごしてるって――ひ、ひ、ひとりぼっちで」ファニーがぞっとしたような口調で言う。

「わたしがいっしょならひとりじゃないでしょ。だいたい、どうしてみんな、彼にそう厳しいの？　むしろいい人だと思うけど」思い出し笑いでレーニナの顔がにやついた。あの人、莫迦みたいにシャイだった。まるで――まるで、世界統制官を前にしたガンマイナスの機械作業員みたいにおびえていた。

「自分の人生を思い出してほしい」ムスタファ・モンドが言った。「きみたちの中に、克服できない障害にぶつかった人はいるかな？」

生徒たちの沈黙がノーの返事だった。

「きみたちの中に、欲求を意識してから、その欲求が満たされるまでに長時間待たされた覚えのある人は？」

「ええと……」ひとりの少年が口を開きかけて、途中でまた口をつぐんだ。

「話しなさい」所長が促した。「閣下をお待たせするんじゃない」

「前に一度、いいと思った子がＯＫしてくれるまで、四週間近く待たされました」

「その結果、強い感情を抱いた？」

「最悪でした！」

「まさにそのとおり、最悪だ」と統制官。「しかし、われらが祖先はじつに愚かで近視眼的だった。そのため、最初の改革者が現れて、そうした最悪の感情から人間を救う道を示したとき、まったくとりあおうとしなかった」

「肉料理の話でもしてるみたいな口ぶりじゃないか」バーナードは悔しさに歯嚙みした。「こっちでひと口、あっちでひと口か。彼女のことをマトンみたいに思ってる。彼女、ちょっと考えてから今週中に返事をすると言ってくれたのに。おお、フォードさま、フォードさま、フォードさま」二人に歩み寄って、ぶん殴ってやりたい――何度も何度も、気が済むまで。

「うん、ぜひ試してみるといい」とヘンリー・フォスターが言った。

「体外発生を例にとろう。この技術は、プフィッツナーとカワグチが、苦心の挙げ句ついに完成させせた。だが、どこかの政府がそれに注目したか？　答えはノー。キリスト教と呼ばれるものがあってね。そのため、女性は胎生を続けることを強いられた」

「すごく不細工じゃない！」とファニーが言う。

「わたし、どっちかと言うとあんな顔が好きなの」

「それに、すごく小さいし」ファニーはしかめ面をした。さまざまな身体的特徴の中でも、体が小さいことは最悪だ。下層階級に典型的な特徴でもある。

「それだって悪くないと思う」とレーニナが言う。「かわいがってみたくなるでしょ。ほら、猫みたいに」

ファニーはショックを受けた。「噂だと、瓶の中にいたころに手違いがあったんだって――ガンマとまちがえられて、人工血液にアルコールを投与されたとか。それで発育が阻害されたの」

「莫迦言わないで」レーニナは憤然と言った。

「実際、英国では睡眠学習が禁止されていた。リベラリズムなるものがあってね。議会がそれに反対する法案を可決した。記録が残っている。人民の自由に関する演説がなされた。無能かつみじめでいる自由。社会に適応しない自由」

「でも、きみなら大丈夫。保証するよ。きっとOKしてもらえる」ヘンリー・フォスターは社会階級決定係補佐の肩をぽんと叩いた。「結局、みんながみんなのものなんだから」

ひと晩に百回の反復を週に三晩。それを四年つづける……。睡眠学習の専門家であるバーナード・マルクスは心の中でつぶやいた。合計六万二千四百回の反復で、真理がひとつできあがる。莫迦め！

「あるいは、カースト制度。くりかえし提案され、くりかえし否定された。民主主義なるものがあったためだ。まるで、人間は物理化学的に平等であると言うだけでは足りないみたいに」

「とにかく、いま言えるのは、彼の誘いを受けるつもりだってことだけ」

バーナードはヘンリー・フォスターと社会階級決定係補佐を憎みに憎んだ。しかし、相手は二人だし、バーナードより背が高く、力も強い。

「九年戦争が、AF一四一年にはじまった」

「彼の人工血液にアルコールが投与されたっていう噂が、もし仮にほんとうだとしてもね」

「ホスゲン、クロロピクリン、ヨード酢酸エチル、ジフェニルシアノアルシン、クロロギ酸トリクロロメチル、硫化ジクロロジエチル。もちろん青酸も」

「そんな噂、ぜんぜん信じないけど」と、レーニナは話を締めくくった。

「散開隊形で飛来する一万四千機の爆音。しかし、ベルリンのクアフュルステンダムや、パリ第八区に投下された炭疽菌爆弾は、ふくらませた紙袋をポンと割ったくらいの音しかしなかった」

「だって、野人保護区を見てみたいから」

$CH_3C_6H_2(NO_2)_3$ ＋ $Hg(CNO)_2$ ＝結果は？　地面に巨大な穴がひとつ。瓦礫の山。飛び散る肉片と粘液。ブーツを履いた片足が宙を飛んで、真っ赤なゼラニウムの花壇にどさっと落ちる。その夏のショーの派手だったこと！

「どうしようもないわね、レーニナ。あなたにはお手上げ」

「上水道を細菌で汚染するロシアの戦術はとりわけ巧妙だった」

ファニーとレーニナは、たがいに背中を向けたまま、黙って着替えを続ける。

「九年戦争、経済破綻。世界統制か、それとも破壊か、二者択一を迫られた。安定か、それとも……」

「ファニー・クラウンもいい子だよ」と社会階級決定係補佐。

共同寝室では〈階級意識・初級〉の授業が終わり、声は、将来の供給に対する将来の需要を喚起しはじめた。「わたしは飛行機に乗るのが好き」と声がささやく。「わたしは新しい服が好き、わたしは……」

「リベラリズムは、もちろん炭疽菌で死滅したが、それでもやはり、強制によってものごとを進めることはできなかった」

「レーニナほどむちむちじゃないけどね。そこはぜんぜん勝負にならない」

「古い服は最低」疲れを知らないささやき声が続ける。「古くなった服は捨てる。繕うより捨てよう、繕うより捨てよう、繕うより……」

「統治には腕力ではなく忍耐力がものを言う。拳ではなく頭と尻で国を治める。たとえば、かつて強制消費制度があった」

「こっちは終わったわよ」とレーニナは言った。ファニーは向こうを向いたまま、黙っている。「ねえ、仲直りしようよ、ファニー」

「大人も子どもも、一年に一定額の消費を強制された。産業振興の観点から。その結果……」

「繕うより捨てよう。服の縫い目はカネの切れ目。服の縫い目は……」

「いつか痛い目に遭うわよ」ファニーは暗い声で予言した。

「大規模な良心的消費拒否運動が起きた。なにも消費するな。自然に帰れ」

「わたしは飛行機に乗るのが好き、わたしは飛行機に乗るのが好き」

「文化に帰れ。そう、文化に帰れ。すわって本を読んでいれば、たいした消費はできない」

「これでどう？　へんじゃない？」とレーニナが訊く。ジャケットの生地は深緑のアセテートで、袖口と襟には緑色のフェイクファーがついている。

「八百人のシンプルライフ主義者が、ゴルダーズ・グリーンで機銃掃射された」

「繕うより捨てよう。繕うより捨てよう」

緑のベルベットのショートパンツに、膝下で折り返した合成ウールの白のハイソックス。

「そしてあの有名な大英博物館の大虐殺が起きた。二千人の文化愛好者が、硫化ジクロロジエチルガスで殺害された」

緑と白の騎手帽がレーニナの目のあたりに影を落とす。明るい緑の靴はぴかぴかに磨かれている。

「世界統制官たちは、ついに、強制は無益だとさとった」とムスタファ・モンドは語った。「体外発生、ネオ・パヴロフ式条件反射教育、睡眠学習など、時間はかかっても確実性の高い方法こそ……」

腰には銀の飾りがついた緑の合成モロッコ革製カートリッジベルト。カートリッジの中には(レーニナは不妊個体《フリーマーチン》ではないので)標準支給の避妊セットが入っている。

「プフィッツナーとカワグチが考案した技術がついに実用化された。胎生に反対する激しいプロパガンダがスタートした……」

「完璧！」ファニーは熱を込めて言った。レーニナの魅力の前では、長くは無視していられない。「その人口調節《マルサス》ベルトも最高に素敵！」

「同時に、過去を否定するキャンペーンもはじまった。博物館を閉鎖し、歴史的建造物を爆破し（さいわい、大半は九年戦争中に破壊されていた）、ＡＦ一五〇年以前に刊行されたすべての書籍を発禁にした」

「あたしもそういうの買わなきゃ」とファニー。

「たとえば、昔は、ピラミッドというものがあった」

「あたしがずっと使ってるのは、黒いエナメル革のカートリッジベルトだけど……」

「それに、シェイクスピアという男がいた。もちろん、きみたちは名前も知らないだろうが」

「恥ずかしくてとても見せられない……あたしのベルトは」

「それこそ、真の科学教育の利点だよ」

「服の縫い目がカネの切れ目。服の縫い目がカネの……」

「T型フォードの登場した年が……」

「もう三カ月近くずっと使ってるのよ」

「新たな紀元の始まりに選ばれた」

「繕うより捨てよう。繕うより……」

「さっきも述べたとおり、かつてキリスト教というものがあった」

「繕うより捨てよう」

「少量消費の哲学と倫理は……」

「わたしは新しい服が好き、わたしは新しい服が好き、わたしは……」

「少量生産の時代には不可欠だったが、機械と人工肥料の時代には、社会に対するまぎれもない犯罪となった」

「ヘンリー・フォスターがプレゼントしてくれたの」

「すべての十字架は上部を切りとられてTになった。また、昔は神と呼ばれるものがあった」

「本物の合成モロッコ革よ」

「いまは世界国家があり、フォード記念日の式典があり、共同体合唱会があり、連帯のおつとめがある」

ああくそ《フォード》、いいかげんにしろ！　バーナード・マルクスは心の中で悪態をついた。

「昔は天国というものがあった。だが、それでもやはり、人々はアルコールを大量に摂取した」

肉料理みたいに言いやがって。

「昔は魂というものがあり、不死という思想があった」

「どこで買ったか、ヘンリーに訊いといて」

「それでも、モルヒネやコカインを摂取した」

最悪なのは、あの娘が自分のことを、自分でも肉みたいに思ってることだ。

「AF一七八年、二千人の薬学者と生化学者に助成金が支給された」

「あいつ、ほんとに暗そうだな」社会階級決定係補佐がバーナード・マルクスに視線を投げて言った。

「六年後には、商業ベースで製造されるようになった。完璧なドラッグが」

「ちょっとからかってやろうぜ」

「多幸感を与え、催眠作用と心地よい幻覚作用を及ぼす」

「暗いな、マルクス、暗い」肩を叩かれたバーナードは、はっとして顔を上げた。人非人のヘンリー・フォスターだった。「そういうときはこれだよ。ソーマ一グラム」

「キリスト教とアルコールの利点だけをとりだして、欠点を排除したのがこれだ」

くそっ《フォード》、ぶっ殺してやりたい！　バーナード・マルクスは心の中でそう思ったが、「いや、いらない」とだけ声に出し、差し出された錠剤ケースを押し戻した。

「いつでも好きなときに現実から休暇をとって、頭痛や神話にわずらわされずに戻ってこられる」

「ほら、とれよ」とヘンリー・フォスターがしつこくソーマをすすめる。「ほら」

「これによって、事実上、安定は保証された」

「ソーマ十グラムは十人の鬱を断つ」社会階級決定係補佐が睡眠学習の金言を引用した。

「残る課題は、老化の克服だけとなった」

「くそ、ほっといてくれ！」とバーナード・マルクスが怒鳴った。

「そう怒るなよ」

「生殖腺ホルモン、若いドナーからの輸血、マグネシウム塩……」

「呪うより服もう、早めのソーマ一グラムで人生楽々」二人は笑いながら更衣室を出ていった。

「加齢にともなう生理学的な変化は一掃された。もちろん、それといっしょに……」

「じゃ、マルサスベルトのこと、忘れずに訊いといてね」とファニーは言った。

「それといっしょに、加齢にともなう心の変化も一掃された。人間の性格は、年をとっても変わらなくなった」

「……陽が落ちる前に、障害物ゴルフを二ラウンドするから。お先に」

「よく働き、よく遊ぶ――六十歳になっても、体力や嗜好は十七歳のときと変わらない。古き悪しき時代の老人は、いろんなことをあきらめ、引退し、宗教に助けを求め、読書や考えごとに時間を費やした――いやはや、考えごととは！」

莫迦め、豚め！　バーナード・マルクスは毒づきながら、エレベーターに向かって廊下を歩いていった。

「いまは――これこそ進歩だ――老人も働き、性交する。時間を持てあますどころか、寸暇を惜しんで楽しみ、考えごとにふける時間もない。もし万一、不運な成り行きで、娯楽という強固な大地に暇という裂け目がたまたま口を開けたとしても、そのときは甘美なソーマがある。半グラムで半休分、一グラムで週末分のリフレッシュ。二グラムなら豪華な東洋の旅、三グラムなら月世界の永遠の闇を体験できる。そこから帰ってきたら、もう裂け目の向こう側――日々の労働と娯楽という強固な大地に無事たどりついている。次から次へと感覚映画《フィーリー》を観て、むちむちの女の子をとっかえひっかえして、電磁ゴルフコースを次々に回り……」

「こら、そこの女の子、あっちへ行きなさい！」所長が怒鳴りつけた。「早く向こうへ行け、そこの男の子！　統制官閣下はお忙しいんだ。桃色ごっこはほかの場所でやれ」

「まあまあ。子どものことだ、許してやりたまえ」とムスタファ・モンドは言った。

ゆっくりと、荘厳に、ブーンというかすかなハム音とともに、ベルトコンベアは時速三十三と三分の一センチで進んでいく。紅い闇の中で無数のルビーが輝いている。

第4章

1

エレベーターはアルファ更衣室から出てきた男たちで混んでいたが、その多くが親しげな会釈や笑顔で迎えてくれた。レーニナは人気があるから、乗り合わせた男のほとんど全員と、すくなくとも一度は寝たことがある。

会釈を返しながら、レーニナは思った。この子たちみんな、愛しくてチャーミング。まあ、ジョージ・エゼルはちょっと耳が大きすぎるけど（M328地点で投与される甲状腺ホルモンの量が多すぎたのかも）。それに、ベニート・フーヴァーの顔を見ると、毛深すぎる裸体がつい頭に浮かんでしまう。

もじゃもじゃの黒い体毛を思い出して目をそらすと、エレベーターの隅に、痩せた小柄な男がいた。暗い顔をしたバーナード・マルクス。

「バーナード！」レーニナはそちらに歩み寄った。「さがしてたのよ」上昇するエレベーターの振動音にも消されることなく、その声はきれいに響いた。他の乗客が興味津々でこちらをうかがっている。「ニューメキシコ旅行のことで話がしたくて」視界の隅にベニート・フーヴァーの顔が見えた。驚きにあんぐり口を開けている。その顔が気にさわった。またデートしてって言われないことにびっくりしてるのね！　冗談じゃない。それから、バーナードに向かって、さっきよりもずっと親しげな口調で言った。「七月に二人で一週間旅行する件、ぜひ行きたいと思って」（ともかくこれで、ヘンリーひと筋じゃないと公言したことになるから、ファニーも満足してしかるべきね。たとえその相手がバーナードだとしても）「もちろん」レーニナは最高に甘く意味ありげな笑みを浮かべて、「まだわたしがほしいならだけど」

バーナードの色白の顔が紅潮した。なんで赤くなるわけ？　レーニナは驚き、不思議に思ったが、それと同時に、自分の魅力に対するこの奇妙な賞賛のしるしにちょっと心が動いた。

「そ、その話はどこか別の場所でしない？」バーナードはひどくいたたまれない表情で、つっかえつっかえ言った。

なによ、それじゃまるで、わたしがなにか非常識なことでも言ったみたいじゃない、とレーニナは思った。まるで卑猥なジョーク——母親はだれかとたずねるとか——を聞かされたみたいな狼狽ぶりだ。

「だって、まわりにこんなに人がいるし……」バーナードはどぎまぎして言葉をつまらせた。

　レーニナは、悪意のかけらもない、あけっぴろげな笑い声をあげた。「おかしな人！」心から純粋にそう思っていた。それから真面目な口調になり、「遅くとも一週間前までには、結論を知らせてね。ブルー・パシフィック・ロケットで行くんでしょ？　発つのはチャリングTタワーからだっけ？　それともハムステッド？」

　バーナードが答える前に、エレベーターが停止した。

「屋上！」キーキー声が言った。

　エレベーター操作係は猿みたいな小男で、イプシロンマイナス半莫迦《セミ・モロン》級の黒いチュニックを着ている。

「屋上！」

　操作係がゲートを開け、あたたかな午後のまぶしい陽射しに目をしばたたいた。「おおっ、屋上！」と歓喜の声でくりかえすその姿は、暗い死の昏睡からだしぬけに目醒めて大喜びしている患者を思わせた。「屋上！」

操作係は、期待と尊敬のまなざしで飼い主を見上げる犬のように、乗客ににこやかな笑みを向け、太陽の下へと談笑しながら出ていく彼らのうしろ姿を見送った。

「屋上？」ともう一度、今度は疑問形で言う。

そのときベルが鳴って、エレベーターの天井のスピーカーが、とても穏やかで、とても高圧的な声で命令を発した。

「降下します。降下します。十八階。降下します、降下します、十八階。降下します、降下……」

操作係はゲートをガチャンと閉めてボタンを押し、ただちに深い井戸の中の黄昏へと――いつもの昏睡状態へと戻ってゆく。

夏の午後の屋上はあたたかく明るく、上空を飛び交うヘリコプターのローター音が眠気を誘う。高度五、六マイルのまばゆい空を飛ぶ、地上からは姿の見えないロケット旅客機がさらに低いブーンという音を響かせ、その震動でやわらかな空気を愛撫している。

バーナード・マルクスはひとつ深呼吸して、空を見上げ、青い地平線を見まわしてから、ようやくレーニナの顔に目を向けた。

「いい眺めだね」声が少し震えている。

最高の共感を込めた表情で、レーニナは彼に笑みを返し、「絶好の障害物ゴルフ日和ね」と朗らかに答えた。「もうヘリの時間だから、行かないと。ヘンリーは待たせるとむくれるのよ。日程の件、早めに連絡してね、バーナード」と言って手を振り、広い陸《ろく》屋根を格納庫に向かって駆け出した。バーナードは、遠ざかっていく白い長靴下のきらめきを見送った。その上で日焼けした太腿が活発に躍動し、暗緑色のジャケットの下でぴっちりしたベルベットのショートパンツがやわらかく波打つ。見つめるバーナードの顔には苦悩の表情が浮かんでいた。

「ほんとにかわいいねえ」すぐうしろから、陽気な大声が響いた。

はっとして振り向くと、ベニート・フーヴァーのぽっちゃりした赤い顔がにこやかにほほえみかけていた——百パーセントの親しみを込めた、心からの笑顔。ベニートは明るい性格で有名で、〝ソーマに指一本触れずに一生過ごせる男〟と噂されている。他の人間なら薬で解消する必要のある悪意や不機嫌に、一度もとらわれたことがないらしい。ベニートにとっての現実は、つねに楽しいものだった。

「むっちむちだしね、じっさい！」それから、口調を変えて、「しかしきみは、ずいぶん暗い顔だな！　必要なのは、ソーマ一グラム」ズボンの右ポケットに手を入れて薬瓶をとりだした。「ソーマ十グラムは十人の鬱を断つ……おい、ちょっと！」

バーナードはだしぬけにきびすを返して走り去った。ベニートはそのうしろ姿を見送りながら、「いったいぜんたいどうしたんだろう」とひとりごち、首を振った。哀れなあの男の人工血液にアルコールが混入したという噂は、どうやらほんとうだったらしい。「それで脳がおかしくなったんだな」

ベニートはソーマの瓶をポケットにしまい、性ホルモンガムのパックをとりだすと、口にひとつ放り込み、くちゃくちゃ噛みながら格納庫のほうへゆっくり歩き出した。

レーニナが来たときには、ヘンリー・フォスターはすでに自家用ヘリを格納庫から出して、操縦席で待っていた。隣の席に腰を下ろしたレーニナに、

「四分遅刻」とひとことだけ言ってから、エンジンを始動させ、ギアを入れた。ヘリは垂直に離昇した。ヘンリーがエンジンの回転数を上げると、ローター音がスズメバチの羽音からジガバチの羽音へ、ジガバチの羽音から蚊の羽音へと変化してゆく。速度計によれば、上昇速度は分速二キロメートル足らず。眼下のロンドンがどんどん小さくなる。平らな屋上をいただく巨大ビル群も、数秒後には、緑の公園や庭園に生える丸や四角のキノコの群れのように見えてきた。その中で、軸が細くひときわ背の高いすらりとしたキノコ、チャリングTタワーが、輝くコンクリートの円盤を天に向かって差し上げている。

頭上の青い空には、神話に出てくる英雄のむくむくしたトルソのように、たっぷりした巨大な雲がいくつも浮かんでいる。その雲のひとつから、ふいに一匹の小さな赤い虫がブーンと音をたてて落下してきた。

「レッド・ロケットだ。ニューヨークから、いま着いたところだな」ヘンリーは腕時計を見やり、「七分遅れか」と言って首を振った。「大西洋便はこれだから──評判どおり、時間を守らない」

ヘンリーがアクセルペダルから足を離すと、頭上のローター音のトーンが下がりはじめ、さっきとは逆に、ジガバチからスズメバチへ、それからマルハナバチ、コフキコガネ、クワガタムシへと変化して、最終的に、一オクターブ半ひくくなった。それとともに、上昇速度もゆるやかになり、一瞬後、機体は空に静止した。ヘンリーがレバーを押すと、カチッと音がして、前方のプロペラが回転しはじめた。最初はゆっくりと、しだいに速度を上げて、やがて霧の渦巻きになる。水平飛行で生じた風が支柱にぶつかってかん高い叫びをあげる。ヘンリーは回転計から目を離さず、針が１２００を指したところでクラッチを切った。機体はすでにじゅうぶんな推進力を得ているから、あとは固定翼で飛行できる。

レーニナは両足の間の床に設けられた窓から眼下を見下ろした。ヘリは現在、中央ロンドンと第一環状衛星近郊圏を分ける、幅六キロメートルにおよぶ緑地帯の上空を飛行中だった。実物よりはるかに小さい人間たちが緑の上で蛆虫のようにうごめいている。林立する遠心バンブル・パピーの塔が、木々の間で輝く。シェパーズ・ブッシュの近くでは、ベータマイナスの混合ダブルス二千組がリーマン平面式テニスに興じている。ノッティング・ヒルからウィルズデンに至る幹線道路の両側は、エスカレーター・スカッシュのコートが二列に並ぶ。イーリング・スタジアムでは、デルタの体育祭と地域合唱会が同時に開催中。

「カーキって、ほんとに最低の色ね」レーニナは、睡眠学習によって彼女の階級に植えつけられた偏見を口にした。

ハウンズロー感覚映画《フィーリー》撮影所の七・五ヘクタールにおよぶ敷地の近くでは、黒やカーキ色の服を着た作業員が、グレート・ウェスト・ロードのガラス路面を再舗装する工事の最中だった。ヘリの真下では、巨大な移動式溶鉱炉から汲み出される溶けた舗装材が、まばゆい白熱光の流れとなって路面をおおい、アスベストローラー車がその上を行き来している。耐熱仕様の撒水車の後部から、湯気がもうもうと白い雲のように立ち昇る。

ブレントフォードには国営テレビジョン会社の工場があり、それだけでひとつの小都市に見えた。

「勤務の交替時間みたい」とレーニナが言った。

若葉色の服を着たガンマの娘たちや黒服の半莫迦《セミ・モロン》たちが、まるでアリマキとアリのように工場の出入口付近に群がっているかと思えば、モノレール駅の前に行列をつくっている。濃い紫色のベータマイナスが人混みを行き来し、メインビルの屋上はヘリコプターがせわしなく発着していた。

「ああ、ガンマじゃなくてよかった」とレーニナが言った。

十分後、二人はストーク・ポージズ村に到着し、障害物ゴルフのコースをまわりはじめた。

2

ほとんど目を伏せたまま、バーナードは屋上を急ぎ足で歩いていった。うっかり顔を上げて同僚のだれかと目が合うと、あわてて視線をそらす。まるで、追われているけれど追ってくる敵の顔は見たくない、もし顔を見たら、相手が想像以上に激しい敵意を抱いているのがわかって罪悪感と孤独感が募るから——そんなふうに思い込んでいる人間のように。

ベニート・フーヴァーのクソ野郎め！　と心の中で悪態をつく。しかし、彼は善意の男だ。ある意味では、だからこそ始末が悪い。よかれと思ってすることが、悪意をもってすることと変わらない結果を招くことは往々にしてある。あのレーニナだって、僕を苦しめてるじゃないか。バーナードは悩みに悩んだこの数週間のことを思い返した。彼女をデートに誘う勇気をかき集めようと努力したり祈ったりあきらめたり。すげなく拒絶されて恥をかくリスクに耐えられるだろうか？　でも、もし返事がイエスだったら、どんなにうれしいことか！　そして事実、レーニナはイエスと言ってくれた。なのに僕は、あいかわらずみじめな気持ちでいる。その理由は、彼女の行動にある――きょうが絶好の障害物ゴルフ日和だと思っていること、ヘンリー・フォスターのもとへ走っていったこと、人前でプライベートな話をしないでほしいと言ったせいでバーナードを変人扱いしたこと。要は、彼女が健康で高潔な若いイングランド女性らしくふるまい、アブノーマルで突飛な行動をとらなかったのが原因だ。

バーナードは格納庫のドアを開け、近くにいたデルタマイナスの係員二人に声をかけて、自分のヘリコプターをルーフに押し出すよう命じた。格納庫の係員は全員が同じボカノフスキー集団に属しているから、この二人も瓜二つの一卵性多胎児だった。同じように小柄で不細工で色が黒い。バーナードは傲慢にも聞こえるようなきつい口調で命令した。相手がむっとしそうなこの口調は、相手を見下すだけの自信が持てないことの裏返しだった。低い階級の人間と接するのは、バーナードにとっていつも憂鬱な経験だった。なぜなら、なんらかの原因で（人工血液にアルコールが混入したという噂が事実である可能性も――事故は起きるものなので――高い）、バーナードの体格は、平均的なガンマのそれとたいして変わらないからだ。彼の身長はアルファの標準より八センチも低く、体も細い。下の階級の人間と接するたびに、自分の肉体的欠陥を意識して苦しむ。僕は僕だ、僕じゃなきゃよかったのに――鋭敏すぎる自意識が神経をさいなむ。デルタの顔を見下ろすのではなく同じ高さで見ていると意識するたびにプライドが傷つく。このデルタは、アルファに接するのにふさわしい敬意をもって僕に接しているだろうか？この疑念がつきまとって離れない。それもそのはず。ガンマもデルタもイプシロンも、体格と社会的地位とをある程度まで結びつけて考えるよう条件づけされている。それどころか、体の大きさに関する先入観は、睡眠学習によって広く浸透している。だからバーナードは、デートに誘うと女たちに笑われ、同じ階級の男たちにからかわれる。そうやって莫迦にされつづけたせいで、のけ者の気分になり、だからのけ者のようにふるまう。それがまた、彼に対する偏見を助長し、体格によって生じる侮蔑と敵意がさらに大きくなる。それが彼の疎外感と孤独感をますます募らせる。下に見られることへの慢性的な恐怖から、同じ階級の人間を避けるようになり、下の階級の人間に対しては自意識過剰に陥る。ヘンリー・フォスターやベニート・フーヴァーみたいな男たちに対して、彼がどれほど苦い羨望を抱いていることか！　イプシロンに命令するのに怒鳴らなくていい男たち。自分の地位を当然と受けとめている男たち。水を泳ぐ魚のように階級システムを生きる男たち――自分のことも、自分が住む快適な世界のことも意識せずに、自然にくつろいでいられる人々。

二人の係員が格納庫のヘリコプターをルーフへ押してゆく。バーナードの目にはそれが、わざとのろのろ、不承不承やっているように見えた。

「早くしろ！」バーナードはいらいらして怒鳴った。ひとりがちらっとこっちを見た。うつろな灰色の瞳に浮かんだのは、知性の欠けた嘲りではなかったか。「早くしろって！」大きく張り上げた声は、耳障りにざらついていた。

バーナードはヘリコプターに乗り、一分後には南のテムズ川のほうに向かって飛んでいた。

フリート街にある六十階建ての宣伝局本部ビルには、宣伝局の各部署や感情工科大学などが入っている。地階と低層階はロンドンの三大紙の印刷所とオフィス――上層階級向けのアワリー・レイディオ紙、薄緑色のガンマ・ガゼット紙、用紙がカーキ色で一音節の簡単な単語しか使わないデルタ・ミラー紙。それより上のフロアは、宣伝局テレビジョン部、宣伝局感覚映画部、宣伝局合成音声音楽部が二十二階分を占め、さらにその上は、各種の調査研究室と、サウンドトラックやシンセサイザー音楽の作曲家がこもって神経を使う作業をする防音室。最上層の十八階分が感情工科大学だ。

バーナードは、宣伝局本部ビルの屋上に着陸し、ヘリコプターを降りた。屋上にいるガンマプラスの係員を見つけて、

「ヘルムホルツ・ワトスンさんにメッセージを頼む。バーナード・マルクスが屋上で待っていると伝えてくれ」と命じる。

腰を下ろし、煙草に火をつけた。

メッセージが届いたとき、ヘルムホルツ・ワトスンは原稿の執筆作業中だった。

「すぐ行く」ヘルムホルツはそう答えて受話器を置き、秘書のほうを向いて、「かたづけを頼む」と、やはり事務的な、感情のこもらない口調で命じてから、女性秘書の輝くような笑みを無視してきびきびと戸口に歩いていった。

ヘルムホルツはたくましい体つきの男だった。胸板は厚く、肩幅が広く、がっちりしているのに動きは敏捷だ。筋肉に鎧《よろ》われた太い首、かたちの美しい頭、波打つ黒髪に彫

りの深い顔立ち。パワフルで野性味豊かなハンサムで、女性秘書がいつも言うとおり、隅から隅までアルファプラス。感情工科大学創作学部の講師が本業だが、そのかたわら、感情エンジニアとしても活躍する。アワリー・レイディオ紙に定期的に寄稿し、感覚映画の脚本を書き、睡眠学習に使われる詩やスローガンの文案作成でも遺憾なく才能を発揮している。

　上司に言わせれば〝できる男〟だが、「もしかしたら（首を振り、意味ありげに声を潜めて）ちょっとできすぎるかもしれない」というオマケがつく。

たしかに、ヘルムホルツ・ワトスンはいささか有能すぎた。その結果、精神過剰《メンタル・エクセス》が生じ、それが、体にコンプレックスを持つバーナードの場合と似たような効果をもたらした。バーナードは、生まれつき骨と筋肉が貧弱なせいで、アルファの中で浮いている。その孤立感が精神過剰をもたらし、それがさらなる孤立の原因となる。それに対して、ヘルムホルツがいたたまれないほどの孤独を感じるのは、有能すぎるせいだった。〝個としての自分〟という意識は両者に共通する。しかし、体にハンディキャップを抱えるバーナードが、物心つくころから孤立を感じてきたのと違って、ヘルムホルツ・ワトスンがみずからの精神過剰を意識し、自分がまわりの人間と違うことに気づきはじめたのは、ごく最近のことだった。エスカレーター・スカッシュのチャンピオンであり、疲れを知らない性愛の探求者であり（噂では、四年間に六百四十人の女と寝たらしい）、委員会の中心メンバーであり、名うての社交家であるこの男は、ある日とつぜん、スポーツも女も委員会活動も、自分にとっては二の次だと悟ったのである。心の奥底で、おれはべつのものに興味を持っている。だが、それはなんだ？　なんに興味を持っている？　バーナードがいま訪ねてきたのは、まさにその問題について議論するためだった――もっとも、しゃべるのはいつもヘルムホルツのほうだから、彼が論じるのを聞くためにバーナードがやってきた、と言うべきか。

エレベーターを降りたヘルムホルツは、待ち伏せしていた三人の美女につかまった。宣伝局合成音声音楽部のかわいい女の子たち。

「ねえねえ、ヘルムホルツさん、あたしたち今夜、エクスムアで野外夕食の予定なんだけど、いっしょに来ない？」とねだりながらまとわりついてくる。

ヘルムホルツは首を振り、女たちを押しのけて歩き出した。「だめだめ」

「男の人は、ほかにだれも誘ってないのよ」

このうれしい言葉にもヘルムホルツは眉ひとつ動かさず、「だめ。忙しいから」と答えてまっすぐ歩きつづけたが、女たちはなおもついてくる。ヘルムホルツがバーナードのヘリに乗り込み、乱暴にドアを閉めるとようやくあきらめてくれたが、かわりにうらみごとをぶつけられた。

「やれやれだよ」上昇するヘリコプターの中で、ヘルムホルツは首を振り、顔をしかめた。「あの女たちときたら!」

「どうしようもないな」とバーナードは儀礼的にうなずいたが、内心、ヘルムホルツのようにたいした苦労をせずにおおぜいの女と寝られたらいいのに、と願っていた。そのとき、急に自慢したい衝動にかられて、「今度、レーニナ・クラウンとニューメキシコへ行くんだ」とできるだけ何気ない口調を装って言った。

「ふうん」ヘルムホルツはなんの関心もなさそうな相槌を打った。「おれのほうは、ここ一、二週間、委員会活動とも女遊びともすっぱり縁を切ってる。おかげで大学じゃ大騒ぎだよ。でも、それだけの値打ちはあったと思ってる。その効果は……」と口ごもり、「なんというか、妙な感じだよ。すごく妙だ」

肉体的欠陥は、一種の精神過剰の原因になりうる。どうやら、その逆もあるらしい。つまり、精神過剰のせいで、みずから目と耳を閉ざして外界からひきこもったり、禁欲という意図的な不能を生み出したりする場合がある。

それ以降は、短いフライトのあいだ、二人とも口をつぐんだままだった。バーナードの部屋に着き、エアカウチに心地よく体を預けてから、ヘルムホルツがまた口を開き、

「これまで、自分の中に」と、とてもゆっくりした口調で話しはじめた。「外に出るチャンスをひたすら待っているなにかがあると感じたことはないか？　いまは使ってない余分な力というか――ほら、水車を回さずにただ外側を流れ落ちるだけの水みたいな」問いかけるような視線をバーナードに投げる。

「いまと事情が違っていたら抱くかもしれない感情のこと？」

ヘルムホルツは首を振った。「ちょっと違う。おれがときどき襲われる妙な気分のことだよ。おれには言わなきゃいけない大事なことがあって、それを言うだけの力もある。なのに、それがなんなのかわからないから、力が使えない――そんな気分。もし、もっと違う書き方があれば。あるいは、もっと違う題材があればっていう……」しばらく黙り込み、ようやくまた口を開いて、「ほら、おれはキャッチフレーズを考えるのが得意だろ――耳にした人が、そのとたん、画鋲の上にでもすわったみたいに、思わず飛び上がる言葉。睡眠学習でさんざん聞かされてる内容を、新鮮で刺激的に思わせる言葉。でも、それだけじゃ足りない気がする。フレーズがいいだけじゃなくて、フレーズでつくるものもよくないと」

「きみの作品はすごいじゃないか、ヘルムホルツ」

「まあ、あれはあれで悪くはないさ」ヘルムホルツは肩をすくめた。「でも、それなりのものでしかない。なんというか、重みが足りない。おれにはもっとずっと重要なことが書ける気がする。もっと重要で、もっと強烈で、もっと激しいこと。でも、それはなんだ？　書くべきもっと重要なことって？　期待されているとおりのものを書いて、それが激しいなんてありえない。言葉はX線になる——ちゃんと使えば、なんでも透かして見ることができる。読む人の心を貫くんだ。それも、おれが学生に教えていることのひとつだよ——心を貫く書き方。とはいえ、共同体合唱会や嗅覚器研究の最新の成果について心を貫く原稿を書いたとして、それがなんの役に立つ？　それに、そういうものをテーマにして、最大強度のX線みたいに深く心を貫く言葉がほんとうに書けるだろうか？　意味のないことについて、意味のあることが言えるだろうか？　最終的に、問題はそこに落ち着く。何度も何度もトライしてみたが……」

「しいっ！」バーナードが不意にそう言って人さし指を立てた。二人が耳をすます。

「だれか来たらしい」とバーナードがささやく。

ヘルムホルツは立ち上がり、忍び足で玄関に行って、すばやくドアを開けた。もちろん、そこにはだれもいなかった。

「ごめん」バーナードは、ばつの悪い表情と気分で謝った。「ちょっと神経質になってるみたいだ。他人から疑われると、こっちも疑り深くなって」

片手を目もとにあてててため息をつき、哀れっぽく言い訳しはじめた。「きみは知らないだろうけど、このところ、たいへんなことが多くて」とつぜん間欠泉のように噴き上げてきた自己憐憫で、バーナードはほとんど涙声になる。「この気持ちをだれかにわかってもらえたらなあ」

ヘルムホルツはいたたまれない気分だった。かわいそうに、と心の中でつぶやきながらも、同時にこんな友だちを持ったことを恥ずかしく思っていた。バーナードも、もうちょっとプライドを持てばいいのに。

第5章

1

八時にはもう日が落ちてきた。ストーク・ポージズ・クラブハウスのスピーカーが人間以上のテノールでゴルフ場の営業終了をアナウンスする。レーニナとヘンリー・フォスターはラウンドの途中でプレーを切り上げ、クラブハウスに引き上げることにした。内外分泌物トラストの敷地から数千頭の牛の鳴き声が聞こえてくる。そこでとれるホルモンとミルクは、原材料としてファーナム・ロイヤルにある巨大工場に送られる。

ヘリコプターのたえまないローター音が黄昏を満たしている。二分半ごとにベルとかん高い笛の音が鳴り、軽便モノレールの出発を告げる。下層階級専用ゴルフコースの利用客を乗せてロンドン中心部に戻る列車だ。

レーニナとヘンリーはヘリコプターに乗って出発した。ヘンリーは高度八百フィートでローターの回転速度を落とし、暮れゆく風景の上で二分ほどヘリを静止させた。バーナム・ビーチズの森が、西の空の明るい岸辺まで広がる黒い池のように見える。地平線の真紅は消えゆく陽光の最後の名残り。そこからオレンジ色、黄色、薄い青緑色と上に向かってしだいに色が変わってゆく。北の方角は、森の向こうに内外分泌物トラストの工場があり、二十階建ての建物のすべての窓が電気の光でぎらぎら輝いている。そのすぐ手前に見えるのがゴルフ場のクラブハウス――大きなバラックは下層階級用、壁をへだてた小さな建物がアルファとベータ用。モノレール駅へ続く道には下層階級の労働者が蟻の行列のように黒々と連なって歩いている。いましも、駅舎のガラス製アーチ屋根の下から、明かりをともした列車が飛び出してくる。その進路に沿って、黒い平原の南東のほうに目を向けると、スラウ火葬場の壮麗な建物群が見える。夜間飛行のヘリコプターの安全に配慮して、四本の高い煙突は投光器に照らされ、てっぺんには赤い警告灯がついている。目立つ陸標のひとつ。

「あの煙突、なんのためにバルコニーがついてるの？」とレーニナがたずねた。

「リンの再生」ヘンリーは短く答えた。「煙突を昇っていく途中で、煙は四種類の処理を受けるんだ。昔はだれかが火葬されると、五酸化二リンがそのまま排出されていた。いまはその九十八パーセント以上が回収されている。大人の死体ひとつにつき一キロ半以上。年間に国内で生産されるリン四百トンの大部分を占める」

ヘンリーはまるで自分の手柄を誇るように、心からうれしそうに説明した。「死んだあとも社会の役に立つっていうのはいいもんだよね。植物を育てられる」

一方、レーニナは視線を移して、まっすぐモノレール駅を見下ろしながら、「いいわね」と相槌を打った。「でも、おかしな話じゃない？　アルファやベータが育てる植物の量が、ああいう下等なガンマやデルタやイプシロンたちの場合と変わらないなんて」

「人間はみんな、物理化学的には平等なんだよ」とヘンリーが金言のように述べた。「それに、イプシロンだって、なくてはならない務めを果たしている」

「イプシロンだって……」レーニナはふと思い出した。学校に通う小さな女の子だったころ、真夜中に目を覚まして、眠っている間じゅうずっと聞こえるささやきに、はじめて気がついたときのこと。あの夜の月の光、小さな白いベッドの列が目に浮かび、あのやわらかな低い声がまた耳に響く（数え切れない夜、朝までくりかえし聞かされた言葉はいまも忘れていないし、忘れられない）「みんなはみんなのために働く。わたしたちは、どのひとりが欠けても生きていけない。みんなはみんなのために働く。わたしたちは、どのひとりが欠けても生きていけない。イプシロンだって役に立つ。わたしたちは、イプシロンがいないと生きていけない。みんなはみんなのために働く。わたしたちは、どのひとりが欠けても生きて……」

レーニナは、初めてあの声に気づいた夜に味わった恐怖と驚きの衝撃を思い出した。目を覚ましたまま、三十分ほどあれこれ考えていたが、やがて果てしないくりかえしの影響でしだいに心が落ち着き、やわらいで、ひそやかに眠りが忍び寄り……。

「イプシロンは、自分がイプシロンでも気にならないのよね」レーニナは声に出して言った。

「そりゃそうだ。当然だろ。それ以外の自分を知らないんだから。もちろん僕らはイプシロンなんていやだけど、それはそういうふうに条件づけされているからだよ。それに、もともと別の遺伝形質をもって生まれてきてる」

「わたし、イプシロンじゃなくてよかった」レーニナはきっぱり言った。

「もしきみがイプシロンだったら、条件づけのせいで、ベータやアルファじゃなくてよかったと思うはずだよ」ヘンリーは前進プロペラのギアを入れ、ヘリはロンドンをめざして飛びはじめた。背後の西の空では真紅とオレンジ色がほとんど消えて、黒い雲が天頂まで広がっている。スラウ火葬場の焼却施設の真上を通過するとき、ヘリコプターは煙突から噴き出す熱い空気の柱に押し上げられて急上昇し、その先の冷たい空気に触れてすとんと急降下した。

「わあ！　これ、最高！」レーニナは楽しげに笑った。

しかしヘンリーは、ほとんど憂鬱そうな口調で、「いまのジャンプがなんだったかわかるかい？　だれかがこの世から永遠に消えたんだよ。熱い気体となって天に昇った。どんな人間だったんだろうな——男か女か、アルファかイプシロンか……」と言って、ため息をついた。それから、思い切るように明るい声になり、「ともかく、ひとつだけたしかなのは、生きているあいだしあわせだったってこと。いまはみんながしあわせ」

「ええ、いまはみんながしあわせ」レーニナはおうむ返しに言った。二人とも、十二年間ずっと、その言葉を毎晩百五十回ずつ聞かされてきたのだった。

ヘンリーは、ウェストミンスター区の四十階建て集合住宅に住んでいる。ヘリがビルの屋上に着陸すると、二人はまっすぐダイニングホールに降り、にぎやかに明るく談笑する客に交じってすばらしい夕食を楽しんだ。食後のコーヒーにはソーマつき。レーニナは二錠、ヘンリーは三錠、半グラムの錠剤を服んだ。九時二十分、二人は通りの向かいに新しく開店したウェストミンスター寺院《アビー》キャバレーを訪れた。

夜空にほとんど雲はなく、月も見えず、星がまたたくばかりだった。しかし運よく二人とも、この気の滅入るような事実には気づかなかった。電飾空中広告《スカイサイン》が闇を遮断していたからだ。いわく、『カルヴィン・ストープスと十六人のセクソフォン奏者』。新規開店したキャバレーの入口で、巨大な文字がぎらぎらと客を招いている。『ロンドン一の芳香色彩オルガン　全曲、最新の合成音楽』
二人は店に入った。空気は暑苦しく、竜涎香《りゅうぜんこう》と白檀の香りで息が詰まる。ホールの円天井には、色彩オルガンが熱帯の日没を映しているところだった。十六人のセクソフォン奏者が演奏しているのは、懐かしのメロディー「愛しきわが瓶」。よく磨かれたフロアの上で、四百組のカップルが曲に合わせてファイブ・ステップを踊っている。レーニナとヘンリーがすぐさま四百一番目のカップルになった。セクソフォンが月夜の猫のようにメロディアスにむせび泣く。アルトとテナーが絶頂が間近に迫ったようなうめき声をあげる。倍音を豊かに含んだ震えるような合奏は、ぐんぐん音量をあげて、クライマックスに昇りつめてゆく——最後に指揮者が手を振ると、天上の音楽のラストを飾る和音が砕けるような大音響で解き放たれ、生身の人間に過ぎない十六人の奏者の存在をきれいに消し去った。変イ長調《Aフラットメジャー》の雷鳴。それから、静けさと闇の中で、四分音ずつ音程を下げながらディミヌエンドして、かすかにささやくドミナントの和音だけが長く尾を引き(四分の五拍子のリズムがその下でまだ刻まれている)、暗闇の数秒間を強い期待で満たす。そしてついに、期待は報われた。とつぜん、日の出が爆発し、十六人が一斉に歌い出したのである。

わたしの瓶、欲しいのはあなた！
わたしの瓶、出るんじゃなかった
あなたの中では、いつも青空
いつも上天気
世界中さがしても、どこにもないの
わたしの愛しい瓶はひとつだけ

他の四百組とファイブ・ステップを踏み、ウェストミンスター寺院キャバレーのフロアをめぐりながら、レーニナとヘンリーは別世界で踊っていた――あたたかく、色彩豊かで、どこまでも心地のいい〝ソーマの休日〟の世界。みんな、なんて親切で、なんて美しく、なんておもしろい人たちだろう！　「わたしの瓶、欲しいのはあなた！」だが、レーニナとヘンリーは欲しいものをもう手に入れていた。ふたりとも、欲しいものの中にいる。いつも上天気、いつも青空の下につつがなく。

そして、疲れ果てた十六人がセクソフォンを置き、合成音楽装置がスローなマルサス《マルサシ》主義《アン》ブルースの最新曲を流しはじめると、二人は、瓶に入ったまま人工血液の海で静かに波に揺られる双生児になった。

「おやすみなさい、みなさん。おやすみなさい、みなさん」スピーカーの声は、おだやかで音楽的な礼儀正しさで、命令をオブラートにくるんでいる。「おやすみなさい、みなさん……」

レーニナとヘンリーは、おとなしくその命令に従い、ほかの客といっしょに店を出た。気の滅入る星々は夜空を大きく移動して配置を変えていた。それをさえぎるスカイサインはほとんど消えてしまっていたが、若いカップルは、まだ楽しい夜の名残りに包まれて、周囲には無頓着だった。

キャバレーが閉店する三十分前に服用した今夜二度目のソーマのおかげで、二人の心と現実世界とのあいだにはいまもまだ分厚い壁がある。二人は瓶に入ったまま道路を渡り、瓶に入ったままエレベーターで二十八階のヘンリーのアパートメントに上がった。しかし、瓶に入ったままだろうと、今夜二グラム目のソーマの影響下にあろうと、レーニナは法に定められたすべての避妊処置を忘れなかった。長年のたゆまぬ睡眠学習と、十二歳から十七歳まで週三回受けてきたマルサス処置訓練のおかげで、避妊はまばたきと同じくらい自動的にできる。

「そうそう、いま思い出したけど」バスルームから出てきたレーニナが言った。「あなたがプレゼントしてくれたあのお洒落なカートリッジベルト。合成モロッコ革の緑のやつ、あれをどこで買ったのか教えてって、ファニー・クラウンが言ってた」

2

隔週木曜がバーナードの連帯のおつとめ《ソリダリティー・サーヴィス》の日だった。アフロディテウム（会則第二条にもとづき、ヘルムホルツは最近、ここの会員に選ばれていた）で早い夕食をしたためたあと、バーナードはヘルムホルツと別れて屋上でタクシコプターを拾い、「フォードサン共同体合唱館まで」と操縦士に行き先を告げた。タクシコプターは高度二百メートルまで上昇してから東に向かい、やがて方向転換したとき、バーナードの眼前に美しく巨大な合唱館が現れた。高さ三百二十メートルの白い合成カラーラ大理石の建物がライトアップされて、ラドゲート・ヒルの上で雪のように輝いている。ヘリポートの四隅には巨大なTの字が夜の闇をバックに真紅に浮かび、二十四個の大きな金色のラッパ形スピーカーからは荘厳な合成音楽が流れてくる。

「あくそ。遅刻だ」合唱館の大時計、ビッグ・ヘンリーを見て、バーナードの口から思わずひとりごとが洩れる。その言葉どおり、タクシコプターの料金を払っている最中に、ビッグ・ヘンリーが時報を打った。「フォード」と、金色のラッパすべてが低音の大音量で歌い出し、「フォード、フォード、フォード……」と九回くりかえした。バーナードはエレベーターめざして走った。

フォード記念日の式典やその他の大きな共同体合唱会が開催される大ホールは、ビルの一階にある。二階から上は、各フロア百室ずつ、合計七千の集会室があり、各連帯《ソリダリティー》グループが二週に一度のおつとめに利用している。バーナードは三十三階でエレベーターを降りると、急ぎ足で廊下を歩いた。3210号室の前まで来ると、一瞬ためらってから、勇を鼓してドアを開け、中に入った。

助かった《サンク・フォード》！　ビリじゃなかった。円テーブルを囲む十二の椅子のうち、三つがまだ空いている。バーナードはなるべく目立たないように手近の椅子にすわり、自分より遅れた会員が入ってきたらにらみつけてやろうと待ちかまえた。

「きょうはなにをしてたの？」左隣にすわっている若い女がこちらを向いてたずねた。

「障害物、それとも電磁式？」

バーナードは相手に目を向け（うわ《フォード》！　モーガナ・ロスチャイルドじゃないか）、どっちもやっていないと顔を赤くして答えた。モーガナが驚いたようにまじまじとバーナードの顔を見つめ、気まずい沈黙が流れた。

それから、彼女はわざとらしく向こうを向き、自分の左側にいるもっとスポーツマンふうの男に話しかけた。

最高の出だしだな。バーナードはみじめな気分で思い、またもや合一に失敗する未来を予見した。あわてて手近の椅子にすわるんじゃなくて、ゆっくりあたりを見まわせばよかった。そうすれば、フィフィ・ブラッドローとジョアナ・ディーゼルのあいだの空席にすわることもできた。なのに闇雲に着席した結果、モーガナの隣になってしまった。よりによってモーガナとは！　やれやれ《フォード》！　あの黒い眉――鼻の上でつながって、一本になっている。やれやれ《フォード》！　そして右隣は、クララ・ディターディング。たしかにクララの眉はつながってないが、いくらなんでもむちむちすぎる。それにくらべたら、フィフィやジョアナは申し分ない。ふくよかで、金髪で、背は高すぎず。おっと、いま入ってきたのは無骨者のトム・カワグチ。二人の間の席をとられてしまった。

いちばん遅れてきたのは、サロジニ・エンゲルスだった。

「遅刻だ」とグループの会長が厳しく叱責した。「二度と遅れないように」

サロジニは謝罪して、ジム・ボカノフスキーとハーバート・バクーニンの間の席に滑り込んだ。これで全員がそろい、連帯の輪が完全無欠になった。テーブルのまわりに、男、女、男と交互に並ぶ無限の環ができる。十二人がひとつになる用意が整った。いまから十二人が集合し、溶け合い、個を捨てて、より大きな存在となる。

会長が立ち上がり、胸でT字を切ってから合成音楽のスイッチを入れると、ドラムのたゆまぬ低いビートと疑似管楽器および超弦楽器の合奏が流れ出し、耳に残る連帯賛歌第一の短いメロディーを切々とくりかえした。何度も何度も——脈動するリズムは、耳ではなく鳩尾《みぞおち》に響く。反復するハーモニーのむせびと打音は頭にではなくはらわたにとり憑き、焦がれるような思いをかきたてる。

会長はまたT字を切って着席した。おつとめはすでにはじまっている。供えものの錠剤はテーブルの中央に置かれている。ストロベリー・アイスクリーム・ソーマを満たした親愛の杯が手から手へまわされ、会員はそれぞれ「無我に乾杯」という決まり文句を唱えて口をつける。それが十二回くりかえされたのち、合成オーケストラの伴奏つきで連帯賛歌第一が歌われた。

フォードよ、われら十二人をひとつになせ
社会の川を流れる水滴のごとく
われらをともに走らせたまえ

輝くT型《フリヴァー》フォードのように速く

焦がれるような詞が十二連。それから杯が二巡目に入る。今度の決まり文句は「偉大なる存在に乾杯」。全員が飲んだ。音楽はたゆまず続き、ドラムがビートを刻む。合奏のむせびと打音が溶けたはらわたにとり憑く。連帯賛歌第二がはじまった。

来たれ、より偉大なる存在、社会の友よ
十二を滅して、一となせ
われらは死を求む、この生の終わりこそは
われらのさらに大いなる生の始まりなれば

今度も十二連。ソーマが効きはじめていた。十二人の瞳が輝き、頬が紅潮する。内なる博愛の光が全員の顔を輝かせ、楽しく親しげな笑顔にする。バーナードでさえ、心を閉ざす氷がいくらか溶けてゆくのを感じ、笑顔を向けてきたモーガナ・ロスチャイルドに、せいいっぱいの笑みを返した。でもやっぱり、一本につながった黒い眉が気になる。忘れようとしても忘れられない。まだそこまでは氷が溶けていない。もしフィフィとジョアナのあいだにすわっていたら……杯が三巡目に入った。「近づく降臨に乾杯」と、たまたまこの巡回の一番手となったモーガナが唱える。喜びに満ちた大きな声。アイスクリーム・ソーマを飲み、杯をこちらにまわす。「近づく降臨に乾杯」とバーナードはくりかえし、降臨が近いと感じるべく心から努力したが、つながり眉が脳裏を去らず、彼に関するかぎり、降臨はおそろしく遠かった。ソーマを飲み、杯をクララ・ディターディングに回す。どうせまた失敗だ、そうに決まってる。心の中でつぶやきながらも、バーナードはせいいっぱいの笑みを浮かべつづけた。

杯がまた一巡した。会長が片手を上げて合図すると、連帯賛歌第三の合唱が始まった。

より偉大なる存在の降臨を感じ
歓び、その歓びのうちに死ね！
太鼓の響きの中で溶けよ！
われは汝にして、汝はわれなれば

連が進むにつれて、歌声にますます興奮が募り、近づく降臨の予感が電気のように空気を満たした。会長が合成音楽を切り、最後の連の最後の音符が消えると、完全な静寂に包まれる——期待を引き伸ばされた、ビリビリぞくぞく帯電するような沈黙。会長が片手をさしのべる。すると、とつぜん頭上から〝声〟がした。生身の人間のどんな声よりも音楽的で、豊かで、温かく、愛と憧れと思いやりに震える、神秘的で超自然的なすばらしい〝声〟が語りかけてきた。ごくゆっくりしたリズムで、「おお、フォードさま、フォードさま、フォードさま」とじょじょに小さくなり、音階を下降しながら。聞く者すべての下腹部からあたたかな感覚が広がり、体の隅々までぞくぞくする興奮が伝わってゆく。目に涙があふれる。体の中で心臓や消化器が命を持ち、ひとりで動き出すような気がした。「フォードさま！」十二人は溶けてゆく。「フォードさま！」融け、解け、蕩《とろ》けてゆく。そのときとつぜん、さっきとは別の口調で、「聴け！」と高らかに〝声〟が叫び、彼らをはっとさせた。「聴け！」彼らは聴いた。ややあって、〝声〟はささやきとなり、「より偉大なる存在の足が」と続けたが、なぜかそのささやきは、大音声のくりかえし、ほとんど消えるようなささやきで、「より偉大なる存在の足が」と、〝声〟はまた同じ言葉を叫びよりも深く突き通った。「より偉大なる存在の足が階段を降りてくる」と言った。そしてまた、静寂。一時的にゆるんでいた期待がまた少しずつ張りつめ、ちぎれる寸前まで引き伸ばされた。より偉大なる存在の足が——おお、聞こえる。聞こえる。静かに階段を降りてくる。見えない階段を降りてどんどん近づいてくる。より偉大なる存在の足が。突然、緊張が限界に達した。目をみはり、口を半開きにしたモーガナ・ロスチャイルドが、ぱっと立ち上がる。

「聞こえる！　あの方の足音が聞こえる！」

「あの方が来る！」サロジニ・エンゲルスも叫んだ。

「そうだ、あの方が来る！　足音が聞こえる！」フィフィ・ブラッドローとトム・カワグチが同時に立ち上がった。

「おお、おお、おお！」ジョアナは言葉にならない声で降臨を迎える。

「あの方が来る！」ジム・ボカノフスキーが叫ぶ。

会長が身を乗り出して合成音楽のスイッチを入れ、シンバルの狂乱と管楽器の爆発とドラムの熱狂を解き放った。

「おお、あの方がいらっしゃる！」クララ・ディターディングが絶叫した。「あいいいー！」喉をかき切られたかのような悲鳴。

そろそろ自分の番だと判断して、バーナードも飛び上がり、「聞こえる！　あの方が来る！」と叫んだが、それは嘘だった。彼に関するかぎり、なにも聞こえず、だれもやってこない。鳴り響く音楽と高まる興奮にもかかわらず、だれも。しかしバーナードは両腕を振り、声を張り上げた。みんながジグを踊り、床を踏み鳴らし、すり足で動くと、バーナードもそれにならってジグを踊り、床を踏み鳴らし、すり足で動いた。十二人はテーブルのまわりでひとつの大きな踊りの輪をつくり、それぞれが両手を前の人の腰にあて、ぐるぐるぐるぐるまわりながらユニゾンで叫び、音楽のリズムに合わせて足を踏み鳴らし、それと同時に前の人の尻を両手で叩いた。十二組の手がひとつになり、十二の尻がひとつになってパンパンパパンと音を響かせる。十二組がひとつ、十二個がひとつ。「聞こえる！ あの方が来る！」音楽が速くなる。床を踏むビートがどんどん速くなり、尻を打つ手のリズムも速くなる。そしてだしぬけに、バス歌手の合成音声が大音量で歌いはじめ、連帯の最終的な成就となる合一の時が近づいていること、〝十二がひとつ〟と、より偉大なる存在の顕現が迫っていることを告げた。「オージー・ポーギー」と合成音声が歌いはじめ、ドラムが熱のこもったビートを刻む。

ランラン乱交《オージー・ポーギー》　フォードにわくわく《ファン》
女の子たちにキスしてひとつ《ワン》に
男も女もひとつで安心
ランラン乱交《オージー・ポーギー》、解き放て

「オージー・ポーギー」と踊り手たちが典礼のリフレインに唱和する。「フォードにわくわく《ファン》女の子たちにキスしてひとつ《ワン》に……」合唱するうち、照明がゆっくりと暗くなり、同時に空気があたたかく濃密になり、しだいに赤みを帯びて、いつしか全員が、胎児保育室の紅い薄闇の中で踊っていた。「オージー・ポーギー……」血の色と胎児の闇の中、踊り手たちはなおもしばらく回りつづけ、たゆまぬリズムを刻む。「オージー・ポーギー……」それから、輪が乱れ、ちぎれ、ばらばらになって、壁ぎわのソファ――円テーブルとその周囲に惑星のように配置された椅子を囲む、いちばん外側の輪――に倒れ込んだ。「オージー・ポーギー……」深い〝声〟がやさしくあやすように歌う。紅い薄闇の中、その声はまるで、巨大な漆黒《しっこく》の鳩のように響いた。思い思いに倒れ伏した踊り手たちをねぎらうように飛ぶ、慈悲深い鳩。

　彼らは屋上に立っていた。ビッグ・ヘンリーがいましがた十一時を打ったばかり。夜はおだやかであたたかい。

「ねえ、すばらしくなかった？」とフィフィ・ブラッドローがバーナードの顔を見てたずねた。「とにかく最高じゃなかった？」恍惚の表情だが、そこには熱情も興奮もなかった――なぜなら、興奮するためには、まだ満たされていないものが必要だから。いまのフィフィの恍惚は、すべてが成就したあとのおだやかな恍惚だった。ただの虚脱した堪能でなく、均衡のとれた生の、安らかな平衡を保つ活力の堪能だった。豊かな、生き生きした平穏。なぜなら、連帯のおつとめは、与えると同時に受けとるものであり、引き出されては満たされるからだ。フィフィは満ち足りて完璧になり、たんなる彼女以上の存在になっていた。「すばらしかったと思わない?」フィフィは超自然的な光に輝く目でバーナードの顔を覗き込み、しつこくくりかえした。

「うん、すばらしかったよ」バーナードは嘘をつき、目をそらした。神々しく変貌したフィフィの顔は、バーナードの孤立をとがめ、わざとそれを意識させているような気がした。バーナードは、儀式が始まる前もいまも、変わらずみじめに孤立している——いやむしろ、満たされない空虚とむなしい堪能のせいで、前よりいっそう孤立している。他の会員は全員、〝より偉大なる存在〟の中に溶け込んだというのに、ひとりだけ合一を果たせず、切り離されていた。モーガナに抱擁されていたときでさえ、彼は孤独だった——それどころか、生まれてこのかた経験したことがないほど徹底的に孤独だった。あの紅い薄闇からふつうの照明のもとに出てきたときは、自意識がさらに研ぎ澄まされ、激しい苦痛となって彼を苛《さいな》んだ。バーナードはまったくみじめだった。そしてそれは(フィフィの輝く瞳がとがめるとおり)たぶん彼自身のせいだろう。「ほんとにすばらしかったね」とくりかえしたが、頭にあるのはただひとつ、モーガナのつながった眉だけだった。

第6章

1

奇人、変人、変わり者——というのがバーナード・マルクスに対してレーニナが下した評価だった。あんまり変な人なので、それからの数週間のあいだに一度ならず決心が揺らいだ。やっぱりバーナードとニューメキシコに行くのはやめて、ベニート・フーヴァーと北極へ出かけたほうがいいんじゃないかしら。でも、北極は行ったことがある。去年の夏、ジョージ・エゼルと出かけたし、なお悪いことに、さっぱり面白くなかった。なにもやることがないうえに、ホテルはどうしようもなく古めかしかった——客室にテレビがなく、館内に芳香オルガンもなく、おそろしくお粗末な合成音楽があるだけ。二百人以上が泊まれるホテルなのに、エスカレーター・スカッシュ・コートは二十五面しかない。だめ、北極なんかぜったい無理。それに対して、アメリカには一度しか行ったったことがない。その一度だって、行ったうちにもはいらない。週末だけのニューヨーク格安弾丸ツアー。連れはジャンジャック・ハビブラ——それともボカノフスキー・ジョーンズだったっけ？　覚えてないけど、とにかく、ちゃんとした旅行じゃなかった。今度はまるまる一週間、アメリカ西部を旅行できるんだから、その点はおおいに魅力的だ。しかも、そのうち少なくとも三日は野人保護区へ行く予定。条件づけセンター全体を見渡しても、野人保護区に行ったことがある人は、せいぜい五、六人しかいない。アルファプラスの心理学者であるバーナードは、保護区訪問許可をとれる数少ない知り合いのひとり。レーニナにとっては、めったにないチャンスだ。もっとも、バーナードの変人ぶりもめったにないランクだから、OKすべきかどうか悩んだ挙げ句、いっしょにいて楽しい馴染みのベニートに希望を託し、リスクをおかして北極に再挑戦してみようかと考えたくらいだった。少なくとも、ベニートはまともだ。対するバーナードは……。

「人工血液にアルコールが混じっちゃったせいよ」というのが彼の奇矯さに関するファニーの説。一方、ヘンリーはと言うと、ある晩レーニナが、新しい恋人について不安に思っていることをベッドの中で相談したとき、哀れなバーナードを犀《さい》にたとえて、いつものように自信たっぷりにこう説明した。

「犀に芸は仕込めない。人間社会にも犀みたいなやつがいるんだよ。条件づけに対して正しく反応しない。かわいそうに！　バーナードもそのひとり。さいわい、彼の場合、仕事に関してはずいぶん優秀だ。じゃなかったら、とっくに所長がセンターから放り出してるよ。しかしまあ」ヘンリーは慰めるようにつけ加えた。「べつだん害のない男だと思うけど」

べつだん害はないかもしれないが、いっしょにいると不安になる相手ではある。まず第一に、なんでも人目につかないところでやろうとするあの奇癖。それだと、事実上なにもしないのと変わらない。だって、人間が人目につかずにできることなんて、いったいなにがあるだろう（もちろん、睡眠は別だけど、ずっと眠っているわけにはいかない）。ほとんどない。彼との初めてのデートは、よく晴れた日だった。トーキー・カントリークラブで泳いでからオックスフォード・ユニオンで夕食をとろうとレーニナは提案した。でも、バーナードは人が多すぎると反対した。だったらセント・アンドルーズで電磁ゴルフはどうかと言ったら、それもノー。バーナードいわく、電磁ゴルフは時間の無駄。

「じゃあ、時間はなんのためにあるの？」レーニナはちょっとびっくりして、そうたずねた。

どうやら、湖水地方を散策するためらしい。それがバーナードの提案だった。スキドー山の頂上に降りて、ヒースの荒野を二時間ほど歩こうよ。「レーニナ、きみと二人きりで」

「でもバーナード、夜はずっと二人きりじゃない」

バーナードは顔を赤くして目をそらした。「つまり、二人きりで話がしたいんだよ」

「話って？　なんの話？」荒れ野を散歩しながら話をする――午後を過ごすにはずいぶん妙なやりかたに思えた。

レーニナは、反対するバーナードをなんとか説き伏せ、いっしょにアムステルダムへ行って女子ヘビー級レスリング選手権の準々決勝を観戦することにした。

「例によって人混みの中か」と文句を言い、バーナードは午後じゅうずっと、頑なにふさぎこんでいた。レーニナの友人たちとも話をしようとしなかった（試合の合間に寄った会場ロビーのアイスクリーム・ソーマ・バーで、レーニナは数十人の知り合いと顔を合わせた）。暗い気分でいるくせに、レーニナがソーマ半グラム入りのラズベリー・サンデーを押しつけても、断固として拒否した。「僕は自分自身でいたい。だめな僕のままでいい。いくら楽しくても、他人になるのはいやなんだ」

「早めのソーマ一グラムは九グラムの節約」レーニナは睡眠学習の知恵を引用した。

バーナードは、レーニナがさしだしたグラスをいらだたしげに押し戻した。

「そんなにむくれないで。ソーマ十グラムは十人の鬱を断つ、よ」

「くそっ《フォード》、頼むから放っといてくれ！」バーナードは声を荒らげた。

レーニナは肩をすくめた。「呪うより服もう、ソーマ一グラムで人生楽々」ときっぱり言うと、ラズベリー・サンデーのグラスを自分で飲み干した。

帰途、ドーヴァー海峡を横断しているとき、バーナードは前進用プロペラをとめ、波立つ海面から百フィートの高度でヘリをホバリングさせた。天候が悪化して、南西の風が強まり、夜空に雲が垂れ込めていた。

「見て」とバーナードが命令した。

「でも、こわい」レーニナはぞっとして窓から身を引いた。押し寄せる夜の虚無と、眼下で泡立ちうねる黒い海と、どんどん流れてゆく雲のあいだに見える白い月の狂気じみたとげとげしい顔がこわかった。「ラジオをつけて。早く！」レーニナはダッシュボードのダイヤルに手を伸ばし、自分で適当に回した。

「……あなたの中では空は青く」と十六人の歌手がファルセットを震わせて歌い出した。

「天気はいつも……」

不意にしゃっくりの音がして、ラジオが沈黙した。バーナードが電源を切ったのだ。

「静かに海を眺めたいんだ。あんなひどい雑音が流れてると、おちおち眺めることもできない」

「でも、素敵な歌よ。それに、わたしは眺めたくない」

「でも、僕は見たい。海を見ていると……」バーナードは口ごもり、自分の気持ちを表わす言葉をさがした。「もっと自分になれる気がする。わかるかな。ほかのものの一部になるんじゃなくて、もっと自分だけの自分でいられるんだ。社会という体の細胞のひとつじゃなくて。レーニナ、きみはそんな気分にならない？」

しかし、レーニナは泣きながら、「こわい。こわい」とくりかえすばかりだった。

「それに、社会の一部でいたくないなんてよく言えるわね。みんなはみんなのために働くのよ。どのひとりが欠けても生きていけない。イプシロンでさえ……」

「ああ、わかってるとも」バーナードは嘲るように言った。「〝イプシロンでさえ役に立つ〟！　僕だって役に立ってる。役に立ちたくなんかないのに！」

レーニナは冒瀆的なこの言葉にショックを受けた。「バーナード！」驚きと嘆きの混じる声で抗議する。「どうしてそんなことが！」

バーナードは、今度は考え込むような口調になり、「どうしてそんなことが僕に言えるのか？　いや、正しい問いはこれだね。どうして僕は自分でいられないのか？　いや、その理由ならわかってるから、むしろこうか。もし僕が条件づけの奴隷ではなく、自由になれたとしたら、いったいどんなふうだろう？」

「でも、バーナード、あなた、すごくひどいこと言ってる」

「きみは自由になりたくないのかい、レーニナ？」

「意味がわからない。わたしは自由よ。自由にすばらしい時間が過ごせる。いまはみんながしあわせ」

バーナードは笑った。「そう、いまはみんながしあわせ。子どもが五歳のときから教えはじめる標語だ。それとは違うやり方で、自由にしあわせになりたいと思わないかい、レーニナ？　たとえば、ほかのみんなと同じじゃない、きみだけのやり方で」

「意味がわからない」レーニナは同じ言葉をくりかえし、それからバーナードのほうを向いて、「ねえ、もう帰りましょう。こんなとこ、大嫌い」

「僕といるのがいや？」

「そんなわけないでしょ、バーナード。この場所がいやなの」

「ここならもっと……もっと二人になれると思ったんだ――海と月しかないこの場所なら。人がいっぱいいるところや、僕の部屋とくらべても。わからない？」

「ぜんぜんわからない」レーニナはきっぱり言った。理解できない気持ちをしっかり保ちたかった。「なにひとつ。いちばんわからないのは」そこで口調を変えて、「そういうひどい考えにとり憑かれたとき、あなたがどうしてソーマを服まないのか。服めばぜんぶ忘れられるのに。みじめな気分のかわりに楽しい気分になれる。すごく楽しい気分に」とくりかえし、とまどいと不安の色を浮かべながらも、誘いかけるような官能的な笑みを向けた。

バーナードは無言でレーニナを見た。誘いには反応せず、ひどく重々しい表情で、じっと見つめている。数秒後、レーニナが先に目をそらした。彼女は神経質な笑いを小さく漏らし、なにか言おうとしたが、なにも思いつかなかった。沈黙が長くつづいた。

ようやくバーナードが口を開き、疲れた小さな声で、「よし、じゃあ、戻ろうか」と言って、アクセルを強く踏み込んだ。ヘリコプターが空高く急上昇し、高度四千フィートで前進用プロペラが始動した。一、二分、静寂の中を飛行していたが、不意にバーナードが笑い出した。妙な笑い方だとレーニナは思ったが、それでも笑い声は笑い声だ。

「気分がよくなった？」とレーニナは思いきってたずねてみた。

返事のかわりに、バーナードは操縦装置から片手を離し、レーニナの体に腕を回して、胸をまさぐりはじめた。

よかった、とレーニナは思った。もう大丈夫みたい。

三十分後、二人はまたバーナードの住居に戻ってきた。バーナードはソーマ四錠をいっぺんに服み、ラジオとテレビをつけて服を脱ぎはじめた。

「ねえ」翌日の午後、職場の屋上でバーナードと会ったとき、レーニナはいたずらっぽく訊ねた。「きのうは楽しかった?」

バーナードはうなずいた。彼のあとについてヘリコプターに乗り込むと、ガクンと軽く揺れて、機体が離昇した。

「すごくむちむちだって、みんなに言われるの」腿を軽く叩きながら、レーニナは物思わしげに言った。

「すごくね」とバーナードは相槌を打ったが、目には苦痛の色があった。肉みたいに、と心の中でつけ加える。

レーニナはちょっと不安そうに顔をあげた。「贅肉がつきすぎだと思う?」

バーナードは首を振った。やっぱり肉なのか。

「じゃあ、このままでいいと思う?」バーナードはまたうなずいた。「どこをとっても?」

「完璧だよ」と口に出して言いながら、バーナードは心の中で思った。この娘は自分のことを肉だと思ってる。肉でも気にしていない。

レーニナは誇らしげな笑みを浮かべた。だが、喜ぶのは早すぎた。

「それでもやっぱり」と少し間を置いてバーナードは続けた。「最後はああじゃないほうがよかったけど」

「ああじゃないほう？　どういうのがよかったの？」

「最後にベッドに入るんじゃないほうがよかった」とバーナードは具体的に答えた。

レーニナは仰天した。

「つまり、すぐ寝ないほうがよかったってこと。初めてのデートの日じゃないほうが」

「でも、だったらどんな……？」

バーナードは意味不明で危険なたわごとをべらべらしゃべりだした。レーニナは必死に耳に入れまいとしたが、それでも断片的に聞こえてきた。「……衝動を抑えたらどうなるか試してみたい」という言葉が、レーニナの反発心を刺激した。

「きょう楽しめることをあすに延ばすな」レーニナはいかめしく言った。

「十四歳から十六歳半まで、週二晩、ひと晩二百回ずつ聞かされる文句だ」というのがバーナードの返答だった。どうしようもないめちゃくちゃな発言はなおも続いた。「情熱がなんなのか知りたい」という言葉が聞こえた。「なにかを強く感じたい」

「個人の感情は社会の乱調」とレーニナがまた標語を引く。

「すこしぐらい乱れたっていいだろ」

「バーナード！」

しかし、バーナードは恥じ入るそぶりもなく、「みんな知的には大人だし、仕事中も大人だけど」と続けた。「感情や欲望の関するかぎり子どもなんだ」

「われらがフォードさまは幼子を愛される」

バーナードはそれを無視して、「こないだ、ふと思いついた。つねに大人でいることは可能かもしれない」

「意味がわからない」レーニナはきっぱり言った。

「わからないだろうね。だからこそ、僕らはゆうべ寝た——子どもみたいにね。大人らしく分別をもって時を待つんじゃなくて」

「でも、楽しかった」レーニナはしつこく言いつのった。「でしょ？」

「ああ、すごく楽しかったよ」と答えたが、バーナードの声は悲しげで、心底みじめな表情だった。レーニナの勝利感はまるごと消え失せた。やっぱり、贅肉がつきすぎだと思われてるのかも。

「だから言ったじゃない」というのが、あとで話を聞いたファニーの反応だった。「人工血液にアルコールが混じったのよ」

「それでもやっぱり、あの人が好き」とレーニナは言い張った。「手がすごく素敵なの。それに肩を動かすかっこうが最高に魅力的で」ひとつため息をつき、「でも、あんなに変じゃなきゃいいのに」

2

所長室のドアの前でバーナードは立ち止まり、ひとつ深呼吸した。中に入れば、所長の反感と反発にさらされるのはわかっている。肩をそびやかして身構えると、ノックして入室した。

「所長、許可証にサインをいただきたく」バーナードはできるだけなにげない口調で言って、所長のデスクに書類を置いた。

所長は不興げな表情を浮かべた。だが、書類のてっぺんには世界統制官事務局の捺印、いちばん下にはムスタファ・モンドの黒々とした太い署名がある。形式は完璧。署名する以外の選択肢はない。所長は鉛筆でイニシャルを書き——ムスタファ・モンドの名前の下に、二つの薄い小さくてお粗末な文字——一言の感想も無事を祈る言葉もなく書類を返そうとして、ある箇所に目をとめた。

「ニューメキシコ州の保護区?」その口調と、こちらに向けた顔に、動揺らしきものが表れていた。

所長が驚いたことに驚きつつ、バーナードはうなずいた。沈黙が流れた。

所長は椅子の背に体を預け、眉根にしわを寄せた。「いつだったかな」バーナードにたずねるというより、ひとりごとのような口調で、「二十年前。いや、もう二十五年近く前か。きみぐらいの年だった……」ため息をついて首を振る。

バーナードはひどく居心地が悪かった。規則や社会慣習にうるさい所長が、こんなひどいマナー違反をしでかすとは! いますぐ顔を伏せて部屋を飛び出したい気分だった。昔話をする人間がどうしても気に障るというわけではない。睡眠学習に植えつけられたそういう先入観は、もうすっかり克服している(と自分では思っている)。いたたまれないのは、そういう行為を所長自身が是認しないことがわかっているからだ。なのに所長は、うかつにも、自覚のないまま、禁じられた行動に走っている。どんな衝動に駆られたんだろう。バーナードは不快感を抑えつけ、所長の話に耳をそばだてた。

「わたしの場合も、きみと同じく、この目で野人を見てみたいと思ったんだ」と所長が続ける。「ニューメキシコ行きの許可をとり、夏季休暇を利用して旅行に出かけた。当時つきあっていた子といっしょにね。その子はベータマイナスで、たしか」（所長は目を閉じた）「髪は黄色だったかな。とにかく、すごくむちむちだった。わたしたちは保護区へ行って野人を見物したり、乗馬をしたりして過ごした。ところが――もう休暇も終わりかけのころ――その子が行方不明になった。忌まわしい山岳地帯へいっしょに馬で登ったんだよ。すごく蒸し暑い日で、昼食のあとは昼寝をした。というか、わたしはひと眠りしたが、女の子のほうは、ひとりで散歩に出たらしい。ともかく、目を覚ますと姿が見えなかった。それから、かつて経験したことがないほどすさまじい雷雨に襲われた。滝のような豪雨と稲妻。馬は雷に驚いて二頭とも逃げ出した。捕まえようとしたが、膝を怪我してまともに歩けなくなった。それでもさがした。大声で名前を呼びながらさがしつづけた。しかし、手がかりひとつ見つからなかった。それで、彼女ひとりでレストハウスに戻ったんだろうと思って、来た道を引き返し、這うようにして山を降りた。膝がものすごく痛んだが、ソーマはなくしてしまっていた。何時間もかけてレストハウスに帰り着いたときは、真夜中を過ぎていた。だが、レストハウスに彼女はいなかった。彼女はいなかったんだ」と所長はくりかえした。沈黙が流れた。

「それで」と所長はようやく口を開いた。「翌日、捜索活動がおこなわれた。だが、見つからなかった。どこかの谷《ガリー》に落ちたか、クーガに食われたか、フォードのみぞ知る。とにかく、おそろしい事件だった。あのときは、ものすごく気が動転した。あえて言えば、必要以上に。というのも、結局あれは、だれに起きてもおかしくない事故だったからだ。社会を構成する細胞が入れ替わっても、社会という身体は変わりなく残る」だが、睡眠学習に植えつけられたこの慰めも、あまり効果はなかったらしい。所長は首を振りながら、「じっさい、いまでもときどき夢に見るよ」と低い声で続けた。「ものすごい雷の音で目が覚め、彼女がいないと気づいたときのこと。山の中を必死にさがしつづけたこと」追憶に浸り、黙り込んだ。

「さぞやひどいショックだったでしょうね」バーナードはうらやむような口調で言った。

そのひとことで所長ははっとわれに返り、社会的禁忌をおかしてしまったことを初めて自覚したらしい。バーナードを見て、さっと目をそらす。顔にどす黒く血が昇った。突然の疑念にかられたようにまたバーナードを見やり、威厳を示すように叱りつけた。

「わたしがその子と不適切な関係だったなどと思うんじゃないぞ。感情的な仲でも、長く続く関係でもなかった。しごく健全でノーマルな関係だった」所長は許可証をバーナードに手渡した。「どうしてこんなくだらない話をべらべらしゃべってしまったのやら」

　所長は不名誉な秘密をうっかり漏らしてしまった自分に対する怒りをバーナードにぶつけた。悪意をあらわにした目で見据えながら、

「この機会に言っておくが、マルクスくん、きみの勤務時間外の行動について、遺憾きわまりない報告が寄せられている。わたしが口を出す筋合いじゃないと思うかもしれないが、それは違う。わたしには当センターの評判を守る義務があるからね。職員は、疑念を招く行動をとってはならない。とりわけ最上層階級の人間は。アルファは、幼児的感情行動の面では幼児的にふるまわなくてもいいように条件づけされている。しかし、だからこそ、社会に適応するよう、なおいっそう努力をしなければならない。自分の性向に反してでも、正しく幼児的にふるまうことがアルファの義務なのだ。それとマルクスくん、もうひとつ、はっきり警告しておく」と、所長は怒りに震える声で言った。その怒りはいまや、個人の感情を超えた正義の怒り、社会全体からの非難となっていた。

「今後もし、幼児的な正しい社会慣習に背いているとの報告が一度でもあれば、きみをどこかの支部《サブセンター》に――アイスランドあたりに――異動させるよう求めることになるぞ。では、もう下がりたまえ」所長は椅子を回転させると、ペンをとり、書類仕事を再開した。

これで懲りただろう。所長は心の中でそうつぶやいたが、それはまちがいだった。というのも、ドアをバタンと閉めて部屋を出たとき、バーナードは大いばりで、得意の絶頂だったのである。僕は社会の秩序全体を敵にまわし、ひとりで闘っている。個として重要な存在なのだ。この甘美な認識に恍惚となり、気分が高揚していた。迫害される可能性にもたじろぐことなく、落ち込むどころか舞い上がっていた。どんな不運にも、アイスランドに飛ばされる運命にさえ立ち向かえる強い自信が湧いてきた。しかも、実際にそんな目に遭うとはこれっぽっちも思っていないだけに、なおさら自信が大きくなった。こんなことで飛ばされるわけがない。アイスランドはただの脅しだ。人生に刺激と活力を与える脅し。廊下を歩きながら、彼は実際に口笛を吹いていた。

その夜、ヘルムホルツ・ワトスンと会ったバーナードは、所長との会見の顚末《てんまつ》を、まるで武勇伝を披露するように語った。「そこで僕は、『だったら、過去という底なし沼に好きなだけ沈んでればいいでしょう』と言い捨てて部屋を出た。それでおしまい」と話を締めくくり、共感と激励と賞賛の言葉を期待する顔でヘルムホルツを見やった。だが、返事はなかった。ヘルムホルツは、床に目を落とし、黙ってすわっていた。

ヘルムホルツはバーナードが好きだった。知り合いの中でただひとり、大切な問題について腹を割って話せる相手だったから、彼がいてくれることに感謝していた。しかし、好きになれない面もある。たとえば、いまみたいな自慢。それと表裏の関係にある、みじめな自己憐憫。ことが終わったあとになって妙に大胆なことを口にしたり、その場にいないときにかぎって驚くほど沈着冷静でいられたりする情けない癖。そういう部分がどうにも気に障るのは、バーナードに好意を抱いているがゆえだった。沈黙の数秒間が過ぎた。ヘルムホルツは相変わらず床を見つめている。バーナードは急に顔を赤くして目をそらした。

3

旅の道中はなにごともなかった。ブルー・パシフィック・ロケットは予定より二分半早くニューオーリンズに到着し、テキサス上空を通過するさい、竜巻のため四分間のロスが出たものの、西経九十五度付近で追い風に恵まれた結果、サンタフェに着いたとき、定刻からの遅れはわずか四十秒弱だった。

「六時間半のフライトで四十秒の遅れ。悪くないわね」とレーニナも納得した。

その夜、二人はサンタフェに泊まった。ホテルは上々だった——去年の夏、レーニナがひどい目に遭ったあのどうしようもないオーロラ・ボラ・パレスとは天と地ほども違う。澄みきった空気、テレビ、振動真空マッサージ器、ラジオ、熱々のカフェイン溶液、温かい避妊薬、各部屋の香りは八種類から自由に選べる。ロビーに入ると合成音楽が流れていて、なにひとつ不足がない。エレベーター内に掲示してあるお知らせによると、館内にはエスカレーター・スカッシュのコートが六十面あり、広場では障害物ゴルフと電磁ゴルフの両方がプレーできる。

「素敵すぎる」レーニナは叫んだ。「ずっとここにいたいくらい。エスカレーター・スカッシュ・コートが六十面……」

「保護区にはひとつもないよ」とバーナードが警告した。「芳香オルガンも、テレビも、給湯設備もない。そんなの耐えられないと思うなら、ここに泊まってればいいよ。ひとりで行ってくるから」

レーニナはむっとして、「もちろん耐えられるわよ。ここが素敵だと言っただけ。だって〝進歩は素敵〟でしょ？」

「十三歳から十七歳まで、週にひと晩、五百回ずつ」バーナードは疲れた声でつぶやくように言った。

「いまなんて？」

「進歩は素敵だと言ったんだよ。だから、保護区なんか行かないほうがいいよ。本気で行きたいんじゃないかぎり」

「本気で行きたいに決まってるでしょ」

「ならいいけどね」バーナードの口調はほとんど脅しのようだった。

立ち入り許可証には保護区監督官のサインが必要だったから、二人は翌朝きちんと、保護区監督官事務所に出向いた。イプシロンプラスの黒人の守衛にバーナードが名刺を渡すと、すぐに通された。

監督官は金髪で短頭型のアルファマイナスだった。小柄で、血色のいい丸顔、肩幅は広く、地声が大きい。睡眠学習の金言をまくしたてるのにぴったりの声だった。一度その大声でしゃべりだしたら、無関係な情報と無用の助言がとめどなく湧いてくる。

「……五十六万平方キロの敷地は四つのエリアに分割され、各エリアは高圧電線の柵で囲まれています」

そのとき、バーナードはふと気がついた。しまった、オーデコロンの栓を閉め忘れた。アパートメントのバスルームの香水が出しっ放しだ。

「……電力はグランド・キャニオン水力発電所から供給されている」

帰るまでそのままだと、とんでもない請求金額になってしまう。香水メーターの針がうまずたゆまず蟻のようにのろのろと回転しているようすが目に浮かんだ。急いでヘルムホルツ・ワトスンに連絡しないと。

「……全長五千キロ以上に及ぶ柵には、六万ボルトの電気が流れている」

「まさか！」とレーニナは言った。話はまるきり頭に入っていなかったが、監督官が芝居がかった間を置いたので、それを合図に、礼儀正しく相槌を打ったのである。監督官がまた朗々と語りはじめると、レーニナはこっそりソーマ半グラム錠を服み、そのおかげで、話にうっとり耳を傾けているような表情を浮かべ、大きな青い瞳でじっと監督官を見つめながら、まったくなにも考えずにすべてを聞き流すことができた。

「電線に触れたら即死する」監督官は重々しく言った。「したがって、野人保護区からの脱出《エスケープ》は不可能」

漏出《エスケープ》という言葉がバーナードの神経を刺激した。「さて、と」半分腰を浮かせながら、「長々とお邪魔しましたが、そろそろおいとましないと……」小さな黒い針が虫のように少しずつ、一秒ごとにバーナードの金を齧りとってゆく。

「脱出は不可能」とくりかえしながら、監督官はすわってすわってというしぐさをした。「許可証にまだサインをもらっていない以上、したがわざるを得ない。「保護区で生まれた者は——そう、これは忘れないでほしいんですがね、お嬢さん」と、監督官は好色な流し目でレーニナを見やり、不道徳な言葉をささやくような口調で言った。「保護区では、いまも子どもが生まれている。そう、おぞましい話だと思うでしょうが、実際に生まれるんです……」（監督官はこの猥褻な話題に触れることでレーニナを赤面させるつもりだったが、彼女は知的に装った顔でにっこり笑い、「まさか！」と言っただけだったので、監督官は落胆して話を再開した）「そして、保護区で生まれた者は保護区で死《ダ》ぬ《イ》さだめにある」

消《ダ》え《イ》るさだめ。一分ごとに一デシリットルのオーデコロンが消える。一時間に六リットル。「ほんとにもうそろそろ」と、バーナードは、また腰を浮かせて、「おいとまを……」

監督官は前に身を乗り出し、人さし指でテーブルをトンと叩いた。「保護区の居住人口はいったい何人なのか。この質問に答えましょう」誇らしげに胸を張り、「わからない。これが答えです。推測することしかできない」

「まさか！」

「いえいえ、まさかじゃないですよ、お嬢さん。これが真実」

6リットル×24時間――いや、もう、6×36に近い。バーナードの顔が青ざめ、じれったさに体が震え出す。しかし、朗々たる解説は容赦なく続いた。

「……約六万人のインディアンおよび白人とのハーフ……完全な野人たち……監督官事務所の査察官が定期的に巡回しているが……それを別にすると、文明世界との交流はまったくなく……唾棄すべき風俗習慣がそのまま残っている……お嬢さんはご存じかどうか、たとえば結婚とか、あるいは家族とか。条件づけは存在せず、かわりに奇怪な迷信がある。その他、キリスト教、トーテム崇拝、祖霊崇拝……ズーニー語やスペイン語やアサバスカ語など、世界から消えた言語……ピューマ、ヤマアラシ、その他の猛獣……伝染病……僧侶……毒トカゲ……」

「まさか！」

二人はようやく解放された。バーナードは電話に突進した。早く早く早く。しかし、ヘルムホルツ・ワトスンに回線が通じるまでに三分近く待たされた。「もう野人の世界にいるみたいだ」と愚痴を言う。「この非効率！」

「一錠どうぞ」

レーニナがソーマをすすめたがバーナードは断った。平和な気分になるより、怒っているほうがいい。そしてようやく、ありがたいことに電話《サンク・フォード》がつながった。もしもし、ヘルムホルツ・ワトスンですが。バーナードは友人に事の次第を説明した。わかった、すぐに行って栓を閉めてくる。お安いご用だ。しかし、電話のついでに、ひとつ伝えておくことがある。きのうの夕方、所長がみんなの前で言ったそうなんだが……

「なに？　所長が僕の後任をさがしてる？」バーナードは苦悩に満ちた声でくりかえした。

「決定事項だって？　アイスランド？　ほんとにアイスランドって言ったのか？　まいったな《フォード》！　アイスランドか……」バーナードは通話を切ると、レーニナのところへ戻った。顔色は蒼白で、すっかり意気阻《そ》喪《そう》した表情だった。

「どうかしたの？」

「どうしたもこうしたもない」椅子にどさっと倒れ込み、「異動だ。アイスランドに飛ばされる」

バーナードは、これまでに何度となく夢想してきた。大きな試練とか苦痛とか迫害とかに（ソーマ抜きで、自分自身の内なる力だけを頼りに）立ち向かうのは、いったいどんな気分だろうと。そういう災難が降りかかるのを願ったことさえある。つい一週間前にも、所長室で、勇敢に抵抗し、泣き言ひとつ言わずに平然と苦難を受け容れる自分の姿を心に思い描いていた。所長の脅迫も、実際にはかえって気持ちを高揚させ、いつもの自分よりも大きくなった気分にさせてくれた。しかしそれは、いまとなってみるとよくわかるが、所長の脅迫をまじめに受けとっていなかったからこそだった。どうせただのはったりで、実際にはなにもできないと高をくくっていた。だがいま、その脅しが現実になると、バーナードはただただ茫然としていた。頭の中で夢想した冷静な態度も机上の勇気も、あとかたもなく消え失せた。

自分で自分に腹が立つ――おれはなんと莫迦だったんだろう！　所長にも腹が立つ――やり直すチャンスも与えてくれないとは、不公平じゃないか！　チャンスさえあればいつでも態度をあらためるつもりだったのに――そう、いまにして思えば、ずっとそのつもりだったことはまちがいない――よりによってアイスランドアイスランドとは！

レーニナは首を振った。「過去《だった》も未来《つもり》も気鬱のもと」と標語を引用する。「ソーマ一グラムで現在《いま》だけに」

とうとう説得に負けて、バーナードはソーマ四錠を服用した。五分後には、根も果実《かこ》《みらい》も消え失せ、〝現在〟という花だけが艶やかに咲き誇っていた。そのとき、守衛室からの伝言が届いた。監督官の命を受けた保護区警備員がヘリコプターで迎えにきて、ホテルの屋上で待機しているという。二人がただちに屋上へ上がると、ガンマ・グリーンの制服を着た八分の一黒人《オクトルーン》が敬礼して出迎え、午前中の予定を並べ立てた。

いわく、まず最初に、主立った十あまりの村《プエブロ》をヘリコプターで上空から見学したのち、マルパイス盆地に着陸してレストハウスで昼食をとっていただきます。村ではおそらく野人の夏祭りが行われているはずです。レストハウスは快適で、一泊するには理想的な場所でしょう。

一行はヘリコプターに乗り込み、出発した。十分後、ヘリは文明と野蛮を分ける境界を越えた。柵は丘を登っては下り、砂漠を横切り、森を抜け、紫の大峡谷へと分け入り、岩地や山嶺や地卓《メサ》を越え、目的を持った人間の営為であることを示す地理的なシンボルとして、どこまでもまっすぐな直線を引いていた。柵の前のあちらこちらで、白い骨と、まだ腐り落ちていない黒っぽい死骸とが黄褐色の地面にモザイク模様を描き、死の金網に近づきすぎた鹿や牛やピューマやヤマアラシやコヨーテの末路を示している。そして、その屍肉の臭いに惹き寄せられた貪欲なヒメコンドルも、まるで因果応報のように高圧電流の餌食となり、無惨な屍をさらしている。

「いくら死んでも懲りなくてね」緑の制服を着たパイロットが眼下の死骸を指さし、「莫迦は死んでも治らない」と言って笑った。感電死した動物たちを自分がやっつけてやったとでもいうような笑い声だった。

バーナードも笑った。ソーマ二グラムのおかげか、上出来のジョークに思えたからだ。ひとしきり笑ったあと、ほとんどすぐに眠りに落ちた。そして眠ったまま、タオス、テスケ、ナンベ、ピクリス、ポホアケ、シア、コチティ、ラグナ、アコマ、魅惑の地卓《エンチャンテド・メサ》、ズーニー、シボラ、オホ・カリエンテの上空を運ばれ、ようやく目を覚ましたときは、ヘリコプターはもう着陸して、レーニナがスーツケースを小さな四角い家に運んでいるところだった。ガンマ・グリーンの制服を着たオクトルーンのパイロットは、インディアンの青年と知らない言葉で話している。

「ここがマルパイスですよ」パイロットは、ヘリコプターから降りてきたバーナードに説明した。「そこに見える建物がレストハウス。村では、昼から、夏祭りの踊りがあります。この男が案内します」と言って、むっつりした顔の若い野人を指さした。「へんてこな踊りだろうけど」にっこり笑って、「まあ、連中のやることは、なんでもへんてこですからね」と言うと、またヘリコプターに乗り込み、エンジンをかけた。「またあした来ます。それと、お嬢さん」とレーニナに向かって、安心させるような口調で、「野人はよく馴れてますから。悪さはしませんよ。なにかしようものなら毒ガス弾を食らうって教訓を叩き込まれてるからね」なおもにこにこしながら、パイロットはヘリコプターのギヤを入れ、エンジンの回転を上げると、離昇して飛び去った。

第7章

その地卓《メサ》は、ライオン色の砂の海峡に凪《なぎ》で立ち往生した帆船のようだった。海峡は切り立った崖のあいだを縫い、その一方の壁から反対の壁へと、緑色のすじ——川原の草地——が谷を斜めに横切っている。海峡の真ん中に位置するこの岩船《メサ》の舳先《へさき》の上に、見たところメサの一部であるらしい、幾何学的な形をした大きな露岩があり、そこにマルパイスの村《プエブロ》が広がっている。上の階に行くほど小さくなる高い住居群が、途中で断ち切られた階段式ピラミッドのように、青い空に向かってそびえていた。その足もとには軒の低い一群の建物が散らばり、あいだを通る道が十字に交差している。村の三方は、垂直の絶壁。いくすじかの煙が無風の空に向かってまっすぐ立ち昇り、消えてゆく。

「変ね」とレーニナは言った。「とっても変」これは、なにかを悪く言うときのレーニナの決まり文句だ。「好きじゃない感じ。それに、あの人も好きじゃない」と、村への案内役に選ばれたインディアンを指さした。好きじゃないのはおたがいさまらしく、先を歩くインディアンの背中は敵意と侮蔑の念をあからさまにしていた。

「なんだか臭うし」とレーニナは声を低めて言う。

バーナードは否定しようとしなかった。三人は歩きつづけた。

そのときとつぜん、空気全体が命を宿し、力強く鼓動しはじめたかに思えた。マルパイスの村で太鼓が打ち鳴らされている。彼らの歩調は、その謎めいた心臓の拍動に同期して、自然と速くなった。小道をたどり、崖の真下までやってきた。巨大な岩船《メサ》の船腹が三百フィートの高さでそびえている。

「ヘリで来られたらよかったのに」レーニナは眼前に迫る絶壁をいまいましげににらみ、「歩くのは大嫌い。それに、山のふもとにいると、自分がちっぽけになった気がするし」

しばらくメサの陰を歩き、岩が突き出した向こう側にまわりこむと、流れに侵食された峡谷に、船の甲板昇降口となる、おそろしく急な坂道があらわれた。三人はその道をたどって、峡谷の壁をジグザグに登りはじめた。鼓動のような太鼓の音は、ときおりまるで聞こえなくなったかと思うと、次の瞬間には、すぐ先で鳴っているように聞こえる。

半分ほど登ったとき、一羽の鷲が飛んできて、羽ばたきの風を顔に冷たく感じるほど近くをかすめた。岩の割れ目に、白骨がうずたかく積み上げられている。なにもかもがすさまじくへんで、案内役のインディアンのにおいはますます強くなる。一行はようやく峡谷を抜け、明るい陽射しのもとに出た。メサのてっぺんは、岩が甲板のように平らになっていた。

「チャリングTタワーみたい」と評したのはレーニナだが、見慣れたかたちを発見してほっとしたのも束の間、背後からやわらかい足音がして、さっとふりかえると、二人のインディアンがこちらへ走ってくるところだった。首からへそまでむきだしの黒褐色の肌には白い線が何本も引かれ（「アスファルトのテニスコートみたいだった」と、レーニナはのちに形容した）、赤と黒と黄土色の塗料を塗りたくった顔は人間離れしていた。狐の毛皮と、赤い綿布で束ねた黒い髪。肩には七面鳥の羽根のケープを羽織り、大きな羽根飾りの冠が頭のまわりに華やかに広がる。一歩ごとに、いくつもの銀の腕輪や、骨とトルコ石を数珠《じゅず》つなぎにした重い首飾りがカンカンジャラジャラ音を立てる。二人は無言でやってくる。鹿皮のモカシンを履いているので、足音は静かだった。ひとりは羽箒を握り、もうひとりは左右の手に三、四本ずつ、遠くからだと太いロープの切れ端みたいに見えるものを持っていた。ロープの一本が窮屈そうにのたうち、レーニナはやっとその正体に気がついた。蛇だ。

男たちはどんどん近づいてくる。黒い瞳がこちらを向くが、なにかを目にとめた気配はない。レーニナを見たとか、レーニナの存在に気づいたとか、そういうそぶりはいっさい見せなかった。そこに女がいると認識したことを示す気配はまったくない。さっき身をくねらせた蛇が、ほかの蛇と同様にまただらんとなった。二人の男はそのまま通り過ぎた。

「やだもう」とレーニナは言った。「ほんとにやだ」

村の入口まで来ると、案内役はバーナードとレーニナを残し、指示をあおぐためにひとりで中へ入っていった。彼女がそこで目にしたのは、さらにいやなものだった。汚物、ガラクタの山、ゴミ、犬、蠅。レーニナは嫌悪に顔をしかめ、鼻にハンカチをあてた。

「よくこんな生活に我慢できるわね」信じられないという思いを憤然と吐き出した（こんなの、ほんとにありえない）。

バーナードは悟ったように肩をすくめ、「まあ、五、六千年ずっとこうやって暮らしてきたんだから、これが当たり前なんだよ」

「でも、清潔さこそフォードらしさなのに」とレーニナはなおも言い募る。

「そう、文明《シヴィライゼーション》は殺菌《ステラライゼーション》なり、だからね」睡眠学習が教える基礎衛生学の標語その二をバーナードは皮肉たっぷりに引用した。「しかしあいにく、ここの人間はフォードさまのことなど聞いたこともないし、文明とも無縁。だから、なにを言ってもしょせんは……」

「まあ！」レーニナが彼の腕をつかんだ。「見て」

ほとんど裸体のインディアンが、近くの家の二階のテラスから出てきて、梯子段を一段一段ゆっくりと用心深く降りてくる——相当な高齢のためか、手足がぶるぶる震えている。深いしわが刻まれた顔は黒曜石の仮面のように真っ黒で、歯が抜けた口もとは落ちくぼみ、唇の隅とあごの左右に生えたまばらな長い毛が黒い皮膚の上で白く光っていた。顔のまわりに下がるぼさぼさの長い髪は、灰色の藁束《わらたば》のよう。背すじは曲がり、痩せこけた体はほとんど肉が落ちて骨と皮ばかり。片足を一段下に下ろす前にいちいちひと息入れて、そろりそろりと降りてくる。

「あの人、どうしたの？」レーニナが恐怖と驚きに目を丸くして、ささやき声でたずねた。

「年をとってる。それだけだよ」バーナードは動揺を隠し、なんでもないふうを装ってそう答えたが、内心では彼もびっくりしていた。

「年をとってる？」レーニナはおうむ返しに言った。「でも、それなら所長だって年をとってるでしょ。他にも年をとってる人はたくさんいるけど、ぜんぜんあんなふうじゃない」

「僕らの世界では、あんなふうにならないように処置してるからだよ。病気から体を守り、内分泌系のバランスを人工的に調整して、若いときと同じ状態に保つ。カルシウムに対するマグネシウムの比率が三十歳のときより下がらないように、若い血を輸血し、つねに新陳代謝を促進する。だから、年をとってもあんなふうにならない。それともうひとつ」とバーナードはつけ加えた。「僕らの世界では、ほとんどの人間が、あんな高齢に達する前に死ぬからという理由もある。若さをほぼ完全に保ったまま六十歳になり、そこでぽっくり、はいおしまい」

しかしレーニナはその話にろくろく耳を貸さず、梯子段の老人をじっと見ていた。のろのろ降りてきて、ようやく足が地面についた。こちらを向く。深く落ちくぼんだ眼窩の奥で、目だけがまだ異様に輝いている。その瞳が、しばらくのあいだ、無表情にこちらを見つめた。なんの驚きもなく、彼女がいることにさえ気づいていないかのように。それから、腰を曲げたまま、よろよろと二人の前を通り過ぎ、行ってしまった。

「最悪」とレーニナがささやいた。「ぞっとする。こんなとこ、来るんじゃなかった」

ソーマを求めてポケットを手探りし――レストハウスに瓶を忘れてきたことに気づいた。こんな失敗ははじめてだ。バーナードのポケットにも入っていない。

レーニナは、ソーマの助けなしでマルパイスの恐怖に立ち向かう羽目になった。さまざまな恐怖が波状攻撃を仕掛けてくる。二人の若い女が胸もとをはだけて赤ん坊に乳を含ませている姿を見て、レーニナは思わず赤面し、顔をそむけた。こんな猥褻な光景をじかに見たのは生まれてはじめてだ。なお悪いことに、吐き気を催すほど胎生的なこの場面を前に、バーナードは見て見ぬふりをするどころか、あからさまに論評しはじめた。ソーマから醒めたいまになって、けさホテルで見せた気弱さが恥ずかしくなったらしく、いつになく強がり、変人ぶって、

「いやあ、すばらしく親密な関係じゃないか」と、わざわざ突飛なことを言ってみせた。「こういう関係からは、きっとものすごく強烈な感情が生まれる！　よく思うんだけど、母親を持たないことで、もしかしたら現代人はなにかを失っているのかもしれない。そしてレーニナ、きみの場合は、母親にならないことで、なにかを失っているかもしれない。ああやってすわっている自分の姿をちょっと想像してみなよ。自分の赤ん坊を抱いて……」

「バーナード！　よくもそんなこと！」と言いかけたが、そのとき眼炎と皮膚病を患う老女が通りかかり、レーニナはそれに気をとられて怒りを忘れてしまった。

「行きましょう」とレーニナは訴えた。「もういや、こんなところ」

しかし、ちょうどそのタイミングで案内人が戻ってきた。ついて来いと手招きしなが

ら、家々のあいだのせまい通りを先に立って歩いてゆく。ひとつ角を曲がると、ごみの山の上に犬の死骸が捨ててあった。甲状腺腫のある女が、幼い娘の髪をかきわけて、しらみをとってやっている。案内人は、ある梯子の下で立ち止まり、片手を上に向かって垂直に伸ばし、それから、さっと水平に前へ突き出した。二人は、その無言の指示に従った——梯子を登り、その先にある戸口を抜けて、細長い部屋へ入った。部屋は薄暗く、煙草と、料理油と、洗濯もしないで長年着古した衣類のにおいがこもっていた。その部屋のつきあたりにもうひとつ戸口があり、そこから日光が射し込み、太鼓の音が近く大きく聞こえる。

敷居をまたぐと、戸口の向こうは広いテラスになっていた。眼下には、高い家々に囲まれた村の広場があり、インディアンが大ぜい集まっている。色鮮やかな毛布、羽根飾りをつけた黒髪、トルコ石のきらめき、汗で光る黒い肌。レーニナは、またハンカチを鼻にあてた。広場の中央のオープンスペースに、石と踏み固めた粘土でつくった二つのまるい台がある——どうやら、地下にある円形の部屋の屋根らしい。というのも、それぞれの円の中央に昇降口があり、その下の闇へとつづく梯子が見えたからだ。地下室で吹き鳴らされるフルートの調べが、しつこく続く太鼓の音に埋もれて、かすかに聞こえてくる。

レーニナは、その太鼓の音色が気に入った。目を閉じて、反復されるそのやわらかな雷鳴に聞き入っていると、それが意識の隅々にまで浸み込んで、やがて世界にはひとつの鼓動音しか残らなくなる。うっとり聞き惚れるうち、連帯のおつとめやフォード記念日の祝祭で演奏される合成音楽の記憶が甦り、心が落ち着いてきた。「オージー・ポーギー」と口ずさむ。太鼓は相変わらず同じリズムを叩きつづけている。

とつぜん、びっくりするような歌声が爆発した――数百人もの男の声による、荒々しい金属的なユニゾン。音階をいくつか長くひっぱってから声は沈黙し、雷鳴のような太鼓の音がすべてを呑み込んだ。それから、女たちの声が、馬のいななきのようなかん高いソプラノで応答する。そしてまた太鼓の音と、男たちが男らしさをアピールする深く荒々しい歌声。

変だった――たしかに。場所も変だし、音楽も、衣服も、甲状腺腫も、皮膚病も、老人も、すべてが変だった。でも、太鼓と歌のパフォーマンスには、べつだん変なところはなかった。

「下層階級の共同体合唱会みたい」とレーニナがバーナードに言う。

しかしほどなく、おなじみの退屈な合唱会とはずいぶんようすが変わってきた。地下の円形の部屋から、おぞましい怪物の群れが広場に姿をあらわしたのである。グロテスクな仮面や化粧で人間とは思えない姿に変貌した者たちが、足をひきずる奇妙なダンスで広場をぐるぐるまわりながら歌を歌い、まわる速度を少しずつ速めてゆく。太鼓はリズムを変え、テンポを速め、高熱のときに耳の中で血管がどくどくと鳴る脈動のように響きはじめた。広場に集まった人々が踊り手たちといっしょに歌い出し、その声がどんどん大きくなる。最初の女が金切り声をあげ、次にひとり、またひとりと、断末魔のような絶叫を発した。と、そのとき、踊り手のリーダーがとつぜん列を離れ、広場の端に置かれた大きな収納箱のもとに駆け寄ると、蓋を持ち上げ、二匹の黒い蛇をとりだした。群集から大きな歓声があがり、他の踊り手たちも両手を広げてリーダーのもとへ走ってゆく。リーダーは二匹の蛇を最初にやってきた踊り手たちに向かって放り投げ、それからまた箱に手を入れて、新しい蛇をつかみだした。黒い蛇、茶色い蛇、まだらの蛇。次々にいろんな蛇をとりだしては、放り投げる。それから踊りが再開されたが、前とはリズムが変わっていた。それぞれに蛇を持ち、膝と腰をやわらかくくねらせる蛇のような動きで、ぐるぐるぐるぐる広場をまわる。ぐるぐる、ぐるぐる。やがて、リーダーが合図すると、踊り手たちは一匹また一匹と蛇を放り投げ、すべての蛇が広場の真ん中に集まった。老人がひとり、地下の部屋から上がってきて、蛇の群れにとうもろこし粉《コーンミール》の雨を降らせた。もうひとつの昇降口から女がひとり出てきて、黒い壺の水を撒く。と、そのとき、老人がぎょっとするような恐ろしげな仕草で片手を上げ、とたんに完全な静けさが満ちた。太鼓の音もやんで、なにもかもが死に絶えたかのような時間が訪れる。老人が地下世界の出入口となる二つの穴を指さした。すると、こちらからは見えない手に支えられて、なにかがゆっくりと地上に上がってきた。ひとつの穴からは鷲の絵、もうひとつの穴からは十字のかたちの木に磔《はりつけ》にされた裸の男の絵。二枚の絵は、自力で立っているかのようにまっすぐ掲げられている。老人がぽんぽんと手を打つと、裸体に白い腰布だけをまとった十八歳くらいの若者が群集の中から進み出て、老人の前に立った。胸の前で両手を交差させ、頭を垂れている。老人は若者のほうを向き、宙に十字のかたちを描いてから、顔をそむけた。若者はのたくる蛇の山のまわりをゆっくりと歩き出した。ぐるりと一周し、二周目の半分まで来たとき、踊り手の中から、コヨーテの面をつけた背の高い男が出てきて、革紐を編んでつくった鞭を手に、若者に歩み寄った。若者は男に気づいていないかのようにぐるぐる歩きつづける。コヨーテ男は鞭を高く振りかざした。期待に満ちた長い間。それから、さっと振り下ろした。鞭が空を切る音と、肉を打つパチンという大きな音が響く。若者は、体を震わせただけで、声は洩らさず、同じ足どりでゆっくり歩きつづける。コヨーテ男はまた鞭をふるい、またふるった。一回鞭打つたびに、群集から、まず息を呑む音、次いで低いうめき声があがる。若者はなおも歩きつづけた。三周、四周。血が体を流れ落ちる。五周、六周。だしぬけにレーニナは両手で顔をおおい、嗚咽《おえつ》しはじめた。「やめさせて。やめさせて！」と哀願する。だが、鞭は容赦なく何度も何度も振り下ろされた。七周。いきなり若者の体がぐらりとよろめいたかと思うと、やはり無言のまま、前のめりに倒れた。老人はかがみこんで、長く白い羽根で若者の背中に触れ、紅く染まったその羽根をしばし高く掲げてまわりの群衆に見せたあと、蛇の群れに向かって三回それを振った。血のしずくが何滴かしたたり、太鼓がいきなりまた、パニックにかられたような忙しないビートを刻みはじめた。大きな叫び声。踊り手たちがどっと進み出て、てんでに蛇を拾い上げ、広場から走り去ってゆく。老若男女、広場の全員がそのあとを追う。一分後、広場に残るのは、身じろぎもせずじっとうつ伏せに横たわる若者ひとりだけになった。一軒の家から三人の老女が出てきて、よっこらしょと若者の体を持ち上げ、家に運び込んだ。鷲と磔にされた男は、もうしばらく、無人の村を見張っていたが、やがて、もうじゅうぶん見たとでもいうように、昇降口の穴から地下世界へとゆっくり降りていき、見えなくなった。

レーニナはまだ嗚咽していた。「ひどい」と何度もくりかえし、バーナードがいくら慰めても泣きやまない。「ひどすぎる！　あんなに血を流して！」ぶるっと身震いして、

「ああ、ソーマがあればいいのに」

家の中で足音がした。

レーニナは動かず、両手に顔を埋めたまま、少し離れたところでじっとしゃがんでいる。バーナードだけがふりかえった。

テラスに出てきたのは若い男だった。インディアンの服装だが、編んだ髪は麦藁色、瞳は薄いブルー、肌は日焼けしているが、白人の色だった。

「やあ、どうも。ようこそ《グッド・モロー》」若者は、まちがいはないが、妙に古風な英語で言った。「あなたたち、文明人だよね？　保護区の外の、〈他所〉《アザー・プレイス》の人？」

「きみはいったい……？」バーナードは驚いて訊き返した。

若者はため息をついて首を振った。「僕は、とても不幸な殿方だよ」広場の中央に残る血痕を指さして、「あの呪わしい場所が見える？」と激情に震える声でたずねる。

「呪うより服もう」レーニナは顔を両手に埋めたまま機械的に言った。「ああ、ソーマが欲しい！」

「あそこには、僕こそがいるべきだった」と若者は続けた。「なぜ僕を生贄《いけにえ》に選んでくれなかったのか。僕ならば、十回、十二回、いや十五回もまわれたのに。パロウティーワはたった七回だった。僕ならば、二倍の血が流せた。七つの海を真紅に染めて（『マクベス』2幕2場）」大仰に両腕を広げてから、絶望したようにだらりと下ろし、「でも、選んでくれない。この顔色ゆえに（『ヴェニスの商人』2幕1場）嫌われているから。昔からそうだった。昔からずっと」目に涙があふれ、彼はそのことを恥じるように顔をそむけた。

レーニナは驚きのあまり、ソーマがないことも忘れて顔を上げ、初めて若者を見た。

「つまり、あの鞭で打たれたかったってこと？」

顔をそむけたまま、若者はこっくりうなずいた。「この村のために——雨がよく降り、とうもろこしがよく育つように。プーコングの神とイエス様を楽しませるために。そして、それと、僕が声をあげずに痛みに耐えられることを示すために。そう」誇らしげに肩をそびやかし、挑むように顎を突き出し、がらりと声の調子を変えて、「僕が男であることを示すために……わあっ！」若者ははっと息を呑み、ぽかんと口を開けてレーニナをまじまじと見つめた。肌の色がチョコレート色でも犬の皮の色でもない、こんな若い女を見るのは生まれてはじめてだった——鳶色《とびいろ》の髪がゆるくウェーブして、その表情には（びっくりするほど新鮮な）好意的な興味が浮かんでいる。対するレーニナは、彼に笑みを向けながら思った。とってもハンサム。それに、すごくきれいな体。若者のほうは、頭に血が昇り、顔を真っ赤にして目を伏せた。ちらっと視線を上げたとたん、まだこちらに向けている笑顔に圧倒されて目をそらし、広場の向こう側のなにかを一心に見つめているふりをした。

バーナードの矢継ぎ早の質問が、彼にとっては救いになった。だれ？　どうやって？　いつ？　どこから？　若者は、バーナードに視線を向けたまま（微笑むレーニナの顔が見たいという気持ちが強すぎて、そちらを見る勇気が出なかった）、自分のことを説明しはじめた。いわく、リンダと僕は――リンダというのは僕の母親（その単語を聞いて、レーニナは落ち着かない表情になった）だけど――この保護区ではよそ者なんだ。リンダは、ずっと昔、僕が生まれる前に、僕の父親にあたる男といっしょに、〈他所《よそ》〉からやってきた（それを聞いて、バーナードは俄然、身を乗り出した）。リンダは、北部の山中をひとりで歩いているとき、急斜面を転がり落ちて頭を打った（「で、それから？」とバーナードは熱心に先を促した）。マルパイスの猟師たちが気を失って倒れているリンダを見つけて、村に連れてきた。父親にあたる男とは、リンダはその後二度と会っていない。男の名前はトマキン（やっぱりだ。孵化条件づけセンター所長のファーストネームはトマスだ）。リンダを置き去りにしたまま、ひとりで〈他所〉へ帰ってしまったに違いない――薄情で冷たい、最低の男。

「そのあと僕が生まれたんだ。このマルパイスで」若者はそう言って首を振った。

村はずれにあるその小さな家の汚らしいことと言ったら！

家と村とのあいだにはゴミやガラクタの捨て場所があり、飢えた犬が二匹、家の戸口にある生ゴミを汚らしく嗅ぎまわっていた。中に入ってみると、家は薄暗く、悪臭が漂い、蠅がぶんぶんうるさくうなっていた。

「リンダ！」と青年が呼びかけた。

奥の部屋から、しわがれた感じの女の声が答えた。「いま行くよ」

しばしの時が流れた。床に置かれた鉢には残飯が入っていた。おそらく数回分。ドアが開き、まるまる太った金髪のインディアン女が敷居をまたいで出てくると、あんぐり口を開けたまま、その場に立ちつくし、信じられないという顔でよそ者二人をまじまじと見つめている。女の前歯が二本欠けているのを見て、レーニナはぞっとした。さっき残っている歯も、その色の悪さときたら……。レーニナの背すじに悪寒が走った。さっきの老人よりずっとひどい。こんなに太って。それに、顔じゅうしわだらけで、締まりがない。たるんだ頬には紫がかったしみが浮いている。毛細血管が拡張した赤い鼻。充血した目。それに、あの首すじ――ああもう、どうしようもない、あの首すじ。頭にかぶっている毛布も――ぼろぼろで不潔きわまりない。それと、茶色のサック型チュニックを持ち上げている巨大な乳房と、樽のようなお腹、大きなお尻。うん、さっきの老人よりずっとひどい。最悪！　するとそのとき、その怪物がだしぬけにすごい勢いでべらべらしゃべりだしたかと思うと、両腕を広げてとびついてきて――フォードさま、助けて！　気色悪くて吐きそう――大きなお腹と胸をぎゅっとレーニナに押しつけ、キスしはじめた。かんべんして！　よだれまみれのキスなんて！　それに、ひさしく体を洗ったこともないらしく、ものすごく臭い。デルタやイプシロンの瓶に入れるあの最低の液体（ううん、バーナードについての噂はウソよ）、なんだっけ、そう、アルコールのにおい。レーニナは女の抱擁から必死に体を引き離した。

涙でくしゃくしゃになった大きな顔が目の前にある。女は泣きじゃくっていた。

「ああもう、信じられない」嗚咽の合間に、言葉が洪水のようにあふれだす。「どんなにうれしいことか――何十年ぶりかしら！　文明人の顔。それに文明人の服。化繊の布なんて、もう一生見られないとあきらめてたのよ」女はレーニナのシャツの袖に指先で触れた。爪がまっ黒だ。「こんなすてきな合成ベルベットのショートパンツも！　昔の服は、いまもちゃんととってあるの。来たときに着ていた洋服を。ちゃんと箱の中にしまってあるから、あとで見せてあげる。もちろん、レーヨンはもう穴だらけだけど。でも、白の避妊薬帯《バンドリア》はほんとに素敵で――そりゃ、いまあなたがつけてるその緑のモロッコ革のほうがずっと上等だけど、あたしのも素敵だった。まあ、役に立ってくれたわけじゃないけど」女の目にまた涙があふれる。「ジョンから聞いたでしょうけど、どんなにたいへんだったことか――ソーマなんか、ただの一グラムもなくて、たまにメスカル酒を飲むくらい。ポペが持ってきてくれてた頃はね。ポペっていうのは前につきあってた男。でも、メスカル酒を飲むと、あとで気持ちが悪くなるの。ペヨーテ酒もそうだけど、胸がむかむかして。飲んだ翌日は、もっとずっとひどい、恥ずかしい気持ちになって。ほんとに恥ずかしかった。考えてもみてよ。ベータのあたしが――赤ん坊を生むなんて。想像してみて」（レーニナは考えただけでぞっとした）「でも、誓ってあたしのせいじゃないのよ。どうしてあんなことになったのか、いまだにわかんない。マルサス処置は、規定どおりにぜんぶやってた。一、二、三、四と、毎回毎回。なのに、失敗。ここには当然、中絶センターなんかないし。あれ、いまもチェルシーにある？」と訊かれて、レーニナはうなずいた。「いまでも火曜と金曜の夜はライトアップされてる？」レーニナはまたうなずいた。「素敵なピンク色のガラスの塔！」哀れなリンダは、顔を上げ、うっとり目を閉じて、まぶたの裏に浮かぶ光景をじっと見ている。「それに、テムズ川の夜景」とささやくように言う。かたく閉じたまぶたの下から大粒の涙があふれる。「夕方、ストーク・ポージズからヘリコプターで帰宅すると、熱いお風呂に振動真空マッサージ……でも、もう手が届かない」深いため息をついてから、首を振り、目を開いた。一、二度、洟をすすったあと、手洟をかみ、その手をチュニックの裾にこすりつけた。レーニナが思わず顔をしかめたのに気づき、「あら、ごめんなさい」と謝罪した。「行儀が悪くて。でも、ここにはハンカチなんてないから、しかたないのよ。あたしも昔はすごくショックだった。そのころの気持ちはいまも覚えてる。どこもかしこもゴミだらけ、黴菌《ばいきん》だらけで。最初にここへ運ばれてきたとき、あたしの頭にはひどい裂傷があって。どんな手当てをされたか、とても信じてもらえないわね。不潔。とにかく不潔。『文明は殺菌なり』って、口を酸っぱくしてここの人に言い聞かせたのよ。子どもに教えてやるみたいに、〝G群連鎖球菌《ストレプトコック・ジー》の馬にまたがりバンベリーTへ、きれいなバス・トイレを見にいこう（マザー・グースのひとつ、「木馬にまたがりバンベリークロスへ、白馬のご婦人を見にいこう」のもじり）〟って。でも、もちろん、わかってくれなかった。わかるわけないわね。そのうちあたしのほうが慣れちゃって。そもそもお湯も出ないんだから、清潔さを保つなんて無理。ほら、この服を見て。この汚らしいウールは、アセテートとはまるで違う。いつまでも長持ちするし、もし破れたら繕うの。でも、あたしはベータよ。受精室で働いていた。繕いものなんて、だれにも教わらなかった。あたしの仕事じゃなかった。そもそも、繕うなんて、いけないことだって言われてたし。穴が空いたらさっさと捨てて、新しいのを買いなさい。ほら、〝繕うより捨てよう〟って。でしょ？　繕うのは反社会的な行為。でも、ここでは正反対。狂人のあいだで暮らしてるようなもんね。やることなすことといかれてる」

リンダは周囲を見まわした。ジョンとバーナードは外に出て、ゴミ捨て場をぶらぶらしている。それでもリンダは、内緒話のように声をひそめ、前に身を乗り出した。距離が近すぎて、胎児毒《アルコール》の悪臭が頰の産毛を撫で、レーニナはびくっとして身を縮めた。「たとえば」とリンダがかすれたささやき声で言う。「男と女の関係。いかれてる。完全にいかれてるの。本来は〝みんながみんなのもの〟でしょ？　ねえ、そうでしょ？」と言いながら、レーニナのシャツの袖をひっぱる。レーニナは顔をそむけたままうなずき、こらえていた息を吐いて、多少なりとも臭くない空気を吸い込んだ。「でもここでは、ひとりひとりが、ひとりだけのもの。ふつうにいろんな人と寝たら、みだらで反社会的な人間だと思われて、軽蔑され、憎まれる。むかし、何人も女が押しかけてきて、大騒動になったことがあるの。彼女たちの男があたしと寝るためにここに来るからって。ええ、それがなに？　と言ったら、女たちが襲いかかってきて……だめ、ひどすぎて、とても口に出せない」リンダは両手に顔を埋めて身震いした。「とにかく最低なのよ、ここの女たちは。頭がいかれてて、残酷で。もちろん、マルサス処置も、瓶も、出瓶も、なにひとつ知らない。だから、年がら年じゅう子どもを生んでる——犬ころみたいに。ほんとにぞっとする。なのに、まさか自分自身が……ああ、フォードさま、フォードさま、フォードさま！　それでも、ジョンは大きな慰めだったわ。あの子がいなかったら、どうなっていたことか。まあね、あの子、あたしの男のことになると、かっとする癖があるんだけど。まだ小さな子どもの頃からの癖。むかし（といっても、あの子がもっと大きくなってからだけど）、かわいそうなワイフシワが――それともポペだったかしら――あの子に殺されかけたことがある。あたしと寝たからっていうだけの理由で。それが文明人の嗜みなんだって、いくら言い聞かせても納得してくれなくて。狂気って感染するのかしら。とにかく、ジョンには感染したみたい。しじゅうインディアンたちといっしょにいたせいね。あの人たち、いつもあの子につらく当たって、ほかの男の子がみんなやってることもやらせてくれないのに。ある意味、それでよかったかも。おかげで、ちょっとした条件づけをするのが楽になったから。それがどんなにたいへんなことか、わかってもらえないでしょうね。人間が知らないことって、山ほどあるのよ。そもそも、知識をたくわえるのはあたしの仕事じゃなかったし。たとえば、ヘリコプターはどうやって飛ぶのかとか、だれが世界をつくったのかとか、子どもにそんな質問をされたら、どう答える？――ずっと受精室で働いてきたベータの女になったつもりで考えてみて。あなたならどう答える？」

第8章

家の外では、バーナードとジョンがガラクタと生ごみのあいだを（野良犬の数は四匹に増えていた）ぶらぶら歩いていた。

「僕にとっては理解するのにすごくほねが折れる」とバーナードが話している。「実感できない。よその惑星、べつの世紀に暮らしてるみたいなもんだね。母親だとか、このゴミの山だとか。神さま、老齢、病気……」首を振り、「さっぱりわからない。ちゃんと説明してもらわないかぎり」

「なにを説明しろって？」

「これ」バーナードは村《プエブロ》全体を示した。「それに、あれ」と、村はずれの小さな家を指さす。「なにもかも。きみの生活すべて」

「でも、なにから話せばいいのか……」

「はじめから。いちばん古い記憶から」

「いちばん古い記憶」ジョンは眉間にしわを寄せた。長い沈黙のあと、おもむろに口を開く。

とても暑い日だった。母と息子はトルティージャとスイートコーンをたっぷり食べた。「こっちに来て寝なさい、坊や」とリンダが言い、二人は、大きなベッドで並んで横になった。「歌って」とせがまれて、リンダは歌った。「G群連鎖球菌《ストレプトコック・ジー》の馬にまたがりバンベリーTへ」と、「ねんねんころりよおころりよ、坊やはもうすぐ瓶を出る」。その歌声がだんだん小さくなってゆく……。

だしぬけに大きな音がして、ジョンははっと目を覚ました。ひとりの男がリンダに向かってなにか話している。リンダは笑いながら、あごの下まで毛布をひっぱりあげるが、男がそれをひきおろす。男の髪は黒い二本のロープのように編んであり、片腕に青い石をちりばめたきれいな銀の腕輪をはめていた。その腕輪は気に入ったけれど、やっぱりこわかったから、ジョンはリンダの体に顔を押しつけて隠れた。リンダが背中に手を置いてくれたので、ちょっぴり安心した。リンダは、ジョンにはあまりよくわからない別の言葉で、その男に向かって言った。「ここじゃだめよ。ジョンがいるから」男はジョンに目を向け、それからまたリンダを見て、二言三言、低い声でなにか言った。リンダは「だめ」と言ったが、男はこちらに向かってベッドに身を乗り出してくる。大きくて恐ろしい顔が近づく。編んだ黒髪が毛布に触れた。「だめ」リンダがもう一度言って、ジョンの体をぎゅっと抱き寄せる。「だめよ、だめだってば！」しかし男は、ジョンの片腕をつかんだ。痛い。ジョンは悲鳴をあげた。男はもう片方の手を伸ばし、ジョンを抱き上げた。リンダはジョンを抱く手を離さず、「だめよ、だめ」と言いつのる。だが、男が怒った口調で短くなにか言うと、だしぬけにリンダの手が離れた。「リンダ、リンダ」ジョンは足をバタバタさせて必死にもがいた。しかし、男はジョンを抱えて歩いていくと、ドアを開け、次の部屋の真ん中に彼をおろしてから、部屋を出てドアを閉めた。ジョンは立ち上がってドアに駆け寄った。爪先立ちになると、なんとか大きな木の掛け金に手が届いた。掛け金をはずし、ドアを押した。だが、開かない。「リンダ」と叫んだ。返事はなかった。

ジョンは、とても大きなある部屋のことを思い出す。薄暗くて、ひもを結びつけた大きな木製の道具がいくつもあり、そのまわりにおおぜいの女たちが立っていた。ポンチョを織っているの、とリンダは言い、ジョンをほかの子たちといっしょに部屋の隅にすわらせてから、自分は女たちの手伝いをしにいった。ジョンは小さな男の子たちと長いあいだいっしょに遊んだ。すると突然、大人たちが大声で話しはじめた。女たちがリンダの体を乱暴に突き飛ばし、リンダが泣き出した。戸口のほうに歩いていくリンダを、ジョンは走って追いかけた。みんなどうして怒ってるのとたずねると、「あたしがなにか壊しちゃったのよ」とリンダは答え、それから自分も怒り出した。「あんな莫迦みたいな織り方なんか、あたしが知るわけないじゃない。最低の野人ども」野人ってなに？とジョンはたずねた。家に戻ると、戸口の前でポペが待っていて、二人といっしょに中に入った。ポペが持っていた瓢簞《ひょうたん》には水みたいなものが入っていたけれど、それは水ではなく、ひどいにおいがして、飲むと口の中が焼けて、咳が出るものだった。リンダが少し飲み、ポペが少し飲み、リンダがけらけら笑い、大きな声で話した。リンダとポペは奥の部屋に入った。ポペが帰ってから、ジョンが奥の部屋に行くと、リンダはベッドでぐっすり眠っていて、起こしても起きなかった。

その頃、ポペはしょっちゅうやってきた。瓢簞の中身をポペはメスカル酒と呼んだが、リンダはソーマと呼ぶべきだと言った。あとで気持ちが悪くなるのを別にすれば、効果は同じだから、と。ジョンはポペのことが嫌いだった。リンダに会いにくる男たち全員が嫌いだった。ある日の午後、ほかの子たちと遊んだあと——寒くて、山に雪が積もっていたのを覚えている——家に帰ると、寝室から女たちの怒鳴り声が聞こえた。言葉の意味はわからなかったけれど、ひどい言葉なのはわかった。そのときとつぜん、どしん！　なにかが倒れる音がした。人々がすばやく動きまわる足音と、またどしんどしんの物音。それからラバを打つような——ただし、ラバよりもっと肉がついている感じの——音がした。それから、リンダの叫び声。「ああ、やめて、やめて、やめて！」ジョンは寝室に駆け込んだ。黒いポンチョをまとった女が三人。リンダはベッドの上にいた。女のひとりがリンダの両手首をつかみ、もうひとりが脚の上に乗って暴れないように押さえつけ、三人目がリンダを鞭打っていた。一度、二度、三度。打つたびにリンダが悲鳴をあげる。泣きながら、ジョンは鞭をふるう女のポンチョのへりをつかんだ。「やめて、お願い」女は空いているほうの手でジョンを押しのけた。鞭が振り下ろされ、また振り下ろされて、リンダはそのたびに絶叫する。ジョンは女の巨大な茶色い手を両手でつかみ、思いきり嚙んだ。女は叫び声を上げて手をもぎ離すと、ジョンを突き飛ばし、床に倒れたジョンを三回つづけて鞭打った。いまだかつてない激痛が走った。火のような痛み。鞭がまたひゅっとうなりをあげる。だが、こんど悲鳴をあげたのはリンダだった。

「でも、どうしてあんなふうにいじめられたの、リンダ？」その夜、ジョンは泣きながらたずねた。泣いていたのは、ひとつには赤く剝けた背中の鞭の痕がまだすごく痛んだから。もうひとつは、大人たちのやりかたがあんまりひどくて不公平だったのと、子どもの自分がそれに対してなにもできなかったから。リンダも泣いていた。リンダは大人だけれど、あの三人の女と戦えるほど体が大きくない。リンダにとっても不公平な戦いだった。「ねえ、どうしていじめられたの、リンダ？」

「さあね。知るわけないでしょ」リンダはうつ伏せに寝て、枕に顔を押しつけていたから、言葉が聞きとりにくかった。「他人の男に手を出すなとかなんとか言って」とリンダは続けたが、ジョンに話しているのではなく、自分の中のだれかと言葉を交わしているみたいだった。ジョンには理解できないことを長々としゃべりつづけた挙げ句、いっそう大きな声で泣き出した。

「ねえ、泣かないで、リンダ。泣かないで」

ジョンはリンダに抱きついて、片腕を首にまわした。リンダが悲鳴をあげ、「あ痛っ、気をつけて。肩が！　痛っ！」押しのけられたジョンは、壁に頭をぶつけた。「この莫迦！」とリンダが怒鳴り、それから平手でジョンをぱあんと叩いた。ぱん、ぱん、ぱん。

「リンダ！」ジョンは叫んだ。「母さん、やめて！」

「あたしは母さんなんかじゃない。母さんなんかになりたくない」

「でも、リンダ……うわっ！」頬を平手打ちされた。

「野人になって、動物みたいに子を生むなんて」リンダが怒鳴る。「おまえさえいなきや、監督官事務所に出頭して、ここを出られたかもしれないのに。でも、赤ん坊といっしょじゃ、とても帰れない。とんだ恥さらしよ」

リンダがまた手を上げるのを見て、ジョンは片腕で顔をかばった。「やめて、リンダ、お願い」

「このちび悪魔！」リンダはその腕をひきはがし、ジョンの顔が無防備になった。

「やめて、リンダ」ジョンは目を閉じ、平手打ちを待った。

でも、打たれなかった。しばらくして目を開けると、リンダがじっと見ていた。ジョンが笑みを浮かべようとすると、いきなり抱きしめられ、何度も何度もキスされた。

リンダはときどき、何日もベッドから起きずに、悲しみに浸ることがあった。さもなければ、ポペが持ってきた酒を飲んでけらけら笑い、そのまま眠り込んでしまう。体の具合が悪くなることもあった。ジョンが体を洗ってもらえないことや、冷たいトルティージャしか食べるものがないことも珍しくなかった。ジョンの頭に小さな虫を見つけたとき、リンダがすごい悲鳴をあげたのを覚えている。

いちばんしあわせだったのは、リンダから〈他所〉の話を聞かせてもらうときだった。

「じゃあ、いつでも好きなときに、ほんとに空を飛べるの？」

「そう、いつでも好きなときにね」それから、リンダはいろんな話を聞かせてくれた。

箱から流れてくる素敵な音楽のこと、体を動かして遊ぶ楽しいゲームのこと。おいしい食べものや飲みもの、壁の小さなでっぱりを押すと明るくなる照明、音やにおいや触感までついている動く絵、いいにおいがつくれる箱、ピンクや緑や青や銀色の、山と同じくらい高い建物。そこではみんながしあわせで、悲しんだり怒ったりする人はだれもいなくて、みんながみんなのもの。世界の反対側でいま起きていることを見聞きできる箱とか、ぴかぴかのきれいな瓶の中で育つ赤ん坊とか。なにもかも清潔で、いやなにおいも汚れもない。さびしい人なんかひとりもいなくて、みんないっしょに楽しくしあわせに暮らしている。夏の踊りのときのマルパイスみたいだけれど、もっとずっと楽しくて、毎日毎日そんな楽しさが続く……。ジョンは何時間も飽きずにリンダの話に耳を傾けた。ときには、村の年寄りが、遊び疲れた子どもたちを相手に、あのもうひとつの言葉で物語を聞かせてくれることもあった。世界を変えた偉大な人のこと。〝右手〟と〝左手〟、〝潤い〟と〝乾き〟の長く続いた戦いのこと。夜、考えることで大きな霧をつくり、その霧から世界をつくったアウォナウィロナのこと。〝母なる大地〟と〝父なる空〟のこと。〝戦争〟と〝偶然〟の双子、アハイユタとマルサイレマのこと。イエスとプーコングのこと。マリアと、自分自身をふたたび若返らせた女、エスツァナトレヒのこと。ラグーナの黒い石と〝大鷲〟と〝アコマの聖母〟のこと。そうした奇妙な物語は、ジョンが完全には理解できないもうひとつの言葉で語られたため、いっそう不思議なものに思えた。ジョンはベッドに横たわり、ロンドンと、天国と、アコマの聖母と、きれいな瓶に入って何列も並ぶ赤ん坊と、空を飛ぶイエスと、空を飛ぶリンダと、中央ロンドン孵化条件づけセンターの偉大な所長と、アウォナウィロナのことを考えた。

リンダに会いにくる男たちはおおぜいいた。男の子たちは、公然とジョンを罵るようになり、あのもうひとつの奇妙な言葉でリンダの悪口を言った。意味はよくわからなくても、悪口だということはわかった。ある日のこと、男の子たちはリンダを囃したてる歌を、何度も何度も歌った。ジョンは男の子たちに石を投げた。向こうも投げ返してきた。とがった石がジョンの頬にあたって、傷ができた。なかなか血が止まらず、顔じゅう血だらけになった。

リンダは彼に字を教えた。炭で壁に絵を描き――すわっている動物や、瓶の中の赤ん坊の絵――それから字を書いた。『ねこちゃんはマットのうえ（THE CAT IS ON THE MAT）』『あかちゃんはびんのなか（THE TOT IS IN THE POT）』ジョンはたちまち字を覚えた。壁に書いた単語の読みかたをジョンがぜんぶ覚えると、リンダは、大きな木箱を開け、一度も穿いたことのない妙ちきりんな赤い小さなズボンの下から、小さな薄い本をとりだした。まだ小さいころ、ジョンが何度も見たことのある本だった。「もっと大きくなったら読めるようになるわよ」と、そのころよく言われた。そうか、僕はもう大きくなったんだ。ジョンは自分が誇らしかった。「あいにく、あんまりおもしろくないだろうけど、でも、これしかないのよ」と言って、リンダはため息をついた。「ロンドンで使ってた、あの素敵な読書端末《リーディング・マシン》があれば！」ジョンはその本を読みはじめた。『胎児の化学的・細菌学的条件づけ――胎児保育室勤務の手引・ベータ用』このタイトルを読むだけで十五分かかった。ジョンは本を床に放り投げ、「いやだ、いやだよ、こんな本！」と言って泣き出した。

男の子たちは相変わらずリンダを囃したてるいやな歌を歌う。ジョンが着ている服がぼろぼろだとあざ笑うこともあった。布が破れても、リンダは繕い方を知らなかった。〈他所〉では、服に穴が空いたらさっさと捨てて新しいのを買うのだという。男の子たちは「ぼーろぼろ！　ぼーろぼろ！」と囃したてた。ジョンは心の中で、でも僕は字が読めるぞ、とつぶやいた。おまえたちは読めないくせに。それどころか、字を読むっていうのがどういうことかも知らないくせに。字が読めるということだけに考えを集中すれば、笑われても平気だというふりをするのもまあまあ簡単だった。ジョンはリンダに、あの本をもういちど貸してと頼んだ。

悪童たちに嘲られれば嘲られるほど、ジョンは本を読むことに打ち込み、ほどなく、すべての単語をちゃんと読めるようになった。とびきり長い単語でさえも。でも、いったいどういう意味なんだろう。たずねてみても、リンダはたいてい答えられず、答えられてもしごく曖昧だった。

「化学物質ってなに？」

「マグネシウム塩とか、デルタやイプシロンの発育を抑えるのに使うアルコールとか、骨をつくるための炭酸カルシウムとか、そういうもののこと」

「でも、化学物質ってどうやってつくるの？　どこからとれるの？」

「さあねえ。瓶からとりだすのよ。瓶が空になったら、薬品保管室に追加を頼む。だからたぶん、薬品保管室の人がつくってるのよ。それとも薬品保管室の人が工場に注文するのかな。知らない。化学なんかぜんぜん勉強してないし。仕事はずっと胎児保育係だったから」それ以外のことについても、質問に対するリンダの返事は同じレベルで、なにも知らないような感じだった。村の年寄りたちのほうが、ずっと具体的に答えてくれる。

「人間と他のあらゆる生きものの種子《たね》、太陽の種子、大地の種子、空の種子――アウォナウィロナがそれらすべてを弥増《いやま》しの霧からつくりだした。この世には四つの子袋がある。アウォナウィロナは、その四つのうち、いちばん下のものに種子を蒔いた。その種子がしだいに育ち……」

ある日（のちに計算したところでは、たぶんジョンの十二歳の誕生日のすぐあと）家に帰ると、見たことのない本が寝室の床に置いてあった。分厚くて、とても古そうな本だった。背は鼠に齧られた跡があり、ところどころページがとれたり、くしゃくしゃになったりしていた。手にとって、扉ページを開いてみると、『ウィリアム・シェイクスピア全集』と書いてあった。

リンダはベッドに寝そべり、あのひどいにおいのするメスカル酒をコップに入れてすすっていた。「ポペが持ってきたのよ」と別人のようなだみ声で言った。「羚羊《れいよう》の円形地下広間《キヴァ》に置いてある収納箱のどれかに入ってたんだって。何百年も前から入ってたものだろうっていう話だけど、たぶんほんとね。中を見てみたら、さっぱり意味がわからなかったから。文明化以前の本よ。それでも、読む訓練には役立つでしょ」リンダはメスカル酒の最後のひと口を飲み、カップをベッドの脇の床に置くと、寝返りを打ってこちらに背中を向け、ひとつふたつしゃっくりをしてから眠りについた。

ジョンは本をぱらぱらとめくって、でたらめにページを開いた。

いや、貴女《あなた》は生きている
脂染みた汗臭い寝床で
腐敗にまみれ、甘い言葉を吐き、愛を交わしながら（『ハムレット』3幕4場）
薄汚い豚小屋の

奇妙な言葉が頭の中でぐるぐる渦を巻き、しゃべる雷鳴のように轟いた。夏の踊りの太鼓が言葉を話せたら、こんなふうだったかもしれない。とうもろこしの収穫の歌を歌う男たちの声のように、泣きたくなるほど美しい響きだった。ミツィマ老が、羽根飾りや、彫刻した杖や、骨や石のかけらを使ってかける魔法の呪文――キアスラ・ツィル・シロクウェ・シロクウェ、キアイ・シル・シル・ツィスル――のようだが、魔法以上にすばらしかった。というのも、その言葉はもっと大きな意味を持ち、ジョンに向かって、恐ろしくも美しい魔法を（半分しかわからないけれど）すばらしい語りかたで語ってくれたからだ。それは、リンダについて語った。空になったコップをベッド脇の床に置いたまま、いびきをかいて眠りこけているリンダについて語った。そして、リンダとポペについて――リンダとポペの関係について語った……

ポペに対する彼の憎しみはしだいにつのった。〝にっこり笑みを浮かべる男が悪人にもなれる〟（『ハムレット』1幕5場）。〝冷血、背信、背徳、薄情の悪人〟（『ハムレット』2幕2場）。これらの単語は、正確にどんな意味なのだろう。半分しかわからない。しかし、その魔力は強烈で、頭の中に轟きわたる。そして、いままでの自分は、ほんとうの意味でポペを憎んではいなかった気がした。なぜなら、これまでは、どんなに彼を憎んでいるかを語る言葉を持たなかったから。しかしいま、ジョンは言葉を手に入れた。太鼓のような、歌声のような、呪文のようなこれらの言葉を手に入れた。これらの言葉と、言葉が織りなす不思議な不思議な物語（彼にはちんぷんかんぷんだったけれど、それでもやっぱりすばらしい、すばらしい物語だった）――それがジョンにポペを憎む理由を教え、憎しみをより現実的なものにしてくれた。ポペ自身の存在まで、より現実的になった。

ある日、ジョンが遊び疲れて帰ってくると、奥の部屋のドアが開いたままになっていて、リンダとポペが、ベッドでいっしょに眠っているのが見えた――白いリンダのとなりに、ほとんど黒いポペ。片腕で相手の肩を抱き、もう片方の黒い手を乳房にのせている。ポペの長髪のひと房が、リンダを絞め殺そうとする黒蛇のように、彼女ののどもとでとぐろを巻いている。ポペの持ってきた瓢箪とコップがベッド脇の床に置いてあった。リンダはいびきをかいていた。

心臓があった場所に、ぽっかり穴が空いたような気がした。からっぽの存在。からっぽで、寒くて、気分が悪く、眩暈がした。ジョンは壁にもたれて体を支えた。冷血、背信、背徳、薄情の悪人……太鼓のように、とうもろこしの収穫の歌のように、呪文のように、頭の中でその言葉が何度も何度もくりかえされた。寒けが、だしぬけに熱に変わった。血流がどっと押し寄せて頬が燃えるように熱くなり、部屋がぐるぐるまわり、目の前が暗くなる。ぎりぎりと歯噛みした。「殺してやる、殺してやる、殺してやる」と言いつづけていた。そのときとつぜん、別の言葉が浮かんできた。

酔い潰れて眠りこけるとき、怒りにわれを忘れるとき、
あるいは破倫の快楽を閨房でむさぼるとき（『ハムレット』3幕3場）

魔法は味方になってくれた。魔法が説明し、命令した。ジョンはあとずさりして奥の部屋を出た。酔い潰れて眠りこけるとき……。肉切り包丁が暖炉のそばの床に放り出してあった。それを手にとると、忍び足でまた戸口に近づいた。酔い潰れて眠りこけるとき、酔い潰れて眠りこけるとき……。ベッドに駆け寄り、包丁を突き立て――血が！――もういちど突き立てる。三度目に振りかぶったが、目を覚ましたポペに手首をつかま

れ——う、ああっ!!——ひねられた。動けない。捕まってしまった。ポペの小さな黒い目がすぐ近くでこちらの目を覗き込んでいる。ジョンは視線をそらした。ポペの左肩に切り傷が二カ所。「血が！　血が！」とリンダが叫んだ。「血が出てる！」リンダはむかしから血を見るととり乱すタイプだった。ポペは空いているほうの手を上げて——殴りつけてくる、そう思ってジョンは身構えたが、その手はジョンの顎をつかんで自分のほうに顔を向かせただけだった。ジョンはもう一度、ポペと目を合わせることになった。二人は長いあいだ、何時間にも思えるほど長く見つめ合った。そしてだしぬけに——耐えきれなくなって——ジョンは泣き出した。ポペは笑い出し、「さあ、もう行け。勇敢なアハイユタ」とインディアンの言葉で言った。ジョンは涙を見られたくなくて、部屋を飛び出した。

「おまえも十五歳だ」とミツィマ老はインディアンの言葉で言った。「粘土細工を教えてもよかろう」

二人は川べりに並んでしゃがみ、いっしょに作業をした。

「まず最初に」ミツィマ老は濡らした粘土をひとかたまり両手ですくいとった。「小さな月をつくる」そのかたまりをこねて円盤のかたちにしてから、へりを曲げてゆく。月は浅い杯になった。

ゆっくりと不器用に、ジョンは老人の手の繊細な動きを真似た。

「月、杯、そして今度は蛇」老人はまた粘土をすくいとり、しなやかな長い円筒をつくると、それをまるく曲げて輪をつくり、杯のへりにくっつけた。「それから蛇をもう一匹。またもう一匹。もう一匹」老人は、杯の側面に輪を重ねて鉢をつくってゆく。下は細く、真ん中は大きくふくらみ、首に向かってまた細くなる。ミツィマ老はつまんだり叩いたり撫でたりひっかいたりしてかたちを整え、最後に完成した器は、マルパイス村ではおなじみの水瓶のかたちをしていたが、色は黒ではなく乳白色で、さわってみるとまだやわらかい。その横には、ジョンが真似してつくった出来損ないの水瓶。両方を見比べると、笑うしかなかった。

「でも、次のはもっとうまくできるよ」と言って、ジョンは新しい粘土に水を加えはじめた。

粘土をこねて、かたちを与え、指先が技術と力を得てゆくのを感じる――それはとてつもない喜びだった。「A、B、C、ビタミンD」作業しながら歌を口ずさんだ。「脂は肝臓、鱈は海洋」ミツィマ老も歌った――熊を殺す歌。二人は朝から晩まで作業を続け、ジョンはなにもかも忘れてしまうような強烈な多幸感を味わった。

「今度の冬は」とミツィマ老は言った。「弓のつくり方を教えよう」

ジョンは長いあいだ、家の外に立っていた。中で行われていた儀式がようやく終わり、ドアが開いてみんなが出てきた。先頭のコスルは右手を前に突き出し、貴重な宝石を守るかのようにこぶしをかたく握りしめている。二番手のキアキメも、やはり握ったこぶしを前に突き出していた。二人は無言で歩いてゆく。そのあとから出てきた兄弟姉妹や親戚や年寄りたちも黙って歩いた。

一行は村を出て、地卓《メサ》の台地を歩いていった。断崖の手前まで来て足を止め、早朝の太陽に顔を向ける。コスルがこぶしを開いた。てのひらには、ひとつまみの白いとうもろこし粉。コスルはそれに息を吹きかけ、祈りの言葉を唱えてから、太陽めがけて白い粉を投げた。キアキメも同じようにした。そのあとキアキメの父親が前に進み出て、鳥の羽根で飾った祈りの棒を掲げ、長々と祈禱してから、粉と同じように太陽めがけて棒を投げた。

「終わった」ミツィマ老が大きな声で宣言した。「夫婦の契りは結ばれた」

「やれやれね」一同がきびすを返して歩き出すと、リンダが言った。「くだらないことで大騒ぎするにもほどがある。文明世界では、男が女をほしいと思ったら……ちょっと、どこへ行くの、ジョン？」

その声を無視して、ジョンは走りつづけた。とにかくその場を離れたかった。ひとりになれる場所ならどこだってよかった。

終わった。ミッィマ老の言葉が頭の中でくりかえし響いた。終わった、終わった……ジョンは、告白することも近づくこともないまま、激しく、狂おしく、どうしようもなく、キアキメを愛していた。いま、その恋が終わった。ジョンは十六歳だった。

満月の夜、羚羊の円形地下広間《キヴァ》で、秘密が明かされ、密儀がとり行われる。少年たちはキヴァに降りていって、一人前の男になって戻ってくる。少年たちはみんな、恐れると同時に待ち焦がれていた。そしてついに、その日が来た。陽が沈み、月が昇った。ジョンも他の少年たちといっしょに出かけた。大人の男たちの黒い影がキヴァの入口で待っていた。

梯子は、赤い光に照らされた地下へと続いていた。先頭の少年たちは、すでに梯子を降りはじめていた。と、そのとき、男たちのひとりが近づいてきて、ジョンの腕をつかみ、少年たちの列から引き離した。ジョンは男の手を振りほどき、列のもとの場所へ戻った。すると男はジョンを殴り、髪をつかんでひっぱった。「おまえの来る場所じゃない、白毛《ホワイトヘア》！」「雌犬の息子は近寄るな」と別の男。少年たちは笑った。「帰れ！」なおも列の端でぐずぐずしていると、男たちはまた「帰れ！」と怒鳴った。ひとりが石を拾って投げつけた。「帰れ、帰れ、帰れ！」雨あられと石が降ってくる。ジョンは血を流しながら闇の中へ逃げた。赤く照らされたキヴァから、歌声が漏れてきた。少年たちの最後のひとりが梯子を降りてゆく。ジョンはひとりぼっちだった。

村の外、メサのむきだしの平地でひとりぼっち。月明かりのもと、岩は漂白された骨のようだった。眼下の谷間ではコヨーテの群れが月に吠えていた。石がぶつかった打撲のあとが痛み、傷口からはまだ血が流れている。しかし、ジョンが嗚咽したのは、痛みゆえではなかった。自分がひとりぼっちであるがゆえだった。岩々と月光のこの荒涼とした世界に、ただひとり追いやられたせいだった。ジョンは断崖のへりに腰を下ろした。月は背後にある。メサが落とす黒い影、死の黒い影を、彼は見下ろした。あと一歩、ほんの小さなひと跳びでいい……月明かりの下に右手を突き出した。手首の切り傷はまだ血がにじんでいた。数秒おきに血のしずくが垂れる。死の光のもと、血はほとんど色を失っていた。ぽと、ぽと、ぽと。〝明日と明日とまた明日……〟（『マクベス』5幕5場）。

ジョンはこのとき、時と死と神を見出したのだった。

「ひとりぼっち。僕はいつもひとりぼっちだった」とジョンは言った。

その言葉はバーナードの胸に、悲しみのこだまを呼び起こした。いつもひとりぼっち……。「僕もそうだよ」と思わず打ち明けてしまう。「すごくひとりぼっちだ」

「そうなの？」ジョンは驚いた顔をした。「そんなこと、〈他所〉では……つまり、〈他所〉では孤独な人なんかだれもいないって、いつもリンダが言ってたから」

バーナードは落ち着かない表情で顔を赤らめた。「要するに」と口の中でつぶやきながら、目をそらした。「僕はたいていの人とずいぶん違ってるんだと思う。たまたま、他人とは違うふうに瓶を出て……」

「そう、まさにそれ」ジョンはうなずいた。「他人と違ってると、どうしてもひとりぼっちになる。そのひとりに対して、みんなひどくつらくあたる。僕はあらゆることからのけ者にされてる。ほかの子たちが山に送られて一夜を過ごすときも――自分を守護する聖なる動物を夢に見るときも――いっしょに行かせてもらえない。どんな秘密も教えてもらえない。でも」とジョンはつけ加えた。「僕は自分ひとりで秘密にたどりついた。五日間なにも食べずにいて、ある晩、ひとりであの山に登ったんだ」と指さす。

バーナードは保護者のような笑みを浮かべ、「なにか夢を見た？」

ジョンはうなずいた。「うん。でも、なにを見たかは他人に話しちゃいけないんだ」しばし言葉を切り、それから声を潜めて話をつづけた。「一度、ほかのだれもやらないこともやったよ。夏の真昼、岩にもたれて、両腕を広げたんだ。十字架のイエスみたいに」

「なんのために？」

「磔にされるのがどんな気分か知りたくて。太陽の下で十字架にかけられるのが……」

「でもどうして？」

「どうして？」ジョンは口ごもった。「そうすべきだって気がしたから。イエスが耐えられたのなら。それと、もし人がなにかまちがったことをしたのなら……それに、僕は不幸だった。それがもうひとつの理由」

「不幸を癒やすには妙なやりかたに思えるけどね」とバーナードは言った。しかし、よく考えてみると、納得できる部分もなくはない。ソーマを服むよりいい。

「しばらくして気を失って、ばったり前に倒れて、顔をぶつけた。ほら、これがそのときの傷」ジョンが豊かな黄色い髪をひたいから持ち上げると、右のこめかみに、白くひだになった傷痕が見えた。

バーナードはぞくっとして、あわてて目をそらした。条件づけ教育のおかげで、他人の傷を見ると、同情するより先に、気分が悪くなってしまう。バーナードにとって、病気や怪我は、汚物や奇形や老齢と同じく、たんに示唆されるだけでも、恐怖のみならず嫌悪感やむかつきを呼び覚ますものだった。バーナードはあわてて話題を変えた。

「僕たちといっしょにロンドンへ来る気はないかな」と切り出して、作戦の最初の一歩を踏み出した。あの小さな家で、この若き野人の〝父親〟がだれかに気づいたときから、ひそかに頭の中で練ってきた計画だった。「どう思う？」

若者の顔がぱっと明るくなった。「本気で言ってるの？」

「もちろん本気だよ。許可が得られればの話だけど」

「リンダも？」

「そうだなあ……」バーナードは口ごもった。あの胸が悪くなるような女か！　いや、とても無理だ。ただし、ただし……。ふと考えが閃いた。あの女が人に与える不快感こそ、こちらにとって最大の武器になるかもしれない。「うん、いいとも！」最初に口ごもったのを打ち消すように、親しみのこもった大きな声で答えた。

若者は大きく息を吸った。「こんなことが現実になるなんて——生まれてこのかた、ずっと夢見てたんだ。ミランダの言葉を覚えてる？」

「ミランダって？」

だが、若者にはその質問が聞こえなかったらしく、「なんて不思議！」と、目を輝かせ、頬を紅潮させて引用した。「素敵な人たちがこんなにたくさん！　人間がこんなに美しいなんて！（『テンペスト』5幕1場、プロスペローの娘ミランダの台詞より）」とつぜん、顔の赤みがさらに濃くなった。

彼はレーニナのことを考えていた。レーヨン製の暗緑色の服を着て、若さとスキンクリームのおかげで肌はつやつやと輝き、ふくよかな体で、やさしく微笑む天使。声が震える。「ああ、すばらしい新世界！」と言いかけて急に言葉を切った。頬の血の気が引いて、紙のように白くなる。「あの人と結婚してるの？」

「なにをしてるかって？」

「結婚。ほら――〝永遠に〟ってやつ。インディアンの言葉では〝永遠に〟って言うんだ。分かつことはできない――」

「まさか《フォード・ノー》！」バーナードは思わず笑ってしまった。

　ジョンも笑ったが、理由は別――純粋な喜びの笑いだった。

「ああ、すばらしい新世界」とくりかえす。「こんな人たちがいるなんて！（同前）さあ、いますぐ出発しよう」

「きみはときどき、すごく妙なしゃべりかたになるね」バーナードは、とまどいと驚きの表情で若者を見つめた。「とにかく、新世界についてあれこれ言うのは、実際に見てからにしたほうがいいんじゃないかな」

第9章

きょう一日、変なものや恐ろしいものをさんざん見せられたんだから、まる一日の完全休暇をとる権利がある。そう考えたレーニナは、レストハウスに戻るとすぐ、ソーマの半グラム錠を六錠服んでベッドに入り、十分後には月世界の永遠へと旅立っていた。ふたたび現実世界に戻ってくるのは、早くとも十八時間後になる。

一方、バーナードは、暗闇に横たわったまま、目を開けてもの思いにふけり、ようやく眠りについたのは、とうに夜半を過ぎてからだった。しかし、不眠は無駄ではなかった。頭の中で計画が完成したのである。

あくる朝、十時ジャストに、ガンマ・グリーンの制服を着た例の八分の一黒人《オクトルーン》がヘリコプターから降りてきた。バーナードは、竜舌蘭の植え込みの横で待っていた。

「ミス・クラウンはソーマの休日をとってる」と説明した。「午後五時を過ぎないと、まず戻ってこない。となると、七時間の余裕がある」

それだけあれば、サンタフェまで飛んで、必要な手続きをぜんぶ済ませてから、彼女が目を覚ますずっと前に、マルパイスに戻ってこられる。

「彼女をひとりでここに置いていっても心配ないだろうね」

「ヘリコプターと同じくらい安全ですよ」と、オクトルーンが請け合った。

二人はヘリコプターに乗り込み、ただちに出発した。十時三十四分、サンタフェ郵便局の屋上に着陸。十時三十七分、官庁街《ホワイトホール》の世界統制官事務局に電話連絡。十時三十九分、統制官第四個人秘書と交渉。十時四十四分、第一秘書に対し、同一内容を反復。十時四十七分三十秒に、ムスタファ・モンド自身のよく響く深い声が耳に届いた。

「差し出がましいようですが」とバーナードはもつれる舌で話を切り出した。「閣下はこの問題に大きな科学的興味を抱かれるのではないかと愚考しまして……」

「ああ、たしかに大きな科学的興味を抱いたよ」と深い声が答えた。「その二人をロンドンへ連れてきたまえ」

「閣下もご承知のとおり、そのためには特別許可が必要かと存じますが……」

「必要な命令書は保護区監督官宛てにいま送らせた。ただちに監督官事務所に行きたまえ。ではこれで、マルクスくん」

沈黙。バーナードは、受話器を置いて屋上へ急いだ。

「監督官事務所まで」と、ガンマ・グリーンの制服のオクトルーンに指示した。

十時五十四分、バーナードは監督官と握手を交わしていた。

「これはこれは、マルクスさん。どうもどうも」朗々たる声には敬意がこもっていた。

「つい先ほど、特別命令が届きまして……」

「わかってますよ」バーナードは相手の言葉をさえぎり、「いましがた閣下と電話で話したから」うんざりしたようなその口調に、こっちは毎日のように世界統制官と話をしているんだよという含みを持たせた。どっかと椅子に腰を下ろし、「お手数ですが、必要な手続きすべてを可及的にすみやかにとってください。可及的にすみやかに」と強調してくりかえす。バーナードはこの場面をおおいに楽しんでいた。

十一時三分、必要な書類すべてがポケットにおさまった。

「ご苦労さま」バーナードはエレベーターホールまで見送りにきた監督官に、鷹揚に挨拶した。「それでは」

ホテルまで歩いていくと、シャワーを浴び、振動真空マッサージ器にかかり、電解髭剃りでさっぱりしてから、朝のニュースを聴き、三十分テレビを観て、のんびり昼食をとり、二時半にオクトルーンの操縦するヘリコプターでマルパイスに戻った。

ジョンはレストハウスの外に立った。

「バーナード！」と呼びかける。「バーナード！」返事がない。

鹿革のモカシンで音もなく階段を駆け上がり、部屋のドアを開けようとしたが、施錠されていた。

行ってしまった！　置いていかれた！　人生で最悪の出来事だ。会いにきてと言ってくれたのに、レーニナもバーナードも、行ってしまった。ジョンは階段に腰を下ろし、すすり泣いた。

三十分後、ふと思い立って、窓から中を覗いてみた。最初に目についたのは、緑色のスーツケース。蓋にL・Cのイニシャルがついている。心の中で歓喜の炎が燃え上がった。そのへんに落ちていた石を拾って、ガラスに叩きつけた。割れたガラスが床に落ちてガチャガチャ音をたてる。ほどなく、ジョンは室内にいた。緑色のスーツケースを開けると、たちまちレーニナがつけていた香水の匂いがして、肺が彼女の存在感で満たされた。心臓が激しく鼓動し、一瞬、気を失いそうになる。それから、その玉手箱の上にかがみこんで、手を触れ、明るい場所に持ってきて、中身をたしかめた。合成ベルベット地のショートパンツについているジッパーは、最初、どう使うのかわからなくてとまどったが、やがて謎が解け、うれしくなった。ジャッと開けて、ジャッと閉める。ジャッ、ジャー。ジャッ、ジャー。ジョンはその仕組みに魅せられた。緑色のスリッパは、いままで見た中でいちばん美しいものだった。畳んでしまってあったジッパー付きキャ《ジッピキャミ》ミワンピース《ニックス》を広げてみて、顔を赤らめ、あわててもとどおりにしまった。しかし、香水をしみこませた化学繊維のハンカチにはキスし、スカーフは首に巻いてみた。小さな箱を開けると、いい香りの粉がぱっとこぼれて雲のように広がり、ジョンの手は粉まみれになった。その手を胸や肩やむきだしの腕にこすりつけて粉を拭った。いい匂い！　目を閉じ、粉のついた腕に頬をなすりつけた。顔にすべすべの皮膚が触れ、麝香《じゃこう》っぽい粉の香りが鼻孔をくすぐる――あのひとがここにいるみたい。「レーニナ」とささやく。「レーニナ！」

　物音がして、ジョンは疚《やま》しい思いではっとふりかえった。出したものをスーツケースに押し込み、蓋を閉めた。また耳をすまし、あたりを見まわす。動くものは見えず、音も聞こえない。それでも、さっきはたしかに物音がした――ため息のような、床板のきしみのような音。ジョンは忍び足で戸口に歩み寄り、そっとドアを開けた。ドアの先は広い踊り場で、向かい側にもうひとつドアがあり、内側にちょっとだけ開いている。ジョンは外に出て、そのドアを押し、中を覗いた。

　低いベッドに、上がけを押しのけて横たわっているのはレーニナだった。ワンピースになったピンク色のジッパジャマを着ている。すやすやと眠るその顔は巻き毛に縁取られて美しく、ピンク色の足指や生真面目な寝顔には子どものようなあどけなさがあった。力の抜けた手とぐんにゃりした四肢は見るからに無防備で、その無邪気すぎる姿を見ているうちに、涙があふれてきた。

ジョンは、まったく無用の注意を払いつつ――耳もとでピストルでも撃たないかぎり、レーニナを予定時刻より前にソーマの休日から呼びもどすことは不可能だ――部屋に入り、ベッドの脇にひざまずいた。レーニナを見つめ、両手を組み、声を出さずに唇だけ動かして、「あの人の目」とつぶやく。

あの人の目、あの人の髪、あの人の頰、あの人の歩きぶり、あの人の声
きみは口を開けばこう言う。ああ！　あの人の手、
あれとくらべれば、どんな白いものも墨同然
あの人の手にそっと握られるのとくらべれば
白鳥の雛の綿毛もまだ硬い、と（『トロイラスとクレシダ』1幕1場）

一匹の蠅がレーニナのそばを飛んでいた。手を振ってその蠅を追い払い、ジョンはシ

ェイクスピアの一節を思い出した。蠅ならば――。

愛しいジュリエットの、真っ白なすばらしい手に触れることもできるし
清らかな、汚れを知らぬ乙女の慎みゆえに
たがいに触れ合うことさえ罪と思い、赤くなっている唇から
永遠の祝福を盗むこともできる（『ロミオとジュリエット』3幕3場）

ジョンは、人に馴れていない、危険かもしれない鳥を撫でるように、ゆっくりゆっくりと、ためらいがちに手を伸ばした。その手は、レーニナの力ない指に触れる寸前、あと一インチのところで静止し、震えている。さわれるだろうか。いやしいこの手であなたを汚す（『ロミオとジュリエット』1幕5場）勇気があるのか……いや、無理だ。この鳥は危険すぎる。ジョンは手を引いた。なんて美しいんだろう。なんて美しい女性！

ふと気づくと、ジョンはあらぬことを考えていた。のどもとにあるあのジッパーの引き手をつまみ、一度だけジャッと長く引き下ろせば……。目を閉じると、水から上がった犬のようにぶんぶんと首を振った。なんという下劣な考え。自分が恥ずかしい。汚れを知らぬ乙女の慎みゆえに……。

ブーンという音が聞こえてきた。また別の蠅が永遠の祝福を盗もうとしているのか？それともスズメバチ？　周囲を見まわしたが、なにもいない。ブーンという音はだんだん大きくなり、鎧戸を下ろした窓の外から聞こえてくるのがわかった。飛行機だ！　ジョンはあわてて立ち上がり、もう一方の部屋に駆け込んだ。開いた窓から飛び出して、丈の高い竜舌蘭にはさまれた小道を急ぎ足で歩いていくと、バーナードがヘリコプターから降りてくるところにちょうど間に合った。

第10章

中央《ブルームズベリー》ロンドンセンターの四千の部屋にある四千の電気時計の針は、どれも二時二十七分を指している。所長が好んで口にする呼び名にならえば、この〝斯界の巣箱〟は、ぶんぶんうなる蜜蜂の群れのような活発で騒がしい活動の真っ最中だった。すべての人が忙しく働き、すべてのものが秩序正しく動いている。顕微鏡の下では、精虫が長い尾を激しく打ち振って、頭から先に卵子の中へ潜り込んでゆく。受精した卵子は膨脹し、分裂する。あるいは、ボカノフスキー処置されている場合には、発芽し、分裂して、それぞれ別個の胎児の大きな個体群になる。社会階級決定室を出ると、エスカレーターでガラガラと地下室へ降りてゆく。地下の紅い薄闇の中では、胎児が腹膜のクッションの上であたためられ、人工血液やホルモンをたっぷり与えられて、どんどん成長していく。もしくは、成長を阻害するアルコールを投与されて、発育不良のイプシロン胎児となっていく。かすかなハム音や振動音をたてながら、瓶を格納したラックは、目で見ても動いているかどうかわからないほどゆっくりと何週間もかけて進み、そのあいだに太古の昔からの系統発生を反復して、やがて出瓶室にたどりつくと、赤ん坊たちははじめて瓶から出され、はじめて恐怖と驚きの叫び声をあげる。

地下二階では、発電機がうなり、エレベーターが高速で昇降する。十一フロアを占める育児室では、哺乳の時間だった。注意深く分類された千八百人の赤ん坊が、千八百本の哺乳瓶から、低温殺菌処理された外分泌液を同時に飲んでいる。

それより上の十フロアは共同寝室エリアで、まだ昼寝が必要な幼い男女の子どもたちが、それと自覚しないまま、やはりみんなと同じように忙しく過ごしている。公衆衛生や社交性、階級意識、幼児期性愛に関する睡眠学習に、意識下で耳を傾けているのだった。共同寝室エリアの上は遊戯室。きょうは雨が降り出したので、もう少し大きくなった九百人の子どもたちが、積木遊びや粘土細工、ジッパー開けゲームや桃色ごっこに夢中になっている。

ぶん、ぶん、ぶん！　巣箱がせわしなく楽しげにうなる。若い女の子たちは試験管の作業のかたわら陽気に歌い、階級決定係は口笛を吹きながら働く。出瓶室では、空いた瓶の上で、なんと愉快な冗談が交わされていることか！　しかし、ヘンリー・フォスターとともに受精室に入ってきた所長の顔はいかめしく、厳粛な面持ちだった。

「見せしめにしよう」と所長が言う。「この部屋で発表する。ここは、センターの中で上層階級の勤務者がいちばん多い部署だからね。彼には、二時半にここで落ち合うよう伝えてある」

「仕事の面ではじつに優秀なんですが」と、ヘンリーが口だけの寛大さを披露した。

「わかっている。しかし、だからこそ、厳しい処分が必要になる。卓越した知性には、それにふさわしい道徳的責任が伴う。才能があればあるほど、正道を踏みはずそうとする力が大きくなる。多数の堕落を招くより、ひとりが苦難を背負うほうがいい。今度の一件について、感情を抜きにして考えてみたまえ、フォスターくん。そうすれば、社会常識を逸脱した行為ほど憎むべき罪はないとわかるはずだ。殺人の罪は、ひとりの個人を殺すだけのこと――結局のところ、個人がなんだね？」さっと手を振って、ずらりと並ぶ顕微鏡や、試験管や孵化器を示し、「個人など、いとも簡単に新しくつくりだせる――好きなだけ何人でも。他方、社会常識からの逸脱は、一個人の生命を脅かすにとどまらず、社会そのものを危険にさらす。そう、社会そのものを」ともう一度くりかえした。「ああ、来たな」

バーナードは、部屋に入ってきて、孵化器の列のあいだをこちらに向かって歩いてくるところだった。きびきびした自信たっぷりの見せかけは薄っぺらで、内心のびくびくを隠しきれていない。「おはようございます、所長」と莫迦みたいに大きな声で挨拶し、その失敗を埋め合わせるように、「ここに来るようにとの指示をいただきましたので」と、今度は異様にソフトなキーキー声で言う。

「そのとおりだ、マルクスくん」所長はものものしい口調で言った。「たしかに、ここに出頭するよう命令した。たしかきみは、昨夜、休暇から戻ったんだね」

「はい」と、バーナードが答える。

「はいいいいい」所長は、〝い〟の音を蛇がのたくるように長くひっぱってくりかえした。それから、急に声を張り上げて、「諸君」と、大声で呼びかけた。「この職場の紳士淑女諸君」

試験管で作業する女の子の歌声も、顕微鏡係が一心に吹く口笛も、ぱたっとやんだ。部屋じゅうが静まりかえり、みんながあたりを見まわした。

「諸君」所長はもう一度くりかえした。「仕事の邪魔をして申し訳ないが、ちょっと聞いてくれ。わたしとしてもこんなことはしたくなかったが、これも所長としての義務だ。社会の安全と安定が危険にさらされている。そう、危険にさらされているのだよ、諸君。この男」告発するようにバーナードを指さし、「諸君の目の前に立つこの男、多くを与えられ、それゆえに多くを期待されているアルファプラスであり、諸君の同僚でもある

——もしくは、かつて同僚だった、と言うべきか——この男は、みずからに寄せられた信頼を手ひどく裏切った。スポーツとソーマに対する異端的な見方によって、スキャンダラスで非常識な性生活によって、フォードさまの教えどおり勤務外の時間を〝ひとりの幼子として〟(所長はここでT字を切った)ふるまうのを拒むことによって、みずからが社会の敵であり、秩序と安定の破壊者であり、文明そのものに対する陰謀を企てる者であると証明したのだ。ゆえにわたしは、この男の解任を提案する。不品行のかどで、当センターにおける役職を解き、最下級支部に配置転換するよう申請する。この男に対する懲罰が社会全体の利益にもっともかなうように、あらゆる人口密集地からできるだけ遠いところへ異動させるべしと付言するつもりだ。アイスランドなら、この男の反フォード的行動に接した他人が道を踏みあやまる危険はすくないだろう」所長は言葉を切り、腕組みをしてから、重々しくバーナードのほうを向いた。「マルクス。わたしがきみに下した判決をただちに実行すべきでない根拠を、なにか出せるかね?」

「ええ、出せますよ」バーナードはやけに大きな声で答えた。

面食らいつつも、所長は威厳をこめて言った。「では、出してみたまえ」

「お安いご用。でも、廊下にいるので、少々お待ちを」バーナードは急ぎ足で戸口に歩み寄り、ドアを開けた。「さあ、どうぞ」と声をかけると、〝根拠〟が入ってきた。

はっと息を呑む音。驚きと恐怖のささやき声。ひとりの若い女性職員が悲鳴をあげた。よく見ようとしただれかが、椅子の上に乗った拍子に、精液の入った試験管二本を倒した。端正な顔と若く引き締まった体をした職員たちにまわりを囲まれると、肥満し、肉のたるんだリンダの体は、〝中年〟という概念を具現化した恐ろしい奇妙な怪物のように見えた。リンダは、色っぽいつもりの崩れた笑みを血色の悪い顔に浮かべ、なまめかしく身をくねらせようとして巨大な尻を振りながら進み出てきた。その横に並んで、バーナードが歩いてくる。

「ほら、彼はそこだよ」バーナードは所長を指さした。

「わからないわけないでしょ」リンダは憤然とそう言って、まっすぐ所長のほうを向いた。「もちろんひと目でわかったわよ、トマキン。どこにいたって、たとえ千人の中に混じってたって、すぐにわかる。でもあなたのほうは忘れちゃったかしら。覚えてない？　覚えてない、トマキン？　あなたのリンダよ」所長を見つめ、笑顔で小首を傾げる。しかしその笑みは、嫌悪の表情のまま凍りついている所長の顔を前に、じょじょに自信を失い、揺らぎ、ついには消えてしまった。「覚えてないの、トマキン？」と震える声でくりかえす。目には不安と苦悩の色があった。しみが浮き、頬のたるんだ顔がグロテスクに歪み、深い悲しみの渋面に変わる。「トマキン！」リンダは両腕をさしのべた。周囲のだれかひとりが、こらえきれずにくすくす笑い出した。

「いったいどういうことだ」と所長が口を開いた。「たちの悪い……」

「トマキン！」リンダはポンチョをなびかせて所長に駆け寄ると、両腕を首にまわし、胸に顔を埋めた。

抑えられない爆笑の渦が広がる。

「……たちの悪いこの悪ふざけは！」と所長が怒鳴る。

所長は顔を真っ赤にして抱擁から逃れようとしたが、リンダは必死にしがみつく。「あたしはリンダ。リンダよ」爆笑がその声を呑み込む。「あなたが赤ちゃんを産ませた女よ」周囲の笑い声に負けじと、リンダは声を張り上げて叫んだ。と、だしぬけに、ぞっとするような静けさが満ちた。リンダはどこを見ていいかわからず、落ち着かなげに視線をさまよわせた。所長は急に真っ青になると、もがくのをやめ、リンダの両手首をつかんだまま、恐怖の目で彼女を見つめて立ちつくした。「そうよ、赤ちゃんよ――あたしがその母親」リンダはその猥褻な単語を、まるで挑戦状のように、静寂の中に叩きつけた。そして、だしぬけに所長から身を離すと、恥ずかしそうに両手で顔をおおってすすり泣いた。「あたしのせいじゃないわ、トマキン。だってあたし、いつもマルサスしてたでしょ。そうよね？　いつも欠かさず。なのにどうしてこんなことになったのか……。ほんとにつらかったわ、トマキン。それでもやっぱり、あの子は慰めだった」戸口をふりかえって、「ジョン！」と呼びかけた。「ジョン！」

ジョンはすぐ戸口に姿をあらわした。一歩入ったところで足をとめ、部屋の中を見まわし、それからモカシンのやわらかな足音をたてて足早に部屋を歩き、所長の前でひざまずくと、はっきりした声で言った。「お父さま《マイ・ファーザー》！」

その言葉の下ネタっぽいコミカルな響きは（〝お父さま〟という言葉はそれほど猥褻ではなく――出産の忌まわしさと不道徳性からは多少の距離がある――ポルノ的というよりスカトロ的な意味で下品というだけだ）、耐えがたいほど高まっていた緊張を一気にほぐした。ヒステリックと言っていいくらいのすさまじい大爆笑が湧き起こり、何度も何度もくりかえされて、永遠にとまりそうにないくらいだった。お父さま！　よりにもよって、所長のことを！　ああ、フォードさま、フォードさま！　いやもうありえない、こいつは傑作だ。ワーワー、ウォーウォーの割れんばかりの笑い声が波となって広がり、みんな、いまにも崩壊しそうなほど破顔して、涙を流して笑い転げる。新たに六本の精液入り試験管が倒れた。お父さまだって！

顔面蒼白で、怒りに燃える目をした所長は、困惑と屈辱の苦痛のただなかでまわりをにらみつけている。

お父さま！　とジョンがふたたび叫び、おさまりかけていた笑い声がなおいっそう大きくはじけた。所長は両手で耳をふさぎ、部屋を飛び出した。

第11章

受精室におけるあの騒動のあと、ロンドンの上層階級の人々は、みんな、ジョンの実物をひと目見たいとやっきになった。なにしろ彼は、孵化条件づけセンター所長――哀れにも騒動直後に辞職し、センターには二度と足を踏み入れなかったから、むしろ元所長と呼ぶべきか――の前にひざまずき、「お父さま」と呼びかけたのである（ありえないほどおかしい、まさに最高のジョーク！）。それと反対に、リンダのほうはまったく人気がなかった。リンダを見たいとちょっとでも思う者は、ただのひとりもいなかった。自分は母親であると公言する――これはジョークの域を越えている。猥褻そのものだ。おまけに彼女は、本物の野人ではなかった。ごくふつうに出瓶し、条件づけ教育を受けている。だから、ほんとうに変わった考え方をするわけでもない。そして最後に――実はこれこそ、みんなが哀れなリンダに会いたがらない、とびぬけて大きないちばんの理由だが――外見の問題がある。肥満し、若さを失い、歯が抜け、顔にしみができている。

それにあのプロポーション（やれやれ《フォード》！）――見ただけで気分が悪くなる。ほんとに病気になりそうなくらい。というわけで、最上層の人々は、リンダには会うまいとかたく決心していた。

リンダのほうも、彼らに会いたい気持ちはなかった。文明世界への帰還は、彼女にとって、ソーマへの帰還を意味していた。ソーマなら、ベッドに入って休暇ざんまいの日々を過ごしても、戻ったときに頭痛や吐き気に悩まされる心配はない。ペヨーテ酒を飲んだあととは違って、世間に顔向けできないほど恥ずかしい反社会的な罪をおかしたような罪悪感に襲われることもない。ソーマにそういう副作用はまったくない。ソーマがもたらす休暇はパーフェクトだった。翌朝がつらいとしても、休暇の楽しさとくらべたら日常はつらいというだけの話で、ソーマがもたらす不快感ではない。そのつらさを癒やしたければ、休暇を延長するだけでいい。リンダはしつこくねだって、ソーマの服用量と服用回数を日ごとに増やしていった。はじめは反対していたショー医師も、やがて根負けして、ソーマを好きなだけ与えるようになった。いまのリンダは、一日になんと二十グラムのソーマを服用している。

「こんな調子で服んでると、あと一、二カ月の命だ」と医師はバーナードにこっそり教えた。「いつか、呼吸中枢が麻痺する。すると、もう息ができない。それでおしまい。

むしろ、慰めかもしれない。若返らせることが可能なら、もちろん話は違ってくるが、現代医学をもってしても、それは不可能だからね」

だれもが驚いたことに（ソーマの休日のあいだはリンダが人前に姿を見せないから、彼にとってはむしろ好都合なのに）、ジョンはリンダがソーマを服用することに反対した。

「あんなに服ませたら、命を縮めることになるのでは？」

「ある意味ではそのとおり」ショー医師は認めた。「しかし、べつの意味では、命を延ばしている」けげんな顔をしているジョンに、医師は説明を続けた。「ソーマのせいで、寿命は二、三年、短くなるかもしれない。しかし、ソーマを服用することで、現実世界の時間の軛《くびき》から抜け出し、計り知れない無限の長さの生を送ることができるんだよ。そのことを考えてみなさい。ソーマの休日一回分は、先祖が永遠と呼んだ時間に似ている」

ジョンにもだんだんわかってきた。「この唇と目に永遠があった（『アントニーとクレオパトラ』1幕3場）」とつぶやく。

「はあ？」

「ううん、なんでもない」

「もちろん」とショー医師はつづけた。「ちゃんとした仕事をしている人の場合は、そうぽんぽん日常から離脱して永遠へと赴くのを認めるわけにはいかない。しかし彼女の場合は、とくに仕事もしていないし……」

「それでも」とジョンは食い下がった。「正しいことだとは思えないんです」

医師は肩をすくめた。「まあ、もちろんかまわないんだよ。彼女がしじゅう狂ったようにわめいているほうがいいというなら……」

最終的には、ジョンのほうが折れるしかなかった。リンダはソーマを禁止されずに済んだ。以来、リンダは、バーナードが住む高層集合住宅の三十七階にある小さな部屋にこもりきりになった。ラジオもテレビもつけっぱなしで、パチョリの香水を蛇口からつねに滴らせ、ソーマの錠剤をすぐ手の届くところに置いてベッドに寝そべる——そうやって、ずっとその部屋にいたが、べつの意味では、その部屋には片時もいなかった。いつも無限に遠い場所にいて、休暇を楽しんでいた。どこか別の世界での休暇。そこでは、ラジオの音楽は鳴り響く色彩の迷路となり、その迷路をたどれば、当然のように美しく曲がりくねりながら、絶対的確信の中心へとたどりつく。テレビ画面で躍る映像は、あらゆる感覚を刺激するすばらしい感覚映画《フィーリー》のダンサーとなる。滴り落ちるパチョリはたんなる香水以上のもの——太陽であり、百万のセクソフォンであり、ポペとのセックスだった。しかも、もとの世界での体験とは比較にならないほど鮮やかになり、それがいつまでも終わりなく続く。

「そう、現代の医学も、人を若返らせることはできない」とショー医師は言った。「でも、とてもうれしいよ。人間の老化の実例を目のあたりにする機会が得られて。わたしを呼んでくれて、ほんとうにありがとう」医師はそう言って、バーナードとあたたかい握手をかわした。

そんな次第で、みんなが追いかけるのはジョンのほうだった。ジョンに会うには、公認の保護者であるバーナードを通すしかないので、気がつくとバーナードは、生まれてはじめてふつうの人間として接してもらえるようになった。いや、それどころか、いまやたいへんな重要人物として遇されている。人工血液にアルコールが混じったとか、体格がどうのとか、陰口をきかれることもない。ヘンリー・フォスターは、無理して親しげにふるまうようになった。ベニート・フーヴァーは性ホルモンガムを六パックもプレゼントしてくれた。社会階級決定係補佐はほとんど卑屈と言ってもいいくらいの態度でバーナード主催の夜会に招待してほしいと頼んできた。女たちは、パーティーへの招待をちらつかせるだけでよりどりみどりだった。

「今度の水曜日、〈野人《ザ・サヴェッジ》〉に会ってくれって、バーナードに言われたの」ファニーが得意げに言った。

「よかったわね」とレーニナ。「これで認めるでしょ、バーナードのこと誤解してたって。ほんとはわりと素敵な人だと思わない？」とレーニナ。

ファニーはうなずいた。「まあ、うれしい驚きって感じだけど」

瓶詰め係長、社会階級決定室長、受精部副部長補佐が三人、感情工科大学の感覚映画学教授、ウェストミンスター共同体合唱会参事会長、ボカノフスキー処置監督官――バーナードの招待客リストには名士がずらずら並んでいた。

「先週は六人と寝たよ」バーナードはヘルムホルツ・ワトスンに打ち明けた。「月曜日にひとり、火曜日に二人、金曜日に二人、土曜日にひとり。ぜひにと言ってきてる子がまだ十人以上いるから、時間とその気さえあれば……」

この自慢を聞かされているヘルムホルツが不興げに黙りこくっているので、バーナードはむっとした。

「うらやましいんだろ」

ヘルムホルツは首を振った。「むしろさびしいんだよ。それだけだ」

バーナードは気分を悪くしてその場を離れた。もう二度とあいつとは話をしないぞ。

日々が過ぎた。バーナードは成功に酔い、その過程で（質のいい酩酊作用の例に洩れず）、これまでは不満ばかりだった世界と完全に和解した。向こうがこちらを重要人物と見なしてくれるかぎり、社会秩序はいいものだった。しかし、成功によって和解したとはいえ、秩序を批判する権利を手放すことは拒否した。なぜなら、批判することによって自分は特別だという感覚が強くなり、大物になった気分が味わえるからだ。そればかりか、この世界には批判すべき点があると、純粋に思っていた（それと同時に、成功者となって、女の子たちと好きなだけ寝られることも純粋に喜んでいた）。野人と会うことを目当てにおべっかを使ってくる相手に対して、バーナードは毒のある非常識な見解を披露した。向こうは丁重に耳を傾けるものの、陰ではやれやれと首を振っていた。「あんな態度じゃ、この先ろくなことにならんな」と予言する人々は、予言の成就に加担する気満々ということもあり、自信たっぷりだった。「そのときになって助けを求めても、第二の野人は見つからないよ」とはいえ、いまは第一の野人がいるので、みんな丁重に接した。みんなが下手に出るので、バーナードは自分を巨人のように大きく感じ、それと同時に、気持ちが高まるあまり、空気より軽くなったような気がした。

「空気より軽い」とバーナードは上を指さして言った。

頭上はるか高く、ひと粒の真珠のように空に浮かぶ気象局の係留気球が、陽射しを受けて薔薇色に輝いていた。

『……前記野人に、文明生活のあらゆる側面を見せるため、ご協力を……』とバーナードは関係各部門への伝達文書に記していた。

当の野人は、いま、文明生活を文字どおり俯瞰していた。チャリングTタワー屋上のスカイポートから下界を眺めていたのである。ポート長とポート専属の気象学者が案内役だが、もっぱらバーナードがしゃべっていた。おのが立場の重要性に酔い、ごく控えめに言っても、当地を訪問している他地域の世界統制官といった感じでふるまい、空気より軽やかな気分だった。

ボンベイ・グリーン・ロケットが空から舞い降りてスカイポートに着陸した。乗客たちが降機しはじめる。カーキ色の制服を着た八人のドラヴィダ人一卵性多胎児がロケットの八つの窓から外を見ていた。客室乗務員だ。

「時速一千二百五十キロメートル」とポート長が重々しく言った。「いかがですか、ミスター野人《サヴェッジ》」

たいへんすばらしいとジョンは答えた。「でも、パックなら四十分で地球をひとまわりするよ（『真夏の夜の夢』より）」

『当該野人は』と、バーナードはムスタファ・モンドに宛てた報告書に書いた。『意外にも、文明世界の発明品に対して驚愕や畏怖をほとんど示しません。おそらくひとつには、リンダなる女性、すなわち彼の＊＊から話を聞いているからでしょう』

（ムスタファ・モンドはここまで読んで顔をしかめた。この莫迦は、伏せ字にしないとわたしが怖気《おぞけ》をふるうとでも思っているのか？）

『もうひとつの理由は、野人の主たる興味が、当人の言う〝魂〟なるものにあるためです。彼は、あくまでそれを物理的環境から独立した存在であると見なし、わたしの説得にもかかわらず……』

統制官はそれにつづく数行を飛ばし、興味を引く具体的な事実を求めてページをめくろうとしたとき、なんとも非常識な一節に目が留まった。

『……もっとも、彼の主張に首肯しうる点があることは認めざるを得ません。すなわち、文明化された小児性はあまりに安易すぎる――野人の言葉を借りれば、コストが低すぎるのです。せっかくのこの機会に、閣下に注意を促したいのですが……』

ムスタファ・モンドは思わずむっとしたが、その怒りはすぐに笑いに変わった。この男がわたしに向かって――世界統制官に向かって――社会秩序に関する講釈を垂れるという構図そのものが滑稽千万だ。頭がいかれたに違いない。ひとつお灸を据えてやるか、と考えたものの、すぐに天を仰いで笑い出した。まあ、当面は大目に見てやろう。

そこは、ヘリコプター用照明器具を製造する小さな工場だった。電気設備製造公社の一部門にあたる。工場の屋上では（統制官の回覧推薦状が魔法のような効果を発揮した結果）技師長と人事部長が待っていて、彼らを出迎えた。

一行が歩いて工場に降りると、人事部長が説明をはじめた。「各工程は、可能なかぎり、単一のボカノフスキー集団に属する人員に割り振られています」

事実、八十三人のおそろしく鼻が低い色黒で短頭のデルタが冷却圧延プレスを担当し、五十六人のかぎ鼻で赤毛のガンマが五十六台の四軸旋盤を操作している。鋳造ラインでは、暑さに適応できるように条件づけされた百七人のセネガル人のイプシロンが働いている。ねじを切っているのは、三十三人の長頭のデルタ女性たち。髪は砂色で、骨盤が狭く、いずれも、身長は1メートル69センチから誤差20ミリ以内におさまっている。組み立て室では、二組のガンマプラスの小男たちが、発電機を組み立てているところだった。向かい合った二つの低い作業台のあいだで、部品を載せたコンベアがのろのろと進んでゆく。四十七人の金髪頭が四十七人の褐色頭と向かい合う。四十七人の獅子鼻が四十七人の鉤鼻と向かい合い、四十七人のへこみあごが四十七人の出っぱりあごと向かい合う。完成した機械は、ガンマ・グリーンの制服を着た十八人の若い女たちが検査し、三十四人の短足で左利きのデルタマイナスの男たちが箱詰めし、青い目に亜麻色の髪をした雀斑《そばかす》だらけのイプシロン半莫迦《セミ・モロン》六十三人が、待機中のトラックや貨車に運び込む。「ああ、すばらしい新世界……」ふと記憶が甦り、野人は、われ知らずミランダの言葉をくりかえしていた。「こんな人たちがいるなんて。すばらしい新世界」

「請け合いますが」工場を出るとき、人事部長が言った。「労務関係の問題はほとんどありません。うちの労働者はいつも……」

だが、野人は急にその場を離れ、エアポケットに落ちたみたいに気分を悪くして、月桂樹の植え込みの陰で激しく嘔吐した。

『野人は』とバーナードは報告書に書いた。『ソーマの服用を拒み、＊＊のリンダがソーマの休日から戻らないことに悩んでいるようです。＊＊の老衰と、激しい嫌悪感を抱かせる外見にもかかわらず、彼女のもとに足繁く通い、深い愛情を抱いているように見えることは、注目に値します。幼児期の条件づけによって、自然の衝動（この場合には、不快な対象から遠ざかろうとする衝動）を緩和し、克服することさえ可能だという興味深い実例です』

ヘリコプターはイートン上級校の屋上に着陸した。校庭をはさんだ向こう側には、陽射しを浴びて白く輝く五十二階建てのラプトン・タワーがそびえている。左手には学寮《カレッジ》、右手には鉄筋コンクリートと紫外線透過ガラス《ヴァイタグラス》の由緒正しい校内共同体合唱会堂。四角い校庭の中央には、われらがフォードさまをかたどった古風なクロム鋼の像が立っていた。

ヘリコプターを降りたジョンとバーナードは、理事長のガフニー博士と校長のミス・キートに出迎えられた。

「ここの生徒に多胎児は多いの？」校内見学ツアーが始まると、野人はやや不安げにたずねた。

「いえいえ」と理事長が答えた。「イートン校は、上層階級の少年少女専用です。ひとつの卵からひとりの成人。もちろん、そのために、教育は通常以上にむずかしくなります。しかし、大きな責任を担い、予想外の危機に対処できる人間に育つ子どもたちですから、当然のことです」理事長はため息をついた。

一方、バーナードのほうは、すっかりミス・キートのとりこになっていた。「月曜か、水曜か、金曜の夜、もしお時間があれば」と誘い、親指で野人を指して、「彼はおもしろいんですよ。風変わりで」とつけ加える。

ミス・キートはにっこりして、（この女《ひと》の笑顔はほんとにチャーミングだな、とバーナードは思った）、ありがとうございます、喜んでパーティーにうかがわせていただきますと答えた。理事長がドアを開けた。

アルファダブルプラスの教室に五分間いただけで、ジョンはいささか当惑していた。

「初歩の相対論ってなんのこと？」と声を潜めてバーナードの耳もとでたずねる。バーナードは説明しかけて考え直し、ほかの教室へ行ってみようと提案した。

ベータマイナスの地理教室へ行こうと廊下を歩いていると、途中のドアの向こうから、張りのあるソプラノの声が、「一、二、三、四」と号令をかけているのが聞こえた。それから、うんざりした声で、「やりなおし。最初から」

「マルサス処置の訓練です」とミス・キートが説明した。「もちろん、女生徒の大半は不妊個体《フリーマーチン》ですけど。ちなみに、わたしもそうです」と言ってバーナードに微笑みかけ、「とはいえ、生殖機能のある生徒も八百人ほどいますので、つねに訓練しておかないと」

ベータマイナスの地理教室で、ジョンは、「野人保護区は、気象条件や地理的条件が劣悪で、天然資源に乏しいため、コストをかけて文明化するだけの価値がない土地である」ことを学んだ。ガチャリ。教室が暗くなり、とつぜん、教師の頭上のスクリーンに、アコマの贖罪苦行者《ペニテンテ》たちの姿が映った。聖母の前にひれ伏して、あるいは磔にされたイエスの前や鷲の姿をしたプーコング神の前で（ジョン自身もかつて見たように）むせび泣きながら、みずからの罪を告白する。イートン校の若い生徒たちは大声で笑った。アコマの苦行者たちは泣きながら立ち上がり、上衣を脱ぎ捨てると、いくつも結び玉のついた鞭でわれとわが身を打ちはじめた。何度も、何度も。生徒たちの笑い声はさらに大きくなり、スピーカーから大音量で流れる苦行者たちのうめき声すら呑み込んでしまった。

「でも、どうしてみんな笑うの？」痛ましげな当惑の表情で、野人がたずねた。

「どうして？」理事長は満面の笑みのまま、「どうして？　だって、ものすごくおかしいじゃないですか」

映像を流すために照明を落とした薄暗がりの中、バーナードは危険をおかして、大胆な行動に出た。以前の彼なら、真っ暗闇の中でもやってみる勇気がなかったはずだが、いまの僕は重要人物なんだという自覚に後押しされて、女校長の腰に手を回したのである。ミス・キートの腰は柳のようにやわらかくその手を受け入れた。あとはキスをして、もしかしたら指先で軽くいたずらしてみようと思ったそのとき、またガチャリと音がして、鎧戸が開き、部屋が明るくなった。

「そろそろ次の教室に行きましょうか」とミス・キートが言い、戸口に歩き出した。

しばしののち、一行が立ち止まると、理事長が言った。「こちらが、睡眠学習制御室です」

壁の三面に、共同寝室ひとつにつき一台、ぜんぶ合わせると数百台の合成音楽再生機がずらりと並んでいる。四つめの壁は細かく仕切られた整理棚になっていて、さまざまな授業内容をロール紙にプリントしたサウンドトラックを収納している。

「ここにロールをセットして」ガフニー理事長の説明に、横からバーナードが口をはさんだ。「それからこのスイッチを押すと……」

「いやいや、こっちですよ」理事長がいらだたしげに訂正する。

「じゃあ、そっち。これでロールが巻きとられて、機械の中に入っていく。機械が読みとった文字をセレン光電セルが音声に変換して……」

「こうなります」と理事長が結論をひきとった。

「生徒たちはシェイクスピアを読む？」生化学研究室に行く途中、図書館の前を通りかかったとき、野人が質問した。

「もちろん読みません」キート校長が顔を赤くして答えた。

「わが校の図書館には参考資料しかありません」とガフニー理事長が言う。「娯楽を必要とする生徒には、感覚映画がありますから。ひとりきりで楽しむものは推奨していません」

五台のバスが、歌を歌ったり、黙って抱き合ったりしている少年少女を乗せて、ガラス化されたハイウェイの上を通過していった。

「スラウ火葬場の見学から戻ってきたところです」とガフニー理事長が説明した。そのあいだも、バーナードは小声でミス・キートを口説き、今夜の約束をとりつけていた。

「死に対する条件づけは、出瓶後十八カ月でスタートします。子どもたちはみんな、週に二日、どこかの臨終病院で午前中を過ごすんです。臨終病院には最高のおもちゃが置いてあるし、臨終の日にはチョコレートケーキがふるまわれる。子どもたちは死を当たり前のものとしてありのままに受け容れることを学ぶんです」

「他の生理的現象と変わらないということを」とミス・キートが校長先生らしい口調でつけ加えた。

八時にサヴォイホテルで。話は決まった。

ロンドンへの帰途、ブレントフォードにあるテレビジョン製造公社《コーポレーション》の工場に寄った。

「電話してくるから、ちょっと待ってて」とバーナードが言った。

野人はバーナードの帰りを待つあいだ、あたりを眺めた。メインの昼間勤務が終わったばかりらしく、下層階級の労働者たちがモノレール駅に列をつくっている――ガンマ、デルタ、イプシロンの男女が七、八百人いるが、顔と体形はせいぜい十種類ほど。そのひとりひとりに、駅の出札係が、切符といっしょにボール紙製の錠剤ケース《ピルボックス》を手渡している。男女から成る長い芋虫はのろのろと進んでゆく。

「あの（『ベニスの商人』を思い出して）〝箱《カスケット》〟にはなにが入っているの？」野人は、戻ってきたバーナードにたずねた。

「きょうの配給分のソーマだよ」バーナードはもごもごした声で答えた。ベニート・フーヴァーにもらったガムを噛んでいる。「一日の勤務の終わりにもらえるんだ。半グラム錠を四つ。土曜日には六つ」

バーナードは友だちとするようにジョンと腕を組んで、ヘリコプターのほうへ歩いていった。


レーニナは歌を歌いながら更衣室に入ってきた。

「ずいぶんご機嫌じゃない」とファニーが言った。

「ご機嫌ですとも」とレーニナは答える。ジャッ！「三十分前にバーナードから電話があって」ジャッ、ジャッ！ショートパンツを脱ぐ。「急に頼まれたの」ジャッ！

「今夜、野人が感覚映画を観にいくのにつきあってやってくれって。だから急がないと」急いでバスルームに向かった。

「運がいい子ね」レーニナのうしろ姿を見送って、ファニーはそうひとりごちた。

その言葉に羨望の響きはなかった。気のいいファニーは、事実をありのままに述べただけ。レーニナって、ほんとに運がいい。野人のたいへんな名声の大きなおこぼれをバーナードと二人で分け合えることが幸運だし、名もない平凡な人間の身で、いま一番の人気者の輝きを間近に浴びられることも幸運だ。たしか、フォード主義女子青年会《YWFA》の幹事から講演を依頼されていたはずだし、アフロディティアム・クラブの年次晩餐会にも招待されている。フィーリートーン・ニュースの取材も受けて、全世界の何百万という人々の目と耳と肌に接している。

偉い人たちにちやほやされるのも、レーニナにとって最高に気分がいいことだった。この地域の世界統制官の第二秘書官から、夕食と朝食に招待された。ある週末は最高裁判所長官と過ごし、またある週末はカンタベリー共同体合唱会大歌教《アーチ・コミュニティ・ソングスター》と過ごした。内外分泌物公社の社長からはしじゅう電話がかかってくるし、欧州銀行副総裁とドーヴィルへバカンスに出かけたこともある。

「そりゃもちろん、最高の気分よ。でも、なんだか」と、あるときレーニナはファニーに打ち明けた。「誤解されることで得してるみたいな気がするの。だって、みんなが一番に知りたがるのは、野人とのセックスはどうなのかってことなんだけど、わからないとしか答えられないのよ」レーニナは首を振った。「たいていの男たちはそれがウソだと思ってる。でも、ほんとなの。ウソだったらよかったのに」と悲しげにつけ加えて、ため息をついた。

「でも、好かれてるんじゃないの？ 彼、すごくハンサムでしょ」とファニーはたずねた。

「そんな気がするときもあるけど、違う気がするときもある。彼、必死でわたしを避けるのよ。部屋に入ったら、入れ違いに出ていくし、指一本触れないどころか、こちらを見ようともしない。でも、なにかのはずみにくるっとうしろを向いたら、彼がじっと見つめてることがあって。ほら――好かれてるかどうかは、顔を見ればわかるでしょ」

わかるわかると、ファニーはうなずいた。

「だから、謎なのよね」とレーニナは言った。

まったく理解できない。そのせいで当惑するばかりか、動揺してしまう。

「というのもね、ファニー、わたし、彼のことが好きなのよ」

好きな気持ちはどんどん募る。さあ、今夜こそ、絶好のチャンス。入浴のあと、体に香水をつけながら、レーニナは心の中で言う。ぴた、ぴた、ぴた――絶好のチャンス。浮き浮きした気分が歌になってあふれでる。

抱いてよ、ハニー、くらくらするくらい
キスしてよ、失神するくらい
抱いてよ、ハニー、じゃないと世界が暗い
恋はソーマと同じくらい偉大

芳香オルガンは、さわやかな『植物狂想曲』を楽しげに奏でている——タイム、ラベンダー、ローズマリー、バジル、マートル、タラゴンが生み出すさざ波のようなアルペジオ。香料キーを大胆に転調させて竜涎香へと移り、白檀と樟脳《しょうのう》とヒマラヤ杉と刈りたての干し草の香りを経て（そのあいだに複雑微妙な不協和音が混じる——そこはかとないキドニープディングの香りや、ごくかすかな豚の糞のにおい）、曲の冒頭部で提示されたシンプルな芳香植物のテーマにゆっくり戻ってゆく。タイムの最後のひと吹きが消えると、拍手喝采が起こり、照明が明るくなった。合成音楽再生機の中でサウンドトラックのロールがまわりはじめ、超バイオリンと超チェロと合成オーボエの三重奏が心地よい気だるさでホールを満たしていく。それが三、四十小節続いてから、三重奏をバックに、人間の声をはるかに超えた声がビブラートで歌い出した。のどの奥から野太く絞り出すかと思えば、頭のてっぺんから出るような高音になり、かと思うとフルートのような虚ろな音になり、そしていまは焦がれるような倍音を響かせている。その声は、人間が出せる低音の記録を樹立したガスパード・フォースターのいちばん低い音階から、ルクレツィア・アグヤーリが歴史上の全歌手の中でただひとり、それもただ一度だけ発することのできた四点ハ《C7》（一七七〇年にパルマ王立歌劇場で聴いたモーツァルトを驚愕させた）さえ上回る、コウモリの超音波のようなトリルまで、やすやすと自在に移行した。

一階正面のふかふかの特別席に身を沈め、レーニナとジョンは鼻と耳で演奏を味わった。まもなく、目と皮膚でも楽しむことになる。

場内の照明が落ちた。燃える文字が、まるで実体を持って立っているかのように、暗闇の中にどっしりと浮かび上がる。**『ヘリコプターで三週間』。オール超歌唱《スーパーシンギング》・合成ダイアローグ・カラー・立体・感覚映画。芳香オルガンによる伴奏つき。**

「椅子の肘掛けについてる金属のノブを握って」レーニナはささやき声で言った。「でないと触感効果が味わえないから」

野人は言われたとおりにした。

そのあいだに、燃える文字はもう消えていた。十秒ほど、完全な闇に包まれる。そしてとつぜん、生身の実物よりもはるかにまぶしい存在感のある、現実以上にリアルな立体映像があらわれた。巨大な黒人と、金髪で短頭型のベータプラスの若い女が抱き合っている。

野人はびくっとした。唇に感触が！　片手で唇に触れると、くすぐられるような感触は消え失せた。金属のノブにまた手を置くと、さっきの感触が戻ってくる。芳香オルガンは純粋な麝香の匂いを発散している。サウンドトラックの超鳩が「ウッ・ウー」と鳴き、一秒わずか三十二サイクルの、アフリカ人のバス歌手よりさらに低い声が、「あっ、あああ」「うー、あー！　うー、あー！」と応える。立体像の唇と唇がまた合わさり、アルハンブラ劇場の六千の観客の性感帯である唇が、電気にしびれるような耐えがたいほどの快感を味わった。「うー……」

映画のストーリーは極端にシンプルだった。最初の〝うー〟と〝あー〟の数分間のあと（デュエットが歌われ、ささやかな濡れ場が演じられるのは例の名高い熊の毛皮の上で、社会階級決定係補佐の言葉どおり、熊の毛一本一本の肌触りが完璧に再現されていた）、黒人の男がヘリコプター事故に遭い、頭から転落する。どさっ！　観客のひたいに衝撃が走り、場内が「あっ」「痛っ」のコーラスに包まれる。

そのショックで条件づけが無効になった黒人は、ベータの金髪女を自分だけのものにしたいという病的な熱情にかられる。彼女は抵抗し、彼は執着する。いさかい、追跡、恋敵への攻撃、そしてセンセーショナルな拉致事件。ベータの金髪女は空へと攫《さら》われ、頭のいかれた黒人と二人きりというおそろしく反社会的な状況下、空中で三週間を過ごすことを余儀なくされる。一連の冒険活劇とさまざまな空中アクロバットが次々に演じられた挙げ句、アルファの美青年三人がついに彼女を救い出す。黒人は成人再教育センターへと送られ、救われたベータのお姫さまがめでたく三人の勇者たちの恋人となるところで、映画は清く正しい大団円を迎える。四人の男女は、しばしストーリーを離れ、フル編成の超オーケストラによる伴奏と、芳香オルガンによるくちなしの香りに合わせて、合成音楽四重唱を歌う。最後にもういちど熊の毛皮が登場し、セクソフォンが高らかに鳴り響くなか、立体映像のキス場面がくりかえされ、やがてそれが溶暗して、唇に残る電気的なくすぐりの感触も、瀕死の蛾の羽ばたきのようにしだいに弱く、しだいにかすかになり、ついには消えてしまう。

しかし、レーニナにとって、蛾はまだ死んではいなかった。照明がつき、観客の波に揉まれてエレベーターにゆっくり歩いてゆくあいだにも、彼女の唇では蛾の亡霊が羽ばたき、不安と歓喜の入り混じる細かい震えを肌に走らせていた。頬は紅潮し、目はきらきらと潤み、呼吸が深くなる。レーニナはだらりと垂れた野人の力ない腕をとり、自分の脇腹に押しつけた。ジョンは苦しみに満ちた真っ青な顔でレーニナを見下ろした。欲望に駆りたてられると同時に、彼はその欲望を恥じていた。僕にそんな値打ちはない。一瞬、二人の視線が交差した。このひとの目は、なんてすばらしい宝物を約束してるんだろう！　あふれんばかりの情熱！　あわてて目をそらし、腕を振りほどいた。自分にはもったいない相手だと思っているのに、そうではなくなってしまうかもしれないという、漠たる不安にかられたのだった。

「きみはああいうのを観ないほうがいいと思う」ジョンはあわてて責任を転嫁した。過去または未来において、レーニナの完璧さになんらかの瑕疵《かし》が生じたとしても、それは彼女自身のせいではなく、まわりの環境のせいなのだ。

「ああいうのって？」

「ああいうひどい映画だよ」

「ひどい？」レーニナは純粋にびっくりした。「でも、素敵だったじゃない」

「愚劣だよ」ジョンは憤慨した。「下品きわまりない」

レーニナはかぶりを振った。「意味がわからない」この人、どうしてこんなに変わってるんだろう。せっかくの楽しみに、どうしてわざわざ水を差すんだろう。

タクシコプターの中で、ジョンはレーニナにろくに視線を向けようともしなかった。一度も口に出したことがない強固な誓いに縛られ、とっくの昔に無効になった規則を忠実に守って、目をそむけたまま黙りこくっていた。ときおり、いまにも切れそうなほどきつく張った糸を指で弾いたみたいに、全身がぴーんと神経質に震えた。

タクシコプターは、レーニナが住む集合住宅の屋上に着陸した。やっとだ。レーニナは浮かれ気分でタクシーを降りた。やっとここまで来た——いまのいままで、彼の行動はすごく変だったけど。屋上の照明の下で、コンパクトを覗く。やっとだ。おっと、鼻がちょっと光ってる。ジョンがタクシーの料金を払っているあいだに化粧直しを済ませてしまおう。パフをとりだし、軽く振って、余分な粉を落としてから、鼻の頭にパウダーをはたきながら考えた。ジョンはすごくハンサムなんだから、バーナードみたいにびくびくする必要なんかないのに。ほかの男だったら、ずっと前に寝ていたはず。でもいま、やっとそのときが来た。小さな丸い鏡に映る顔の一部が急ににやついた。

「おやすみ」そのとき、背後で押し殺した声がした。さっとふりかえると、彼がタクシコプターのドアの前に立ち、じっとこちらを見ていた。化粧直しのあいだ、ずっと見られていたらしい——でも、なんのために？　決心がつかず、いろいろ考えてためらってるんだろうか。どんな突拍子もないことを考えているのか、レーニナの想像を超えていた。「おやすみ、レーニナ」と彼はくりかえし、笑みをつくるつもりなのか、奇妙に顔を歪めた。

「でも、ジョン……あなたもその気で……つまり、だからここまで来たんじゃ……？」

彼はタクシコプターに乗り込むと、ドアを閉め、前に身を乗り出してパイロットになにか告げた。ヘリはすばやく空に飛び立った。

ヘリの床にある窓越しに野人が下を覗くと、レーニナの上向きの顔が見えた。屋上の青っぽい照明を浴びて蒼白に見える。大きく口を開けて、なにか叫んでいる。遠近法で奥行きが縮んだその姿はみるみる遠ざかり、どんどん小さくなる屋上の四角は、闇の中に落ちてゆくかのようだった。

五分後、野人は自分の部屋に戻っていた。隠し場所から鼠に齧られた一巻本のシェイクスピア全集をとりだし、神聖な書物を扱うようにうやうやしい手つきでしみと皺だらけのページをめくり、『オセロー』を読みはじめた。そう言えば、主人公のオセローは、『ヘリコプターで三週間』に出てくる男に似ている――黒人だ。

レーニナは、涙を拭いながら屋上を横切って、エレベーターに向かって歩いた。二十七階まで降りる途中、ソーマの瓶をとりだした。一グラムじゃ足りない、この悲しみは、一グラム分以上だ。でも、二グラム服むと、あしたの朝、時間どおりに起きられないかもしれない。そこで妥協して、半グラムの錠剤を三つ、お椀のかたちにした左のてのひらに振り出した。

第12章

野人が開けようとしないので、バーナードは鍵のかかったドア越しに叫んだ。

「でも、もうみんな来て、きみを待ってるんだぞ！」

「勝手に待ってればいいさ」と、ドアの向こうからくぐもった声がした。

「でも、わかってるだろ、ジョン」（大声で怒鳴りながら、言葉に説得力を持たせるのはなんとむずかしいことか！）「きみに会わせるからと言って、みんな、わざわざ来てもらったんだよ！」

「僕が会いたいと思うかどうか、先に訊くべきだったね」

「でも、いつも会ってくれたじゃないか、ジョン」

「だからこそ、もう会いたくないんだよ」

「そこをなんとか。僕のためだと思って」バーナードは大声で下手に出た。「頼むから、僕のためだと思って出てきてくれよ」

「いやだ」

「本気で言ってるのか？」

「本気だよ」

バーナードはやけになって、「じゃあ、いったいどうしろと？」と泣きごとを言った。

「地獄に堕ちろ！」中から怒りの声が怒鳴り返す。

「でも、今夜はカンタベリー共同体合唱会大歌教も来るんだよ」バーナードはほとんど涙声だった。

「アイ・ヤー・タクワ！」共同体大歌教に対する気持ちをじゅうぶんに表現するにはズーニー語を使うしかなかった。そのあと、思い出したように「ハニ！」とつけ足し、それから（なんと獰猛な嘲りか！）「ソンス・エソ・ツェ・ナ！」と締めくくって、ポペを見習ったかのように、床にぺっと唾を吐いた。

バーナードはうちひしがれてすごすごと自宅に戻り、いらいらしている招待客たちに向かって、今夜のパーティーに野人は出席しないと告げた。この知らせは客の怒りを買った。評判が芳しくないうえに非常識な考えを持つこのつまらない男にだまされて、ちやほやしてしまったことに腹が立つ。社会的地位の高い者ほど、その怒りは大きかった。

「こともあろうに、このわたしを愚弄するとはな！」と大歌教は何度もくりかえした。

女たちは偽の看板にだまされて体を与えたと腹を立てていた。手違いで瓶にアルコールが混じった男、ガンママイナス並みの体格をした情けないチビとうっかり寝てしまった。レイプも同然だと叫ぶ彼女たちの声はますます大きくなった。イートン校の校長、ミス・キートの非難はことのほか苛烈で、容赦がなかった。

レーニナだけが、なにも言わなかった。青い瞳に珍しく憂鬱の色を湛《たた》え、青い顔をして隅の席にすわり、自分とは百八十度違う感情にかられた周囲の人々から、ひとりだけ切り離されていた。レーニナはこのパーティーに、不安と歓喜がないまぜになった奇妙な気分でやってきた。部屋に入ったとき、レーニナは思った。あと二、三分で、ジョンと会って、話をして、気持ちを打ち明けられる（その決心をしてここに来たのだから）。あなたのことが好き――いままで会っただれよりも。そしたら、たぶん彼は……。なんて言うだろう？　顔が真っ赤になった。

この前の夜、映画のあと、彼はどうしてあんなに妙な態度だったんだろう？　ものすごく変だった。でも、ぜったいまちがいない。あの人はほんとにわたしのことが好き。まちがいない……。

そしてそのとき、バーナードが、野人はパーティーに出席しないと告げたのだった。

レーニナはとつぜん、代替激情療法の初期に味わう感覚のすべてを経験した――ぞっとするような空虚感と、息が詰まる不安と、吐き気。心臓がとまったような気がした。

もしかしたら、わたしのことが好きじゃないからかもしれない。疑念はたちまち確信に変わった。ジョンが来ないのはわたしのことが嫌いだから。わたしのことが嫌いだから……。

「ほんとにあんまりですよ」とイートン校の校長が火葬リン再生センターの所長に話している。「まさか、わたしがこんな男と……」

「ええ」とファニー・クラウンの声。「アルコールの話はまちがいなくほんと。知り合いの知り合いに、当時、胎児保育室勤務だった人がいて、その人が知り合いに話して、知り合いがあたしに話してくれたんだけど……」

「ほんとうにあいにくなことで」ヘンリー・フォスターが大歌教に、心から同情するような口調で言った。「もしかしたら猊下《げいか》もご興味がおありかもしれませんが、じつはうちの前所長は彼をアイスランドに異動させる寸前だったんです」

自信としあわせでぱんぱんにふくらんでいたバーナードの風船は、あちこちで吐かれる辛辣な言葉に刺し貫かれて無数の穴が空き、どんどん空気が抜けていった。青ざめ狼狽し絶望し動揺したバーナードは、招待客のあいだを歩きながら、支離滅裂な謝罪の言葉をたどたどしく述べ、次のパーティーはかならず野人が出席しますからと請け合い、カロチンサンドイッチやビタミンAパテや合成シャンパンをすすめた。一同は遠慮なく飲み食いしたものの、バーナードのことは無視した。さらに酒が進むと、面と向かって罵倒したり、彼がこの場にいないかのように大声でバーナードの悪口を言い合ったりしはじめた。

「さて、みなさん」カンタベリー共同体合唱会大歌教が、フォード記念日の式典でおなじみの美声を響かせた。「そろそろ時が来たようだ……」立ち上がり、グラスを置き、相当量の軽食のパンくずを紫色のビスコース製ベストから払い落とすと、戸口に向かって歩き出した。

バーナードは、とんでいって、大歌教を引きとめようとした。

「ほんとうにお帰りになられるのでしょうか、大歌教猊下？　まだ宴は始まったばかりですし、わたくしといたしましては、今夜のこの機会を楽しみに……」

そう、バーナードにとって、これほど楽しみにしていた機会はなかった。招待状を出せば、大歌教猊下はきっと来てくださるとレーニナが耳打ちしてくれたあのとき以来。

「ほんとはすごくいい人なのよ」と言って、レーニナは、大歌教がランベス宮（英国国教会の最高位であるカンタベリー大主教のロンドン公邸）でともに過ごした週末の記念にとプレゼントしてくれたT字形の小さな黄金のジッパー留め具を見せた。バーナードはこの勝利を誇るべく、すべての招待状に、『カンタベリー共同体合唱会大歌教とミスター野人《サヴェッジ》にご紹介いたします』と明記した。なのに野人は、よりによってこの大事な夜、自室に鍵をかけて閉じこもり、「ハニ！」とか、果ては（さいわいバーナードはズーニー語を解さないが）「ソンス・エソ・ツェー・ナ！」などと怒鳴り散らした。バーナードの人生でもっとも輝かしい夜となるはずが、一転して、人生で最大の屈辱の夜になってしまった。

「ほんとうに楽しみにしておりましたので……」とり乱した顔で哀願するように大歌教を見上げ、バーナードはしどろもどろにくりかえした。

「いいかね、きみ」大歌教は、重々しく厳しい大音声で呼びかけた。部屋全体が静まり返る。「ひとことだけ忠告しておこう」バーナードに向かって指を振り、「手遅れにならぬうちに。わたしからの助言だ」（陰々滅々たる声で）「行いをあらためよ。行いをあらためなさい」と言って、バーナードの頭上でT字を切ってから、うしろを向き、「さあ、レーニナ」と猫撫で声で呼びかけた。「おいで」

レーニナは従順に、だがにこりともせず、（与えられた栄誉にまるで無頓着だったので）得意がるそぶりもなく、大歌教のあとについて部屋を出ていった。ほかの招待客は、大歌教の失礼にならないように、しばらく間を置いてからそれに続いた。最後の客がばたんとドアを閉め、バーナードはひとりぼっちになった。

空気がすべて抜けてぺちゃんこになったバーナードは、椅子に倒れ込むと、両手に顔を埋めて泣き出した。しかし、しばらくたってから考え直し、ソーマを四錠服んだ。

同じ高層ビルのもっと上のフロアでは、野人が自室で『ロミオとジュリエット』を読んでいる。

レーニナと大歌教は、ランベス宮の屋上へ降りた。「急いで、きみ――レーニナ」大歌教がエレベーターホールからじれったげに呼んだ。月を見上げてしばらく足を止めていたレーニナは、目を伏せると、急ぎ足で屋上を横切り、大歌教のもとへ歩いていった。

『新説生物学』――それが、ムスタファ・モンドがいま読み終えた論文の題名だった。世界統制官はしばらくむずかしい顔で考え込んでいたが、やがてペンをとり、扉ページにこう書き込んだ。『テーマに対する数学的な扱いは、斬新かつきわめて独創的だが、異端のそしりを免れず、現今の社会秩序のもとでは、社会転覆につながる潜在的な危険性がある。出版不可』最後の言葉にアンダーラインを引き、『著者は監視下に置くこと。場合によっては、セント・ヘレナ海洋生物研究所への異動も要検討』と書き加え、署名しながら思った。すばらしい論文なのに、じつにもったいない。しかし、目的という観点からの解釈をいったん認めはじめたら——結果がどうなるか、わかったものではない。上層階級の中でも、精神的に不安定な一部は、この種の思想によって、条件づけを簡単に解かれてしまうおそれがある。つまり、しあわせこそが〝絶対善〟であるという信念を失い、どこか遠い彼方に——現在の人間界を超えたところに——ゴールがあると信じはじめるかもしれない。生の目的は、幸福を維持することではなく、意識を強化し洗練させること、知識を拡張させることにある、と。この思想が正しい可能性はじゅうぶんにある。しかし、現状では容認できない。ムスタファ・モンドはまたペンをとり、〝出版不可〟の下に、一本目よりも太く、二本目のアンダーラインを黒々と引いた。それからため息をついて、心の中でつぶやいた。しあわせのことを考えずに済んだら、どんなに楽だろう！

目を閉じ、歓喜に顔を輝かせ、ジョンは虚空に向かってやさしく朗誦した。

おお！　彼女は松明《たいまつ》に、まばゆく輝く方法を教える
エチオピア人の耳を飾る豪華な宝石のように

夜の頬を美しく飾る
使うには豪華すぎ、この世には貴重すぎる美しさ（『ロミオとジュリエット』1幕5場）

レーニナの胸もとに、黄金のT字架が輝いている。大歌教はそれを冗談ぽくつかみ、冗談ぽくひっぱり、またひっぱった。「さしつかえなければ」長い沈黙を破って、レーニナがだしぬけに口を開いた。「わたくし、ソーマを二グラム服もうかと思うんですけど」

このとき、バーナードはすでにぐっすり眠り込み、自分だけの夢の楽園で微笑んでいた。にこにこ、にこにこ。しかし、ベッドの上にある電気時計の長針は容赦なく進み、三十秒ごとに、ほとんど聞こえないくらいのカチッという音をたてる。カチッ、カチッ、カチッ、カチッ。そして朝が来て、バーナードは、時間と空間のみじめな世界に帰還する。タクシコプターで条件づけセンターに出勤するときの気分は最低レベルだった。成功の酩酊から醒めて、もとの自分に戻っていた。この数週間の一時的な風船状態とくらべると、もとの自分は、いままで以上に周囲から重く沈んでいる気がする。

空気が抜けてしまったこのバーナードに、野人は思いのほか共感を寄せた。

「マルパイスで会ったころのバーナードに戻ったみたいだね」聞くも涙の物語を語って聞かせたバーナードに、ジョンは言った。「初めて話をしたときのこと、覚えてる？ほら、あの小さな家の外で。いまのあなたは、あのときの感じだよ」

「また不幸になったからね。そのせいだ」

「ふうん。でも、だったら不幸なほうがいいな。きのうまでのバーナードみたいな、ウソでかためたまがいものしあわせより」

「そりゃないよ」バーナードは苦々しい口調で言った。「そもそもの原因はきみなんだから。きみがパーティーに来るのを拒否したせいで、お客がみんな敵にまわったんだぞ！」

それが不合理な言いがかりだということはバーナードも重々わかっていた。ちょっとでも気に食わないことがあるとすぐ敵にまわって責めたてるような友人なんか、なんの意味もないじゃないかという野人の返答も、内心ではそのとおりだとちゃんと認めていたし、最後には口に出してそう言いさえした。しかし、いくらそう認めていても、野人の支持と同情がいまの自分にとって唯一の慰めだとわかっていても、バーナードは彼に対して、心からの愛情とともに、ひねくれたひそかな恨みを抱かずにはいられない。そして、その仇をとるべく、ささやかな仕返しの計画をずっとあたためていた。大歌教に恨みを抱いても無駄だ。瓶詰め課長や社会階級決定係補佐に仕返ししたいと思ってもどうしようもない。一方、野人は、仕返しの対象として、他を圧倒する利点がある。すなわち、すぐに手が届くということ。友だちなるものの主要な役目のひとつは、敵に与えようと思っても与えられない罰を（もっとマイルドでシンボリックなかたちで）かわりに受けてくれることなのだ。

バーナードのもうひとりの友人兼犠牲者は、ヘルムホルツ・ワトスンだった。バーナードが得意の絶頂にいたときは、ヘルムホルツとの友情など時間を割いてまで維持する価値がないと思っていたけれど、挫折を経験したあと、もういちど友情を求めると、彼はそれに応えてくれた。過去の諍いなど忘れてしまったかのように、なんの批判も、わだかまりもなく。バーナードはヘルムホルツの寛大さに胸を打たれると同時に、屈辱も覚えた。その寛大さは、ソーマの効用ではなく、すべて彼の人格の賜物であるだけに、いっそう特筆に値した。過去を水に流し快く赦してくれたのは、日常生活を送っているいつものヘルムホルツであって、ソーマ半グラムの休日中のヘルムホルツではない。バーナードは当然、ありがたく思ったが（親友との関係がもとに戻ったのは大きな慰めだった）、当然、恨みも抱いた（ヘルムホルツの寛大さに仕返ししてやりたいと思った）。いちど疎遠になったあと、ひさしぶりに顔を合わせたとき、バーナードは自分のみじめな体験を洗いざらい打ち明けて、慰めの言葉をかけてもらった。その数日後、問題を抱えているのは自分だけではないと知って驚き、恥ずかしくなった。ヘルムホルツのほうも、当局ににらまれていたのである。

「俺が書いた詩が問題になってね」とヘルムホルツは説明した。「大学で、いつものように、三年生向けの〈感情工学・上級〉の授業をしてたんだ。全十二回の講義のうちの第七回で、テーマは詩。正確に言うと、〈道徳的プロパガンダおよび広告における詩の利用〉だ。授業ではいつも、実作のサンプルをいくつか紹介する。今回は、ちょうど自分で書き上げたばかりの作品があったから、それを使うことにした。ああ、まったく、頭がいかれてるよ。しかし、誘惑に勝てなかった」ヘルムホルツは声をあげて笑った。「学生の反応を見てみたくてね。それに」もっと真面目な口調で、「ちょっとしたプロパガンダも試してみたかった。その詩を書いたときの気分に学生たちを誘導してみたいと思ったんだ。いやはや《フォード》！」また笑って、「あんな大騒ぎになるとはな！　学長に呼び出されて、いますぐ馘首《くび》にするぞと脅された。これで俺も札つきだよ」

「でも、いったいどんな詩だったんだい？」と、バーナードがたずねた。

「孤独を歌ったものなんだ」とヘルムホルツ。

バーナードが眉を上げた。

「聞きたいなら、いま朗読するよ」

きのうの委員会、
スティックがあっても破れて叩けないドラム
真夜中の都会、
真空中に置かれた、吹こうにも吹けないフルート
停止したすべての機械、
それは閉じた唇と、眠れる顔
同じこの場所できのうは群衆の集会、
きょうは声もなく、ゴミだけが散乱
すべての沈黙は歓喜
嗚咽（声高く、それとも低く）
発話――しかし、その声は、
わたしの知らない声

不在、たとえば、スーザンの、

不在、あるいはエゲリアの、
腕も、胸も、
唇も、ああ、臀部もない
そこにゆっくりとひとつの存在がかたちをとる
それはだれのもの？　とわたしはたずねる。なんのもの？
あまりに不合理な本質
存在しないなにか
にもかかわらず、虚ろな夜を
交接の相手よりもしっかりと
満たしてくれるもの
なぜそれがかくも惨めに思えるのか？

「これをサンプルとして学生たちに読ませたら、学長にチクられた」

「当然だろ。睡眠学習の教えと正反対なんだから。学生は、孤独に対する警告を、少なくとも二、三十万回は受けてるんだぜ」

「わかってる。でも、どう反応するか見てみたかったんだ」

「で、ちゃんと見られたわけだ」

ヘルムホルツは笑っただけでそれにはとりあわず、しばしの沈黙のあと口を開いた。

「書くべきテーマが見えてきた気がする。自分にあると感じられる例の力――あの潜在的な特別な力を使うことが、だんだんできるようになってきた気がする。俺の中でなにかが起きかけている気がする」大変なトラブルに直面しているというのに、ヘルムホルツはずいぶんしあわせそうだな、とバーナードは思った。

ヘルムホルツと野人はたちまち意気投合した。あまりの親密ぶりに、バーナードは嫉妬の鋭いうずきを覚えたほどだった。自分は数週間かけて少しずつ距離を縮め、ジョンとうちとけてきたのに、ヘルムホルツは一瞬でその距離を飛び越えた。二人が話しているのを横で見ていると、引き合わせるんじゃなかったと後悔することさえあった。自分の嫉妬心が恥ずかしくて、バーナードは意志の力とソーマの力をかわるがわる使ってその感情を抑えようとしたが、あまりうまくいかなかった。ソーマの休日には当然ながらインターバルがあり、好ましからざる感情はそのたびに戻ってきた。

野人と三度目に会ったとき、ヘルムホルツは孤独をテーマにした例の詩を朗誦した。

「どう思う？」終わるとそうたずねた。

野人は首を振った。「これを聞いて」というのが返事だった。引き出しの鍵を開け、鼠に齧られた本をとりだすと、ページを開いて読みはじめた。

　高らかに歌う鳥よ
　ただ一本だけ立つアラビアの木にとまり
　悲しみの伝令となり、ラッパを吹け（シェイクスピア「不死鳥と雉鳩」）

ヘルムホルツは朗読を聞きながら、しだいに興奮を募らせた。〝ただ一本だけ立つアラビアの木〟のところではっとなり、〝汝、金切り声のふくろうよ〟では突然の喜びに微笑んだ。〝翼の暴君たるすべての鳥類は〟の箇所で頬が紅潮し、〝葬儀の調べ〟では青ざめて、かつて経験のない感情に身震いした。野人はさらに読みつづけた。

　固有の特性は、かくのごとく衝撃を受けた
　すなわち、自己はもはや自己でなくなり
　唯一の本質の二つの名は、
　二つとも呼べず、一つとも呼べない
　それ自身の中にある理性は論破され

分裂が大きくなるのを見た……（前同）

「ランラン乱交《オージー・ポーギー》！」バーナードはそう叫び、不愉快な高笑いで朗読を邪魔した。

「連帯のおつとめの賛歌そっくりだ」これは、自分に対する以上の好意をたがいに抱き合っている二人に対する腹いせだった。

その後も三人で会う機会が二、三度あったが、バーナードはこのささやかな腹いせをしばしばくりかえした。単純だが、きわめて効果的ないやがらせ。というのも、ヘルムホルツも野人も、お気に入りの詩の結晶が砕かれ傷つけられることに大きな苦痛を感じたからだ。最後にはヘルムホルツが、こんど朗読を邪魔したら部屋から蹴り出すぞと脅した。しかし、妙なめぐりあわせで、次に邪魔を――それも、いちばん無礼なかたちで――したのは、ヘルムホルツ自身だった。

野人は『ロミオとジュリエット』を朗読していた――（自分をロミオ、レーニナをジュリエットにいつも見立てていたから）情熱のこもった力強い朗読だった。ヘルムホルツは、恋人同士のはじめての出会いに、困惑しつつも興味をもって耳を傾けていた。果樹園の場面では詩情に聞き惚れたが、ロミオの感情表現には思わず笑ってしまった。女ひとりと寝るだけのことで、こんな心理状態にまで立ち至るとは――まったく莫迦げている。しかし、言葉使いの細部に着目すれば、これはまさしく感情工学の傑作だ！

「昔の人はたいしたもんだね」とヘルムホルツは言った。「これにくらべたら、当代一のプロパガンダ名人もまるで形なしだ」

野人はそれを聞いて誇らしげな笑みを浮かべ、朗読を再開した。朗読はまずまず順調に進んだが、第三幕の最後の場で、キャピュレット夫妻がジュリエットにパリスと結婚しろと無理強いしはじめた。この場の最初から、ヘルムホルツはずっと落ち着きがなかったが、やがて野人が悲しげな声色を使ってジュリエットの台詞を読み、

わたしの悲しみの奥底まで見通してくれる
哀れみの心は、あの雲の中にもないのかしら？
ああ、やさしいお母さま、わたしを見捨てないで
この結婚を、あとひと月、せめて一週間のばしてください
それとも、もしそれがかなわないなら、新婚の床を
ティボルトが横たわる暗い墓の中につくってください

と叫んだとき、ヘルムホルツは、とうとう我慢できなくなって、突然の莫迦笑いをは

じけさせた。

父親と母親（グロテスクにして猥褻のきわみ！）が一緒になって、望まぬ相手を娘に押しつけるとは！　しかも、莫迦な娘は、ほかに（ともかく、いまのところは）好きな相手がいると打ち明けもしないなんて！　状況の下品な莫迦らしさは、どうしようもなく滑稽だ。こみあげてくる笑いを英雄的な努力で必死に抑えていたが、「やさしいお母さま」という台詞（しかも、野人が悲痛な震える声で謳い上げる）と、焼却もされずにティボルトが無駄にして暗い墓に死んで横たわっているらしいティボルトに対する言及が、最後のひと押しになった。笑いに笑って、とうとう涙があふれだし、それでもとまらずに笑いつづけ、そのあいだじゅう、怒りで顔を蒼白にした野人は、まっすぐ立てて持った本越しにヘルムホルツをにらんでいたが、いつまでも笑いやまないので、バタンと本を閉じて憤然と立ち上がり、豚に与えた真珠をとりかえす勢いで、もとどおり本を引き出しにしまい、鍵をかけた。

「いや、俺だってね」ヘルムホルツは、どうにか呼吸をとりもどして謝罪できるようになると、野人をなだめて釈明を聞いてもらおうとした。「人間には、そういう不合理でいかれた状況も必要だってことはよくわかるよ。ほかのことについてだと、ほんとうにうまくは書けない。この作者がどうしてこんなに優秀なプロパガンダ専門家になれたのか？　それは彼が、感情を刺激するような、常軌を逸したつらい経験を山ほどしてきたからだ。傷ついたり、心をかき乱されたりしないかぎり、ほんとうにすぐれた、X線のように真実を貫くフレーズは出てこない。いや、それにしても、お父さま、お母さまとは！」首を振りながら、「お父さま、お母さまなんて台詞を真顔で聞いてろと言われても、そりゃあ無理だよ。それに、こんなことで感情を刺激されるやつがいるのか？　男が女と寝るかどうかなんて問題で？」（野人はその言葉にびくっとしたが、床を見つめて考え込んでいたヘルムホルツはそれに気がつかなかった）「いや、いないな」と自分で答えを出し、ため息をつく。「これじゃあ役に立たない。もっと別の種類の狂気と激しさが必要だ。でも、それはなんだ？　いったいなんだろう？　どこで見つかる？」黙り込み、やがてようやく、首を振りながら言った。「わからない。わからないな」

第13章

胎児保育室の薄暗がりから、ヘンリー・フォスターがぼんやりと姿をあらわした。

「今夜、いっしょに感覚映画《フィーリー》に行かない？」

レーニナは、黙って首を振った。

「だれかとデート？」ヘンリーはいつも、自分の友人の中で、だれがだれと寝ているのかに興味津々だった。「ベニートだろ？」

レーニナはまた首を振った。

ヘンリーは、レーニナの紫の瞳に疲れの色を見てとった。狼瘡の赤い釉薬《うわぐすり》の下の肌は蒼白で、にこりともしない紅い唇の端にさびしさの気配がある。「もしかして、どこか具合が悪いとか？」いまだに撲滅されていない数少ない感染症のどれかを患っているのかもしれないとかすかに案じながら、ヘンリーはたずねた。

しかし、レーニナは、またしても首を振った。

「とにかく、医者に行ったほうがいいよ。一日一度の医者通いでイライラ知らず、だよ」睡眠学習の金言をことさら強調し、熱を込めてそう言うと、肩を叩いた。「妊娠代替薬が必要なのかも。でなかったら、超強力な代替激情療法か。ほら、標準的な代替激情療法だと、なかなか……」

「ああ、もうお願いだからかまわないで！」頑固に黙っていたレーニナが爆発し、ヘンリーに背を向けて、しばらくほったらかしにしていた担当の胎児たちのほうを向いた。

代替激情療法だって！　泣き出しそうな気分じゃなかったら、大笑いしていたところだ。わたしが激情に不足してるとでも？　レーニナは深いため息をつきながら注射器に薬液を満たした。「ジョン」とつぶやく。「ジョン……」それから、ふとわれに返って考えた。あれ？　この子にはもう、眠り病の予防注射をしたんだっけ？　思い出せない。結局、二度注射するリスクを避けて、次の瓶の胎児に移った。

その二十二年八ヵ月四日後、タンザニアのムワンザ州ムワンザで働く前途有望なアルファマイナスの行政官が――半世紀ぶりに――アフリカ睡眠病《トリパノソーマ》にかかって死ぬことになるのだが、そんなことは知る由もなく、レーニナはひとつため息をついて、仕事を続けた。

一時間後、更衣室で、ファニーが強く異議を唱えた。「でも、そんなに悩むなんて不合理よ。単純に不合理」とくりかえした。「しかも、原因はなに？　男——たったひとりの男」

「でも、そのひとりが好きなのよ」

「男なんて世界中に何百万人もいるでしょ」

「でも、ほかの男はいらないの」

「試しもせずにどうしてわかるわけ？」

「試してみたもん」

「何人？」ファニーは小莫迦にするように肩をすくめ、「ひとり？　ふたり？」

「何十人も。でも」レーニナは首を振った。「ぜんぶダメだった」とつけ加える。

「それでも、あきらめずに努力をつづけないと」とファニーは金言めいた言葉を吐いたが、自分の書いた処方箋に対する自信がぐらついているのは見え見えだった。「努力なしには、なにも手に入らない」

「でも、それまでは……」

「彼のことなんか忘れて」

「無理」

「じゃあ、ソーマを服んで」

「服んでる」

「じゃあ、服みつづけて」

「でも、ソーマとソーマの合間は、やっぱり彼のことが好き。いつもずっと好きなのよ」

「それだったら」ファニーがきっぱりと言った。「さっさと押し倒しなさい。向こうが寝たいと思っていようがいまいが」

「でも、知らないでしょ。彼、ほんとすごく変わってるのよ!」

「だったらなおさら、断固たる行動が必要ね」

「口で言うだけなら簡単だけど」

「ぐだぐだ言ってないで、行動あるのみ」ファニーの声は、トランペットのように高らかに響き渡った。ベータマイナスの若者に夜間講義で教えるフォード主義女子青年会《YWFA》の講師さながら。「そう、行動するの——ただちに。いますぐ実行」

「でも、こわい」

「だったらソーマを半グラム服んでから行きなさい。じゃあね、シャワー浴びてくる」

ファニーはタオルをぶら下げて歩き出した。

アパートメントの呼び鈴が鳴った。ヘルムホルツの来訪を午後じゅう心待ちにしていた野人は（レーニナのことを彼に相談しようとやっと決心したので、一秒でも早く打ち明けてしまいたかった）、ぱっと立ち上がって玄関に走っていった。

「来ると思ったよ、ヘルムホルツ」と言いながらドアを開ける。

そこに立っていたのは、白いアセテートサテンの水兵服《セーラー・スーツ》の上下に身を包み、白い水兵帽を左耳のすぐ上まで小粋に傾けたレーニナだった。

「ああっ！」野人は重いパンチを食らったような声をあげた。

ソーマ半グラムで、レーニナは不安と気恥ずかしさを忘れていた。「こんにちは、ジョン」とにっこり笑い、脇をすり抜けて部屋に入る。彼は機械的にドアを閉め、レーニナのあとに続いた。レーニナは腰を下ろした。長い沈黙が流れた。

「わたしと会えても、あんまりうれしくないみたいね、ジョン」と、ようやくレーニナが言った。

「うれしくない？」野人は非難がましい目でレーニナを見た。それから、だしぬけにひざまずくと、レーニナの手をとってうやうやしく接吻した。「うれしくない？　ああ、この気持ちが伝えられたら」ささやくように言うと、勇を鼓して目を上げ、レーニナの顔をまっすぐ見た。「賛美されるレーニナ！　最上の賛美に値する、世界でいちばん貴重な宝！（『テンペスト』3幕1場）」レーニナは甘美なやさしさの笑みを彼に向けた。「おお、あなたは完全無欠」（レーニナは唇を半開きにして彼に身を寄せた）「あらゆる生きものの最上の部分だけを集めてつくられた人！」レーニナはさらに体を近づける。野人はとつぜん立ち上がり、「だからこそ」と、顔をそむけて言った。「その前にやりたいことがある……きみにふさわしい男だと証明するために。ほんとうにきみと釣り合う男になれるというわけじゃないけど、とにかく、まったくふさわしくない男じゃないことは証明したい、大きなことをなしとげたいと思っていた」

「そんな必要があるなんて、どうして思うのか……」と言いかけて口をつぐむ。その声にはいらだちの響きがあった。唇を半開きにしてしなだれかかっていたのに、この不器用な朴念仁《ぼくねんじん》が急に立ち上がったせいで、相手がいなくなってしまった。半グラムのソーマが血管を流れていようと、むっとするのも不思議はない。

「マルパイスでは」野人はひとりごとのようにぶつぶつつぶやいている。「ピューマの毛皮を相手の家に持っていかなきゃいけない——結婚を望むときは。または、狼の毛皮を」

「イングランドにピューマはいないわよ」レーニナはつっけんどんに言った。

「たとえいたとしても」野人は突然の侮蔑と怒りをこめた口調で、「きっと絶滅させられてるね。ヘリコプターから毒ガスを撒くとかして。だから、そんなことはしないよ、レーニナ」肩をそびやかし、思いきってレーニナの目を見ると、理解できずにいらいらしている視線に迎えられた。野人は混乱して、「どんなことでもするよ」と言葉を続けたが、ますます意味不明になってゆく。「言ってくれたらなんでもする。ほら、娯楽も時として骨が折れるが、楽しければ苦にならない（同前）。それがいまの僕の気持ちなんだ。きみが望むなら床だって掃く」

「でも、電気掃除機があるでしょ」レーニナは当惑して答えた。「そんな必要ないのよ」

「ああ、もちろん必要ない。でも、いやしい仕事も気高くやりとげられる（同前）。僕はいやしい仕事を気高くやりとげたいんだ。わからない？」

「でも、電気掃除機があるし……」

「そういう問題じゃなくて」

「イプシロンの半莫迦《セミ・モロン》がそれを使って掃除してくれるし」とレーニナは続ける。「ねえ、ほんとに、どうして？」

「どうして？　でも、きみのためなんだよ。きみのため。僕がどれだけ……」

「だいたい、電気掃除機がピューマとどんな関係があるの？」

「どれだけきみを……」

「それにピューマは、わたしに会ってうれしいということとどんな関係が……」レーニナはますます腹が立ってきた。

「どれだけきみを愛しているか示すためだよ、レーニナ」彼はほとんどやけっぱちのように言った。

とつぜんの歓喜が潮のように満ちてきて、レーニナの頬に血が昇った。「本気で言ってるの、ジョン？」

「まだ口に出すつもりじゃなかったのに」野人は苦悩にかられて両手を組み、思いきり強く握った。「そのときまでは……。ねえ聞いて、レーニナ。マルパイスの人は、結婚するんだよ」

「なにするって？」レーニナの声にまた少しいらだちが混じりはじめた。今度はなんの話？

「永遠《とわ》に。永遠にともに生きる約束をするんだ」

「なんておぞましい約束！」レーニナは純粋にショックを受けた。

「血が衰えるより速く若返る心で、外面的な美より長生きするのです（『トロイラスとクレシダ』3幕2場）」

「はあ？」

「シェイクスピアの世界と同じだよ。もしも、すべての聖なる儀式が清く正しい典礼に則《のっと》って行われるのを待たず、処女《おとめ》の帯を切るようなことがあれば……（『テンペスト』4幕1場）」「お願いだから、ジョン、わたしにわかる言葉で話して。ひとことも理解できない。最初は電気掃除機、今度は帯。頭がおかしくなりそう」レーニナはぱっと立ち上がり、彼の精神のみならず肉体まで手の届かないところへ行ってしまうんじゃないかと心配しているみたいに、野人の手首をつかんだ。「質問に答えて。わたしのことがほんとうに好きなの、好きじゃないの？」

一瞬の沈黙。それから、とても低い声で、「世界じゅうのなによりも、きみを愛している」

「じゃあ、どうしてそう言ってくれなかったの？」怒りのあまり、手首を握る手に思わず力がこもり、鋭い爪の先が肉に食い込んだ。「帯とか電気掃除機とかピューマとか、関係ない話ばっかりして。わたし、何週間もずっと、みじめな気分だったのよ」

腹立ちまぎれに、放り投げるようにして彼の手を離し、

「あなたのことがこんなに好きじゃなかったら、かんかんになってるところだわ」

だしぬけに彼女の腕が首にからみつき、その唇がやわらかく唇に押しつけられた。やわらかく、あたたかく、電気にしびれるような感覚。『ヘリコプターで三週間』に出て

きたあの抱擁のことを、野人はわれ知らず思い出していた。うーっ！　うーっ！　立体映像の金髪女がうめき、あーっ！　実物以上にリアルな黒人が叫ぶ。おぞましい、おぞましい、ほんとにおぞましい……体を離そうとしたが、レーニナはさらに強く抱きしめてくる。

「どうして言ってくれなかったの？」と耳もとでささやき、それから顔を引いて、じっと目を覗き込む。そのまなざしには、やさしくとがめるような色があった。

「真っ暗な洞穴も、どんなおあつらえ向きの場所も」（良心の声が詩的に轟く）「よこしまな悪霊の強力な誘惑も、わたしの道義心を情欲に溶かすことはできない（『テンペスト』4幕1場）。けっして！　けっして！」野人は決然と叫んだ。

「莫迦ね！」とレーニナは言った。「わたし、あなたのことが欲しくてたまらなかったのよ。あなたもわたしのことが欲しかったんなら、どうして……」

「でも、レーニナ……」と野人は訴えるように口を開いた。するとレーニナがすぐに抱擁を解き、一歩うしろに下がったので、一瞬、言わなくてもわかってくれたのかと思った。しかし、レーニナが白い合成モロッコ革のカートリッジベルトをはずし、慎重な手つきで椅子の背にかけるのを見て、それは勘違いだったのかもしれないという疑念が兆した。

「レーニナ！」と不安そうにまた呼びかける。

彼女は片手を自分の胸もとに持っていくと、垂直に長くぐいとひっぱった。白のセーラー・ブラウスが裾まで二つに割れた。ジョンの疑念は、あまりにも具体的に裏づけられてしまった。「レーニナ、なんのつもりなの？」

ジャッ、ジャーッ！　答えは、言葉ではなかった。ベルボトムのセーラーパンツをすとんと下に落として、一歩前に出る。ワンピースになった下着のジッピキャミニックスは薄いシェルピンク。カンタベリー共同体合唱会大歌教にプレゼントされた黄金のT字架が首に下がっている。

「胸もとの窓格子から男の目を誘惑するあの乳首（『アテネのタイモン』4幕3場）……」歌のような、雷鳴のような魔法の言葉は、レーニナの危険な誘惑を倍加させた。とてもとてもやわらかい、なのに突き通してくる！　理性に穴を開け、決意にトンネルを穿つ。「どんな強い誓いも、燃える獣欲の前では、火の中のわらしべ同然。慎め、さもなくば（『テンペスト』4幕1場）……」

ジャッ！　まるみを帯びたピンク色が、すぱっと切った林檎のように二つに割れた。両腕をくねらせ、まず右足、次に左足を上げる。ジッピキャミニックスは命を失い、床の上でくたくたになった。

靴とソックスと小粋に傾げた白い水兵帽だけを身につけて、レーニナが近づいてくる。「大好き。大好きよ！　もっと早く言ってくれたらよかったのに！」と両腕をさしのべる。

しかし野人は、「好きだ！」と手を伸ばすかわりに、怯えてあとずさりしながら、侵入してきた危険な動物を追い払うように、両手を振りまわした。四歩うしろに下がったところで、壁ぎわに追いつめられる。

「かわいい人！」レーニナは彼の肩に両手を置き、体を押しつけた。「両手をまわして。ぎゅっと抱いて、中毒するまで」レーニナにも自在に引用できる詩があった。歌と呪文とドラムのビートを兼ね備えた言葉を知っていた。「わたしにキスして」と言って目を閉じる。眠たげなつぶやきのような声で、「失神するまでキスして。抱いて、ハニー、心地よく」

野人は両手でレーニナの手首をつかんで肩からひきはがし、腕をいっぱいに伸ばしてレーニナの体を乱暴に突き離した。

「うわっ、痛い！　ねえ、痛いってば……ちょっと！」レーニナはとつぜん黙り込んだ。恐怖が痛みを忘れさせた。開いた目に映ったのはジョンの顔——いや、凶暴な見知らぬ男の顔だった。狂気じみた不可解な怒りで蒼白になった顔が醜く歪み、痙攣している。

レーニナはおびえた声で、「どうしたの、ジョン？」とささやいた。相手は答えず、あの狂った目でじっと見つめている。レーニナの手首をつかんだ手が震えている。深く不規則な息づかい。ほとんど聞こえないほどかすかな、それでいて耳障りな歯ぎしりの音が急に聞こえてきた。「なんなの？」レーニナの声はほとんど悲鳴のようだった。

そしてその悲鳴で目醒めたかのように、彼はレーニナの両肩をつかんで揺さぶり、「売女！」と叫んだ。「売女め！　この恥知らずの淫売め！（『オセロー』4幕2場）」

「う、うう、やめて。や、やめて」訴える声は、揺さぶられているせいでグロテスクに震えた。

「売女め！」

「お、お願い」

「くそったれの娼婦め！」

「ソ、ソーマ一グ、ラムで……」

思いきり突き飛ばされ、レーニナはよろめいて倒れた。「行け」野人は威嚇するようにレーニナを見下ろし、「目の前から消えろ。殺されないうちに」と拳を握りしめる。

レーニナは片腕を上げて顔を守りながら、「やめて。お願い、ジョン……」

「急げ。早く！」

片腕を上げたまま、怯えた目で相手の動きを見張りつつ、レーニナは頭をかばって体を起こし、しゃがんだ姿勢からバスルームに向かって突進しはじめた。

その刹那、「痛っ！」背中に強烈な平手打ちを食らって、銃弾のように加速がつき、そのまますっ飛んでいった。

安全なバスルームに閉じこもってロックすると、ようやく殴られた痕をたしかめる余裕ができた。鏡に背を向けて左の肩ごしにふりかえると、真珠のような白い肌に赤い手形がくっきり残っているのが見えた。その痣をおそるおそるこすってみる。

ドアの外では、野人が、魔法の言葉のリズムに合わせて部屋の中をうろうろ歩いている。「わしの目の前で、ミソサザイも番《つが》い、金蠅も色欲にふける（『リア王』4幕6場）」野人の耳の中で、その音楽が、気の狂いそうなほど激しく鳴り響いている。

「しかし、ケナガイタチも、青草を食った馬も、その女ほどガツガツはしない。女というのはみなケンタウロス、神が宿るのは腰から上で、腰から下は悪魔の領分だ。地獄もあれば闇もある。硫黄の穴もあって、燃え上がり、焼け焦げ、悪臭を放ち、腐り爛れる。うわ、こりゃひどい、たまらん、ぺっ、ぺっ、ぺっ！　薬屋、気分直しに麝香を一オンスくれ（同前）」

「ジョン！」バスルームの中から、機嫌をとるような小さな声がした。「ジョン！」

「ええい、この毒草め、その美しさとかぐわしさに五感がうずく。この美しい書物は、その上に〝売女〟と記すためにつくられたのか？　その前では天も鼻をつまみ（『オセロー』4幕2場）……」

しかし、周囲にはまだ彼女の香りが漂い、天鵞絨《ビロード》のような肌に匂いをつけていたあの白い粉が上着に付着している。「この恥知らずの売女め、この恥知らずの売女め、この恥知らずの売女め」情け容赦もないそのリズムが何度も何度もくりかえされる。「この恥知らずの……」

「ねえ、ジョン、服をとってくれない？」

野人はセーラー・スーツのベルボトムのパンツとブラウス、それにジッピキャミニックスを拾い上げた。

「開けろ！」と怒鳴って、ドアを蹴りつける。

「いいえ。開けない」おびえてはいるが、挑戦的な声だった。

「じゃあ、どうやって渡せと？」

「ドアの上の通風孔から押し込んで」

言われたとおりにしてから、彼はまた部屋の中をうろうろ歩きはじめた。「この恥知らずの売女め、この恥知らずの売女め。あの情欲の悪魔が、まるまるした尻といやらしい指で（『トロイラスとクレシダ』5幕2場）……」

「ジョン」

野人は返事をしようともせず、「まるまるした尻といやらしい指で」

「ねえ、ジョン」

「なに？」ぶっきらぼうに訊き返す。

「さしつかえなかったら、マルサスベルトをとっていただけないかしら」

レーニナは、足音に耳を傾けながら思った。ジョンはいつまであんなふうに歩きつづけるつもりなんだろう。彼が外出するときまで待たなきゃいけないのかしら。いえ、時間がたって彼の狂気が静まれば、バスルームのドアをそっと開けて、ダッシュでベルトをとってきても大丈夫かもしれない。

不安を抱えてあれこれ思案しているとき、とつぜん、ドアの向こうで電話のベルがけたたましく鳴り響いた。足音がぱたっとやんで、ジョンがだれかとしゃべる声が聞こえてくる。

「もしもし」

…………

「はい」

……「他人の名を騙っているのでないかぎり、たしかに本人です（『十二夜』1幕5場）」

……「ええ。そう言ったでしょ？　ミスター野人《サヴェッジ》です」

……「なに？　だれが病気だって？　もちろん知りたいに決まってるでしょう」

……「深刻なの？　だいぶ悪い？　すぐ行きます……」

……「あの部屋じゃなくて？　どこに運ばれたんです？」

……「おお、神さま《マイ・ゴッド》！　住所は？」

……「パーク・レーン三番地――三番地ですね？　ありがとう」

ガチャッと受話器を置く音がした。忙しない足音と、バタンとドアが閉まる音。沈黙。もう行っちゃったかしら。

レーニナはかぎりなく慎重に、ドアを四分の一インチだけ開けてみた。細い隙間から向こうを覗き、がらんとした室内のようすに励まされて、さらにもう少し大きくドアを開け、頭を突き出した。最後に、足音を忍ばせて外に出た。心臓をどきどきさせながら、何秒かじっとそこに立ったまま、耳をすます。それから玄関まで走っていって、ドアを開け、部屋を抜け出すと、ドアを閉め、走った。乗り込んだエレベーターが下降しはじめてようやく、もう大丈夫だという思いが湧いてきた。

第14章

パーク・レーン臨終病院は、薄黄色のタイルを張った六十階建ての高層建築だった。野人がタクシコプターを降りたとき、派手な色どりの飛行霊柩車の一団が屋上から舞い上がり、ハイド・パーク上空を通過して、西のスラウ火葬場に向かって飛んでいった。エレベーターの入口で、守衛長から必要な指示を受け、十七階にある81号室（急性老衰病患者が収容されている部屋だと守衛長が説明した）まで降りた。

そこは、黄色く塗装された日当たりのいい大きな部屋で、二十床あるベッドはすべてふさがっていた。リンダはそのベッドのひとつで、同病の仲間とともに――仲間と、他のあらゆる近代的な設備とともに――死にかけていた。合成音楽の楽しげなメロディーがたえず流れて雰囲気を明るく保っている。どのベッドも、足もとのほうに、朝から晩までつけっ放しのテレビが、画面を瀕死の病人に向けて置かれていた。部屋の香りは十五分ごとに自動的に変化する仕組み。

「ここでは」と、野人の案内をつとめる看護師が部屋の入口で説明した。「できるかぎり快適な雰囲気——わかりやすく言えば、一流ホテルと感覚映画館の中間ぐらいの雰囲気を心がけています」

「病人は?」看護師のていねいな説明にかまわず野人はたずねた。

看護師はむっとして、「ずいぶんお急ぎのようですね」

「望みはあるんですか?」と野人。

「死なない望み、ということ?」(野人がうなずく)「だったら、もちろん望みはまったくありません。ここに運ばれるということは、すなわち、まったく望みが……」野人の青い顔に浮かんだ苦しみに驚いて、看護師は途中で口をつぐみ、「まあ、どうされました?」とたずねた。こんな態度をとる見舞い客には慣れていなかったのである(そもそも見舞い客が多いわけではなかったし、見舞い客が来る理由もない)。「どこか具合が悪いのでは?」

野人は首を振った。「患者は、僕の母なんです」と、ほとんど聞きとれないほど小さな声で言う。

看護師はぎょっとして、おびえた目で彼を一瞥してからあわてて目をそらし、のどもとからこめかみまで真っ赤になった。

「病人のところへ連れていってください」野人は、ふだんどおりの口調を心がけて言った。

看護師は、まだ赤い顔のまま、先に立って病室を歩いていった。近くのベッドから、まだ若々しく、萎びたようすもない顔が（老衰はきわめて急速に進行するので、頬が老ける時間もないためだ――老化するのは心臓と大脳だけ）こちらを向いた。第二幼児期にある彼らのうつろな視線が、通り過ぎる二人を無関心に追いかける。その姿に、野人はぞっとした。

リンダの病床は、ずらりと並んだベッドのいちばん端の壁ぎわだった。いくつも重ねた枕にもたれて上体を起こし、ベッドの足もとにある無音のテレビで、リーマン平面テニス南米選手権の準決勝を見物していた。小さな人影が、まるで水族館の魚のように、四角い画面上を音もなくすいすい移動している――静かだが活発な、別世界の住民たち。リンダはぼうっとした不可解な笑顔でそれを眺めている。青白くむくんだその顔には愚者の幸福があった。ときおり目蓋を閉じ、ほんの数秒間うとうとするが、またはっと目を覚まし――水槽の中で踊る道化役者のようなテニス選手の動きに見入ったり、スーパー音声音楽合成再生機《ヴォックス・ワーリッツェリアーナ》から流れる「中毒するまで抱きしめて、ハニー」に耳を傾けたり、頭上の通風孔から温風とともに漂うバーベナの香りを楽しんだりする以上に、血中のソーマがそれらを翻訳し美化して夢を構成する素敵な要素としてとりこんだ世界に浸り、容色の衰えた無惨な顔に幼児的な満足の笑みを浮かべるのだった。

「では、わたくしはここで。担当の子どもたちがもうすぐ来ますから。それに、3号ベッドの患者さんが」と病室の反対側を指さし、「もういつ逝ってもおかしくないので。あとはご自由に」そう言って、看護師は足早に歩み去った。

野人はベッドの横に置いてある椅子に腰かけた。

「リンダ」とささやき声で言い、手を握る。

名を呼ばれて、リンダはこちらを向いた。ジョンだと気づいたのか、ぼうっとした瞳に輝きがともる。息子の手をぎゅっと握り、微笑んで、唇を動かした。が、突然のように、首ががっくり前に垂れた。眠っている。彼はリンダをじっと見守り——その衰えた肌の奥に、マルパイスで過ごした子どものころ、いつも自分を見下ろしていた若く元気な顔のおもかげをさがし、その声や動き、いっしょに暮らした日々のあれこれを（目を閉じて）思い出した。「G群連鎖球菌《ストレプトコック・ジー》の馬にまたがりバンベリーTへ……」その歌声の、なんと美しかったことか！　それにあの子守歌は、なんと不思議で謎めいた魔法の力を持っていたことか！

A、B、C、ビタミンD、
脂は肝臓、鱈は海洋

リンダがくりかえし歌ってくれた歌詞と声を思い出すうち、熱い涙がこみあげてきた。それと、字を読む練習——ねこちゃんはマットのうえ、あかちゃんはびんのなか。そして『胎児の化学的・細菌学的条件づけ——胎児保育室勤務の手引・ベータ用』。いっしょに過ごした長い夜。あるときは暖炉の前で。夏は小さな家の屋根に登って、保護区の外にある〈他所〉の物語を聞かせてくれた——美しい、美しい〈他所〉。天国であり、善と美の楽園であるその場所の記憶は、本物のロンドンと本物の文明人の現実に触れたあとも、その経験に汚されることなく、無傷のまま大切にしまってある。

かん高い声がいくつも混じり合った騒音がして、ジョンは目を開き、あわてて涙を拭いて周囲を見まわした。そっくりの外見をした八歳男子の多胎児たちが果てしない流れとなって部屋に入ってくる。次から次へと同じ顔、同じ顔がぞろぞろと——まるで悪夢だった。たった一種類しかないその顔が、大きな鼻の穴と色の薄いぎょろ目をして、パグ犬のようにじっとこちらを見ている。制服はカーキ色。すべての口がだらしなく開いている。きいきい声でぺちゃくちゃしゃべりながら子どもたちが入ってくると、部屋はたちまち蛆だらけになったように見えた。ベッドのあいだにうじゃうじゃ群れをなし、ベッドを乗り越え、ベッドの下に潜り、テレビを覗き、患者に向かってしかめ面をする。リンダを見た子どもたちは驚き、警戒した。リンダのベッドの足もとのほうに数人が集まり、とつぜん未知の相手と遭遇した動物の恐怖心と、莫迦みたいな好奇心とをむきだしにして、リンダを見つめている。

「見て見て！」子どもたちは怯えたような小声で言った。「どうしたのかな。なんであんなに太ってんの？」

子どもたちにとっては、初めて見るものだった——肌にしわが寄っている顔も、ぶくぶくでだらしなく崩れた体も。この部屋で死の床についている六十歳の女たちは、みんな少女のような外見をしている。それと対照的に、リンダの体は四十四歳にして老齢に萎れ、変形して、怪物のように見えた。

「ひどくない？」とささやき声の感想。「見て、あの歯！」

そのときとつぜん、ベッドの下からパグ顔の子どもが顔を出し、ジョンの椅子と壁のあいだに立ち、リンダの寝顔を覗き込んだ。

「これって……」と口を開いたが、その先はぎゃっという叫び声になった。野人が椅子越しに子どもの襟首をつかんで持ち上げると、左右の頬を一発ずつひっぱたいてから放り出したのだ。

叫び声を聞きつけて、看護師長があわてて助けに駆けつけた。

「この子になにをしたの？」と語気も荒く問い詰める。「子どもを殴るなんて許しませんよ」

「だったら、このベッドに近づけるな」野人の声は怒りに震えていた。「そもそも、この汚いクソガキどもはここでなにをしてる？　見苦しいにもほどがある！」

「見苦しい？　いったいどういう意味？　死に対する条件づけ教育の最中ですよ。言っておくけど」と好戦的に警告する。「こんど条件づけの邪魔をしたら、警備員を呼んでつまみだしてもらいますからね」

野人は立ち上がり、一歩、二歩と看護師長に近づいた。その動きと表情に怯えて、看護師長があとずさる。だが、野人は必死に自分を抑えて、無言のまま顔をそむけ、またベッドの横の椅子に腰かけた。

ほっとした看護師長は、かすかに自信なげな、ちょっとうわずった声に威厳をこめて、「警告しましたからね。二度目は許しませんよ」と言いながらも、好奇心の強い多胎児たちをリンダのベッドから引き離して部屋の向こうへ連れていき、べつの看護師が子どもたちにやらせているジッパー探しゲームに混じるように促した。

「じゃあ、あなたはひと休みして、カフェイン溶液でも飲んできなさい」看護師長はその看護師に向かって言った。権力を行使することで自信をとり戻し、機嫌を直して、「さあ、子どもたち！」と呼びかけた。

リンダは落ち着かなげに身じろぎし、ちょっとのあいだ目を開けて、ぼんやりあたりを見まわしていたが、またうとうとと眠りに落ちた。かたわらに腰を下ろした野人は、なんとか数分前の気分をとり戻そうとした。「A、B、C、ビタミンD」死んだ過去を生き返らせる呪文とでもいうように、心の中でくりかえす。しかし、呪文は効かなかった。美しい記憶はどうしても立ち上がってこない。妬ましさと醜さと惨めさがいまいましく甦るだけ。肩の切り傷から血を流すポペ。だらしなく眠りこけるリンダ。ベッド脇の床にこぼれたメスカル酒に群がる蠅。リンダが通りかかるたびに囃したてる少年たち……。ああ、もう、やめてくれ！ ジョンは目を閉じ、頭を振って、いやな記憶を振り払い、「A、B、C、ビタミンD……」リンダの膝の上にすわって両腕に抱かれていたときのことを思い出そうとした。リンダは何度も何度も同じ歌を歌いながら、彼の体を揺らして寝かしつけた。「A、B、C、ビタミンD、ビタミンD、ビタミンD……」

スーパー・ヴォックス・ワーリッツェリアーナの音がむせび泣くクレッシェンドで高まり、芳香循環システムの香りが、とつぜんバーベナから濃厚なパチョリに変わる。リンダが身じろぎして目を覚まし、数秒間、とまどったようにテレビ画面の準決勝を見てから、顔を上げると、一度か二度、鼻をくんくんさせて新しい香りを嗅ぎ、ふいに微笑んだ――子どものようにあどけない、エクスタシーの笑み。

「ポペ！」リンダはそうつぶやいて目を閉じた。「ああ、いい、とってもいい……」吐息をつき、また枕に沈み込む。

「ねえ、リンダ！」野人は哀願するように言った。「僕がわからない？」あんなにいっしょうけんめいやったのに。ベストをつくしたのに。なのにリンダはどうして、ポペのことを忘れさせてくれないんだろう。リンダの力ない手を思いきり強く握りしめる。あさましい快楽の夢、憎むべき下劣な記憶から引き離し、いまのこの現実に無理やり連れ戻そうとするように。たしかにこの現実はぞっとするほどひどい――でも崇高で、でも意義深く、でもたとえようもなく重要だ。それはまさしく、現実をこんなにおそろしいものにしている危険性ゆえだった。「僕のことがわからない、リンダ？」

その声に応えるように、リンダの手がかすかに握り返してきた。野人の目に涙があふれた。かがみこみ、リンダにキスをする。

リンダの唇が動き、「ポペ！」とまたささやいた。バケツ一杯の汚物を顔にぶちまけられた気がした。

だしぬけに怒りが沸騰した。二度までも失望させられて、別のはけ口を見つけていた悲しみの感情が苦悩に満ちた憤激の感情に変化した。

「僕はジョンだ！　ジョンだよ！」怒りに満ちたみじめさに突き動かされて、リンダの肩を両手でつかみ、強く揺さぶった。

リンダの目蓋が震え、やがて開いた。彼の顔を見て、だれなのかに気づいた――「ジョン！」――が、リンダは現実の顔、現実の激しく動く手を、空想の世界の中に位置づけた。自分だけの内なる世界において、パチョリの香りやスーパー・ワーリッツェリアーナの音声に相当するものと――もしくは、夢の世界をかたちづくる変容した記憶や奇妙に翻訳された感覚と――同列のものと見なした。目の前にいるのが息子のジョンだと認識しながら、そのジョンのことを、自分がポペとソーマの休日を楽しんでいる楽園マルパイスへの侵入者だと夢想した。ジョンが腹を立てたのは、リンダがポペのことを好きだからだった。ジョンがリンダを揺さぶったのは、ベッドにポペがいるからだった。しかし、リンダは悪いことをしていたわけではない。げんに、文明人はみんな同じことをしているじゃないか。「みんながみんなの……」急にリンダの声が、ほとんど聞きとれない、息の切れたかすれ声になった。大きく口を開けて、リンダは肺に空気を満たそうと必死に努力したが、まるで息のしかたを忘れてしまったかのようだ。叫ぼうとしたが、声が出ない。じっと見つめる目に浮かぶ恐怖の色だけが、彼女の苦しみをあらわしていた。両手でのどをかきむしり、それから空気につかみかかった——もはや呼吸できない空気、リンダにとっては存在しなくなった空気に。

　野人は立ち上がり、リンダの上にかがみこんだ。「どうしたの、リンダ？　大丈夫？」哀願するような、安心させてと訴えるような口調。

　リンダが彼に向ける表情には、名状しがたい恐怖の色があった——恐怖と、それに非難の色もあるような気がした。リンダは体を起こそうとしたが、また枕の上に倒れこんだ。顔は激しく歪み、唇が真っ青になっている。

　野人はきびすを返し、病室の向こう側へと走り出した。

「早く、早く！　早く来て！」

　ジッパー探しゲームに興じる多胎児の輪の中心にいた看護師長がふりかえった。最初にその顔に浮かんだ驚きの表情は、たちまち非難に変わった。「大声を出さないで！　子どもたちのことを考えて」看護師長は顔をしかめ、「条件づけが薄れて……ちょっと、どういうつもり？」野人が輪の中へ入ってきた。「気をつけて！」子どものひとりが泣き叫んでいる。

「早く、早く！」ジョンは袖をつかんで師長をひっぱった。「早く！　ようすがおかしいんだ。僕がお母さんを殺してしまった」

ベッドに戻ったとき、リンダはもう死んでいた。

しばらく凍りついたような沈黙がつづいたが、野人はやがてベッドの脇に膝をつき、両手に顔を埋めて身も世もなくすすり泣いた。

看護師長はどうしたものかと迷いつつ、ベッドの脇にひざまずく男（なんてみっともない姿！）に目をやり、それから今度は、ジッパー探しゲームを邪魔された多胎児（かわいそうな子どもたち！）に視線を移した。子どもたちは部屋の反対側から、目を見開き鼻の穴を広げて、20号ベッド近辺で演じられているショッキングなシーンを見つめている。この男に声をかけ、場所柄をわきまえて良識をとりもどすよう注意すべきだろうか。このままだと、かわいそうな子どもたちに致命的な悪影響を与えてしまいかねない。この騒動で、死に対する条件づけがまるごと解けてしまった可能性もある。死は恐ろしいものだとか、そんなにも重大な問題なんだとか思ってしまうかもしれない！　死について誤った考えを抱き、動揺して、完全にまちがった、まったく反社会的な反応を示すかもしれない。

看護師長は野人に歩み寄り、肩に手を触れて、「行儀に気をつけて」と、怒りを含んだ低い声で言った。しかし、周囲を見わたしてみると、すでに五、六人の子どもが立ち上がって、こちらに向かって歩き出している。ゲームの輪は崩れかかっていた。次の瞬間には……いや、リスクが大きすぎる。グループ全体の条件づけが六、七カ月分あともどりすることにもなりかねない。看護師長は、脅威にさらされている子どもたちのもとに、急ぎ足でひきかえした。

「さあ、チョコレートエクレアが欲しい人はだれ？」と大きくて元気な声でたずねる。

「僕！」ボカノフスキー集団の全員が合唱した。20号ベッドのことは完全に忘れ去られた。

「ああ、神さま、神さま、神さま……」ジョンは何度もくりかえしひとりごちた。心を満たす悲しみと悔恨のカオスの中、はっきりした言葉になるのはそれだけだった。「神さま！」とささやき声で言う。「神さま！」

「あれ、なんて言ってんの？」スーパー・ワーリツェリアーナのさえずりを貫いて、かん高い声がすぐ近くではっきり聞こえた。

野人ははっと驚き、顔をおおっていた両手を下ろして周囲を見まわした。カーキ色の服を着た五人の多胎児がそれぞれ食べかけのエクレアを右手に持って一列に並び、そっくりの顔のまちまちな部分を溶けたチョコレートで汚して、パグ犬のようなぎょろ目でこちらを見ている。

野人と目が合うと、五人は同時ににっこり笑った。ひとりが食べかけのエクレアでリンダを指し、

「あの人、死んだの？」

野人はしばらく黙って子どもたちを見つめた。それから、無言のまま立ち上がり、無言のままゆっくりとドアのほうへ歩いていく。

「死んだの？」詮索好きの多胎児がそうくりかえし、とことこと彼のそばに走っていく。

野人は子どもを見下ろし、なおも無言のまま押しのけた。床に倒れた子どもは、たちまちぎゃあぎゃあ泣き出した。野人はそれをふりかえろうともしなかった。

第15章

パーク・レーン臨終病院の下働きは百六十二人のデルタで、二つのボカノフスキー集団に分かれていた。赤毛の女が八十四人、黒髪で長頭型の男が七十八人。午後六時に勤務が終わると、二つの集団は病院のロビーに集合して、会計課副課長補佐からソーマの配給を受ける。

エレベーターを降りた野人は、たちまちその人混みに呑み込まれた。しかし、リンダの死と悲しみと後悔で頭がいっぱいだったから、心ここにあらずの状態で、まわりのデルタを肩で押しのけるようにしてずんずん歩いていった。

「押すなってば。何様のつもりだよ」

人混みから発せられる声は、かん高いきいきい声と、低いうなり声の二種類だけ。顔も二種類、鏡の列のように同じ顔が無数に並ぶ。一種類は、オレンジ色の後光が差した、雀斑《そばかす》だらけの丸顔。もう一種類は、二日分の無精髭を生やした、細長くて口が突き出した鳥顔。二種類の顔が、ともに怒りの表情を向けてくる。怒りの言葉と、脇腹への鋭い肘打ちで、野人ははっとわれに返った。ふたたび外部の現実を意識して周囲を見まわした彼は、そこに見えているのが、夜も昼もあらわれる幻覚、無数の同じものがひしめく悪夢そのものだと知って、恐怖と嫌悪に沈んだ。外見のそっくりな多胎児の群れ。リンダの死という厳粛な場に群がり、臨終を汚《けが》していた蛆虫たち。ここでもまた、同じ蛆虫たちの群れが、ただし今度は成長した姿で、ジョンの悲しみと悔恨の上を遠慮会釈なく這いまわっている。野人は足を止め、とまどいと怯えの入り交じった目で、まわりにいるカーキ色の群集を見た。その群集の真ん中に立つ野人は、周囲より頭ひとつ高かった。

〝素敵な人たちがこんなにたくさん！〟歌うような言葉が、頭の中で彼を嘲る。〝人間がこんなに美しいなんて！ああ、すばらしい新世界……〟

「ソーマの配給！」と、大きな声が叫んだ。「ちゃんと並んで。さあ、急いで」

開いたドアから、テーブルと椅子が病院のロビーに運ばれてきた。声の主は颯爽とした若いアルファで、黒い手提げ金庫を手にしている。待ちかねていた多胎児たちのあいだから満足げなつぶやきが洩れた。野人のことなどすっかり忘れて、みんな黒い金庫をじっと注視している。若いアルファが金庫をテーブルに置いて解錠し、蓋を開けた。

「うわああ！」百六十二人のデルタ全員が、打ち上げ花火の見物客みたいに、一斉に声をあげた。

若い男は小さな錠剤ケース《ピルボックス》をひとつかみとりだし、「さあ」と命令口調で言った。「前に進んで。一度にひとりずつ渡すから、押し合わずに」

多胎児たちはひとりずつ、押し合わずに前へ進んだ。まずは男が二人、次に女がひとり、それから男がひとり、女が三人……。

野人はじっとそれを眺めていた。〝ああ、すばらしい新世界、ああ、すばらしい新世界……〟頭の中に鳴り響く、歌うような言葉が、トーンを変えた気がした。これまでは、彼のみじめさと後悔の念を、皮肉たっぷりのおそろしく不愉快な調子で嘲っていた。悪鬼のように笑いながら、下劣なあさましさと吐き気を催す悪夢的な醜さを貫いていた。ところが、それがとつぜん高らかな招集ラッパに変わった。〝ああ、すばらしい新世界！〟と、ミランダはいま、美しさの可能性を高らかに称揚している。悪夢さえもりっぱで気高いものに変えられる可能性があると宣言している。〝ああ、すばらしい新世界！〟それは挑戦であり、命令だった。

「そこ、押さないで！」会計課副課長補佐が怒声をあげ、金庫の蓋をガチャンと閉めた。「行儀よくしないと配給はなし」

デルタたちはぶつぶつ言いながら、ちょっと小突きあっていたが、すぐおとなしくなった。脅しは効果的だった。ソーマをもらえないなんて——ぞっとする！

「それでよし」副課長補佐がまた金庫の蓋を開けた。

リンダはソーマの奴隷だった。リンダは死んだ。でも、ほかの人たちは自由であるべきだし、世界は美しくあるべきだ。ひとつの償いとして。義務として。ふいに、鎧戸を開いてカーテンをあけたように、まぶしいくらいはっきりと、なすべきことがわかった。

「さあ」と副課長補佐は言った。

またひとり、カーキ色の女が前に進み出た。

「やめろ！」野人は響き渡る大声で言った。「やめろ！」

人混みを押し分けてテーブルに歩み寄る。驚いたデルタたちが彼をにらみつけた。

「うわっ《フォード》！」副課長補佐が怯えた小さな声で言った。「野人だ」

「おねがいだから、聞いてください」野人は群衆に向かって、熱を込めて叫んだ。「耳を貸してくれ（『ジュリアス・シーザー』3幕2場）……」人前で話をするのは初めてで、言いたいことを言葉にするのがとてもむずかしかった。「そのおそろしいものを服むんじゃない。それは毒だ。毒なんだ」

「ねえ、ミスター野人《サヴェッジ》」会計課副課長補佐がなだめるような笑みを浮かべて、「さしつかえなければ、ソーマの……」

「体だけではなく、魂にも毒だ」

「ええ、でも、配給をつづけさせてくれないかな。さあ、いい子だから」兇暴だと評判の動物を用心しながらやさしく撫でるみたいに、野人の腕を軽く叩いた。「とにかくこれを……」

「だめだ！」

「でもほら、まだこれだけあるし」

「ぜんぶ捨てろ、そのおそろしい毒を」

理解力の乏しいデルタたちの意識の中心を〝ぜんぶ捨てろ〟という言葉が直撃した。群衆のあいだに怒りのざわめきが湧き起こる。

「僕が来たのは、きみたちに自由を与えるためだ」野人は多胎児の群れのほうに向き直って言った。「僕が来たのは……」

会計課副課長補佐はもう聞いていなかった。そっとロビーを脱け出して、ある場所に連絡しようと、電話番号を調べていた。

「家にはいないな」とバーナードは言った。「僕のところにもきみのところにもいない。アフロディテウムにも、センターにも、大学にもいない。それ以外の場所なんて……いったいどこへ行ったんだろう」

ヘルムホルツは肩をすくめた。二人は、仕事のあと自宅に戻り、どちらかの家で待っているはずの野人と合流するつもりだったが、どこにも姿が見えない。面倒な話だった。今夜はヘルムホルツの四人乗りレジャーヘリ《スポーティコプター》でビアリッツへ飛ぶ予定だったから、ジョンが早く来ないと、夕食の予約に遅れてしまう。

「あと五分待とう」とヘルムホルツが言った。「それでも来なかったら、先に……」

電話のベルが鳴り、ヘルムホルツは途中で口をつぐんで受話器をとった。「もしもし。わたしだ」かなり長いあいだ、先方の話を聞いてから、「大衆車にましますフォードさま《フォード・イン・フリヴァー》よ！」と悪態をついた。「すぐ行く」

「どうした？」とバーナード。

「パーク・レーン臨終病院の知り合いからだ。野人がいるって。頭がおかしくなったらしい。とにかく、緊急事態だ。いっしょに来てくれ」

二人は廊下に出て、急ぎ足でエレベーターホールに向かった。

「でも、きみたちは奴隷でいたいのか？」二人が病院に足を踏み入れたとき、野人は真っ赤な顔で、情熱と義憤に目をらんらんと輝かせ、デルタたちに向かってそう訴えていた。

「赤ん坊でいたいのか？　そう、赤ん坊だ。ぴーぴー泣いてゲロを吐く（『お気に召すまま』2幕7場）」群衆の動物じみた愚かさに愛想をつかして、救いにきたはずの相手に、つい侮蔑の言葉を投げつける。だが、その侮蔑も、ぶあつい愚鈍の甲皮にはねかえされてしまう。彼らはただ、ぼんやりした不機嫌な怒りを目に浮かべ、ぼんやりしたうつろな表情で見返してくるばかり。「そう、ゲロは吐く！」野人は文字どおり叫んでいた。悲しみも悔恨も、憐憫も義務も——すべては、彼ら人間以下のモンスターに対する圧倒的な憎しみに呑み込まれてしまった。「自由になりたくないのか？　人間らしくなりたくないのか？　人間であること、自由であること、きみたちはそれさえも理解できないのか？」怒りのあまり言葉が流暢《りゅうちょう》になり、楽々と怒濤のようにほとばしる。「どうなんだ？」とくりかえしたが、だれも返事をしない。「よし、じゃあいいだろう」ときびしい口調で続けた。「僕が教えてやる。望もうと望むまいと、僕がきみたちを自由にする」そう言って、病院の中庭に面した窓を押しあけ、ソーマの錠剤が入った小さなピルボックスを、ひとつかみずつ外に投げ捨てはじめた。

カーキ色の群衆は、この理不尽な冒瀆を目のあたりにして、しばしのあいだ、恐怖と驚愕に硬直し、黙り込んでいた。

「狂ってる」バーナードは目を大きく見開いてその光景を見つめながら、ささやき声で言った。「殺されるぞ。彼らに……」そのときとつぜん、群集のあいだから、ひとつの大きな叫び声が湧き起こった。その声といっしょに、動きの波が野人のほうへと押し寄せてゆく。「フォードさま、お助けを！」バーナードは目をそむけた。

「フォードはみずから助くる者を助く」ヘルムホルツ・ワトスンは、心からうれしそうに笑って朗らかにそう言うと、群集を押し分けて進みはじめた。

「自由だ、自由だ！」野人は叫び、片手でソーマを中庭に投げ捨てながら、迫りくる同じ顔の群れを片端から殴りつけた。「自由だ！」すると、そのときとつぜん、となりにヘルムホルツがいた――「やあ、ヘルムホルツ！」――なおも殴りながら――「やっと人間になれるぞ！」――と群衆に叫ぶ合間に開いた窓から毒薬のケースをつかんでは投げ、つかんでは投げ、「そう、人間になれる！　人間になれるんだ！」やがて毒薬はぜんぶなくなった。手提げ金庫を持ち上げてさかさまにすると、空っぽの中身を群衆に見せる。「きみたちは自由だっ！」

デルタたちは怒りを倍加させ、大声でわめきながら襲いかかっていった。

バーナードは、乱闘騒ぎの端っこでどうしたものか決めかねていたが、このとき、「あの二人はもうおしまいだな」とつぶやいた。そして、とつぜんの衝動に駆られて、二人の救出に駆けつけようとした。が、考え直して足をとめた。それからまた考え直し、また足を踏み出したが、また思い直して、恥ずべき優柔不断の苦しみのただなかに立ちつくし、あれこれ考えていた――自分が助けないと二人は殺されるかもしれないが、助けにいったら自分が殺されるかもしれない――そのとき（フォードの名は誉むべきかな！）、ぎょろ目に豚鼻のガスマスクをつけた警官隊がやってきた。

バーナードは、走っていって警官隊を出迎えると、両腕を振りまわした。これだって行動だ、自分もなにか助けになることをしているのだ。「助けて！」と何回も叫んだ。どんどん声を大きくして、自分が二人を助けているんだという錯覚をみずからに与える。

「助けて！　助けて！　助けてぇ！」

警官たちは邪魔なバーナードをわきへ押しのけ、仕事にかかった。噴霧器をバックルで肩に固定した三人の警官がソーマの濃い霧を空中に撒布する。別の二人が携帯型合成音楽再生装置を操作している。さらに四人が、強力な麻酔薬を混ぜた放水銃を持って群衆の中へ押し入り、暴れかたが目立つ者から順番に噴流を浴びせ、要領よく鎮圧してゆく。

「早く、早く！」と、バーナードが叫んだ。「急がないと殺される。あの二人が……わっ！」警官のひとりが、バーナードの口出しにうんざりして、放水銃の一撃を見舞った。バーナードは、一、二秒、ふらふらしながら立っていたが、やがてその脚から骨も腱も筋肉も失われてゼリーの棒になり、最後にはゼリーどころかただの水になって、くたくたと床にくずおれた。

だしぬけに、合成音楽再生装置から、ひとつの声が流れ出した。理性の声、善意の声。サウンドトラックのロールが回転し、暴動鎮圧用合成スピーチ第二（強度・中）が再生されはじめた。（存在しない）胸の奥底からの声が、「わが友人のみなさん、友よ！」と語りかける。そこには、どうしようもない悲しみと、かぎりなくやさしい叱責の響きがあり、ガスマスクを装着した警官まで涙に目を潤ませたくらいだった。「これはいったいどういうことですか？　みなさんはどうして、いっしょに楽しく、なかよくしないのですか？　楽しく、なかよく」と声がくりかえす。「なごやかに、なごやかに」声が震え、ささやきになり、一瞬、ふっと消えた。「どうか、楽しくしてください」切々と訴えるように、また声がしゃべりだした。「どうか、なかよくしてください。ほんとうに心からお願いします！　どうか、なかよくして……」

二分後、〝声〟とソーマの霧の効果があらわれた。デルタたちは涙にくれ、キスし合い、抱き合う――六人の成人した多胎児たちがひとつになり、たがいの体を抱擁する。ヘルムホルツや野人まで、いまにも泣きそうになっていた。会計課から新たに大量のピルボックスが運ばれてきて、大急ぎの配給が再開された。そして〝声〟が愛情豊かなバリトンで別れを告げると、多胎児たちは胸が張り裂けそうなほど激しく号泣しながら散っていった。「さようなら、いとしい、いとしいわが友人のみなさん、フォードさまのご加護がありますように！　さようなら、いとしい、いとしいわが友人のみなさん、フォードさまのご加護がありますように！　さようなら、いとしい、いとしい……」

デルタの最後のひとりがいなくなると、警官が放送のスイッチを切った。天使のような〝声〟が消える。

「おとなしく同行してくれるかい？」と巡査部長が野人にたずねた。「それとも、麻酔薬が必要かな？」と、威嚇するように放水銃を向ける。

「いや、おとなしく同行しますよ」野人は切れた唇とひっかかれた首すじと嚙みつかれた左手を順番に指先でたしかめながら答えた。

出血が止まらない鼻をハンカチで押さえたまま、ヘルムホルツもうなずいた。

われに返り、麻酔が切れてまた脚が動くようになったバーナードは、このチャンスを逃さず、できるだけ目立たないように、玄関ドアのほうへこっそり歩き出していた。

「おい、そこのきみ」と、巡査部長が声をかけると、ガスマスクの警官がひとり、すばやく走っていってバーナードの肩を押さえた。

バーナードは、うしろめたいことなどひとつもないのにという顔で憤然とふりかえった。逃げる？　そんなこと夢にも思ってませんが。「しかし、いったいどうして同行しろと？」巡査部長にたずねた。「まったく身に覚えがありませんが」

「きみは逮捕された人たちの友だちだろう」

「まあ、それはその……」バーナードは口ごもった。いや、否定しても通らないだろう。

「ええ、それが悪いんですか？」

「じゃあ、こっちに来て」巡査部長はバーナードを連れて正面玄関を出ると、待っている警察車のほうに歩いていった。

第16章

三人が通されたのは、世界統制官ムスタファ・モンドの書斎だった。

「閣下はまもなくお見えです」そう言うと、ガンマの執事は部屋に三人だけを残して下がった。

ヘルムホルツが声をあげて笑った。

「裁判というより、午後のカフェイン溶液の集いだな」と言って、むちむちのアームチェアのうちいちばん豪華なものに腰を下ろし、友人のしょぼくれた青い顔を見て、「元気出せよ、バーナード」とつけ加えた。しかし、バーナードは元気を出すどころではなかった。黙ったまま、ヘルムホルツの顔を見ようともせず、部屋の中でいちばんすわり心地の悪そうな椅子に腰かけた。権力者の怒りをすこしでもやわらげたいというはかない望みを抱いて、念入りに選んだ椅子だった。

一方、野人はそわそわと書斎の中を歩きまわり、うわべだけはもの珍しげに、書棚に並ぶ本の背表紙や、番号つきの整理棚に収められたサウンドトラックのロールや読書端末のテープを眺めていた。窓に面したテーブルの上には、どっしりした本が一冊置いてある。やわらかな黒の代替皮革で装幀され、大きなTの金文字が箔押しされている。手にとって開いてみた。フォード閣下著、『わが生涯と事業』。出版元は、デトロイトのフォード主義普及会。漫然とページをめくり、あちこちをぱらぱら拾い読みして、この本は面白くないという結論を出したとき、書斎のドアが開いて、西ヨーロッパ駐在世界統制官が颯爽と入ってきた。

ムスタファ・モンドは三人全員と握手したが、話しかけた相手は野人だった。「文明があんまり好きじゃないそうだね、ミスター野人《サヴェッジ》」

野人は統制官を見やった。いまのいままで、嘘をつくか、怒鳴りつけるか、なにを訊かれてもむっつりと押し黙っているか、そのどれかを選ぶつもりでいた。しかし、統制官の愛想のいい知的な顔に安心して、真実を率直に述べようと心を決めた。「はい」と野人は言った。

バーナードはぎょっとして、顔をこわばらせた。なんと思われただろう？　よりによって世界統制官の前で、文明が好きじゃないと堂々と言い放つ、そんなやつの友人だというレッテルを貼られるなんて――最悪だ。「でも、ジョン……」バーナードはたしなめようとしたが、ムスタファ・モンドににらまれて、情けなくも途中で口をつぐんだ。

「そりゃもちろん、いいものだってありますよ」と野人は認めた。「空中に響く音楽とか……」

「ときには千の楽器の音がわたしの耳の中で鳴り響き、また別のときには歌声が届く（『テンペスト』3幕2場）」

野人がとつぜんの喜びにぱっと輝いた。「読んだんですか？　イングランドじゅうで、あの本のことを知ってる人はひとりもいないと思ってた」

「ほとんどいないよ。わたしは、数少ない中のひとりだ。禁書だからね。しかし、西ヨーロッパで法律をつくるのはわたしだから、その法律を破ることもできる。なんの罰も受けずにね」バーナードのほうを向いて、「あいにく、マルクスくん、きみの場合はそうはいかないが」

バーナードは、さらに絶望的なみじめさに沈み込んだ。

「でも、どうして禁書なんです？」野人がたずねた。シェイクスピアを読んだことがある人と会えた興奮で、一瞬、ほかのことはみんな頭から消し飛んでしまった。

統制官は肩をすくめた。「古いからだよ。それが主な理由だ。ここでは、古いものには用がない」

「たとえ美しいものでも？」

「美しい場合はなおのことだ。美しいものは人をひきつける。われわれとしては、人が古いものにひきつけられることは望ましくない。新しいものを好きになってほしいんだよ」

「でも、新しいものは莫迦莫迦しくておぞましいじゃないですか。ヘリコプターが飛びまわって、他人の口づけの感触を味わうだけの三文芝居とか」野人は顔をしかめ、「さかりのついた山羊め、猿め！（『オセロー』4幕1場）」この軽蔑と憎悪をあらわすには、オセローの言葉を借りるしかなかった。

「いやまあ、山羊も猿も、かわいくておとなしい動物たちだがね」とムスタファ・モンドが注釈を加えるようにつぶやいた。

「かわりに『オセロー』を見せればいいじゃないですか」

「さっき言っただろう。古いんだよ。それに、彼らには理解できない」

たしかにそうだ。『ロミオとジュリエット』を朗読したときヘルムホルツが大笑いしたのを思い出した。「だったら」と、しばしの沈黙のあと口を開き、「『オセロー』みたいな新作をつくればいい。みんなにわかるようなのを」

「俺たちはみんな、そういうものを書きたいと思ってずっと努力してきたんだよ」ヘルムホルツが長い沈黙を破って口をはさんだ。

「しかし、そういうものはけっして書けない」と世界統制官が言った。「なぜなら、ほんとうに『オセロー』みたいだとしたら、いくら新しい作品でも、だれにも理解されないからだ。それに、もしその作品が新しいのなら、『オセロー』みたいではありえない」

「どうして？」

「ええ、なぜです？」とヘルムホルツも同じ問いをくりかえした。彼もまた、自分たちが置かれた状況の深刻さを忘れかけている。ただひとり、それを忘れていないバーナードだけが、不安と心労に青ざめている。「なぜなんです？」

「なぜなら、われわれの世界は『オセロー』の世界と同じではないからだ。鋼鉄なくして自動車がつくれないのと同様、社会の不安定なくして悲劇はつくれない。いま、世界は安定している。だれもがしあわせだ。ほしいものは手に入り、手に入らないものはほしがらない。だれもが恵まれている。みんな安全で、病気にかからず、死を恐れない。さいわいなことに、激しい感情も、老いも知らない。母親や父親などという病に悩まされることもない。激しい感情の対象となる妻も子も恋人もいない。きちんと条件づけされているから、適切な行動以外の行動をとることは、事実上、不可能だ。もしなにか問題が生じれば、ソーマがある。自由の名のもとにきみが窓から投げ捨ててしまったあの薬だよ、ミスター野人《サヴェッジ》。やれやれ、自由か！」ムスタファ・モンドは笑った。「デルタに自由の意味をわからせようとするとはね！ そして今度は『オセロー』をわからせたいと！ じつにりっぱな心がけだね！」

ジョンはしばし黙り込んでいたが、「それでもやっぱり」と頑固に言い張った。「『オセロー』はいい。あの感覚映画《フィーリー》なんかよりずっといい」

「もちろんだとも」世界統制官は同意した。「しかしそれは、安定のために支払うべき代価だ。幸福か、芸術か。どちらかひとつを選ばなければならない。われわれは芸術を切り捨て、かわりに感覚映画と芳香オルガンを選んだ」

「でも、あんなの、なんの意味もない」

「いや、あれはあれなりに意味があるよ。客に心地よい感覚を与えるという意味が」

「でも、あんなの……あんなの、阿呆のたわごと（『マクベス』5幕5場）だ」

統制官は笑った。「その言い方は、お友だちのワトスンくんに失礼だろう。感情工学の分野では世界でも有数の……」

「でも、ジョンの言うとおりです」ヘルムホルツは暗い声で言った。「たしかに阿呆のたわごとだ。書くべきことなんかなにひとつないのに、無理やり絞り出すように書いて

「……」

「たしかに。しかし、だからこそ、より大きな才気が必要になる。最小限ぎりぎりの鋼鉄を使って自動車をつくるようなものだ――純粋な感覚以外のものはほとんどなにひとつ使わずに、芸術作品を生み出す」

野人は首を振り、「僕にはどれもこれもおぞましいものに見える」

「もちろんそうだろう。不幸に対する過剰補償と比較すると、現実のしあわせは、つねにずいぶんあさましく見える。それに、安定というのは、不安定にくらべて、人目を引くような派手さがない。満足した状態には、敢然と悲運に抗う華々しさもないし、誘惑との戦いとか、激情や疑惑が引き起こす破滅とかにつきものの、絵になる要素もない。しあわせは、そもそも壮大さと無縁だからね」

「でしょうね」しばらくして、野人が言った。「しかし、あそこまでひどくする必要があるんですか？　あの多胎児の群れとか」目蓋の裏に甦る光景を拭い去ろうとするように、片手で目をこすりながら言った。組み立てラインに並ぶ、まったく同じ顔をした小柄な作業員の長い列。モノレールのブレントフォード駅の改札に長蛇の列を作っていた多胎児の群れ。リンダの臨終の床のまわりに蛆虫のように群がる子どもたち。襲ってきた暴徒の、果てしなくくりかえされる同じ顔……。包帯をした左手に目をやって、野人はぶるっと身震いした。「おぞましい！」

「しかし、なんと役立つことか！　きみはこの世界のボカノフスキー集団が好きじゃないらしいが、あれこそがすべての礎《いしずえ》なんだよ。国家というロケットを安定させて、正しい針路を保つためのジャイロスコープ」深みのある声が芝居けたっぷりに震え、宇宙空間へとまっすぐ飛んでゆくロケットを手ぶりで表現する。ムスタファ・モンドの雄弁は、合成演説の水準に迫るほどだった。

「不思議なんですが」と野人が言った。「そもそもどうしてあんな連中をつくるんですか？　あの瓶で、どんな人間でも好きにつくれるわけでしょう？　どうして全員をアルファダブルプラスにしないんですか？」

ムスタファ・モンドは笑った。「たがいに争いたくないからだよ。われわれは、安定と幸福を信奉している。アルファだけの世界は、かならず不安定で悲惨なものになる。労働者がアルファばかりの工場を想像してみたまえ――それぞれが独立した優秀な遺伝形質を持つばらばらの個人で、（一定の限度内で）自由に行動し責任を担えるように条件づけされている。そんな工場を想像してみたまえ！」

野人は想像してみたが、あまりうまくいかなかった。

「不合理のきわみだ。アルファとして出瓶し、アルファとして条件づけされた人間が、イプシロン半莫迦の仕事をさせられたら、頭がおかしくなる——もしくは破壊活動に走る。アルファを完全に管理することは不可能ではない——しかし、アルファの仕事をさせるという条件のもとでの話だ。イプシロン的な犠牲を払うことを期待できるのはイプシロンだけなんだよ。というのも、イプシロンにとって、それは犠牲でもなんでもないからね。もっとも抵抗が少ない仕事だ。条件づけによって、イプシロンが進むべき線路はとっくに敷かれている。自分でもどうしようもない。運命はあらかじめ決まっている。彼らは、出瓶後も、まだ瓶の中にいる——幼児期および胎児期の固着という見えない瓶の中にね。もちろん、ある意味では」統制官は考えにふけるようにゆっくり続けた。「われわれ全員が瓶の中で一生を送る。しかし、たまたまアルファに生まれついたとしたら、その瓶は、相対的にはるかに大きい。なのに、それよりせまい場所に閉じ込められたら、そのアルファは大きな苦痛を感じるはずだ。上層階級という合成シャンパンを、下層階級用の瓶に注ぐことはできない。理論的に考えて明らかだが、これは実証された事実でもある。キプロスでの実験の結果が如実に証明している」

「なんです、それは?」

ムスタファ・モンドはにっこりした。「まあ、再瓶詰め実験と呼んでもいい。始まりはフォード紀元《A F》四七三年。世界統制官会議は、キプロス島から全住民を退去させて、特別に用意された二万二千人のアルファを再入植させた。農業設備と工業設備はすべてアルファに引き渡され、あとは彼らだけで社会を営んでいくことになった。結果は、理論が予想したとおりだった。土地はまともに耕されず、すべての工場でストライキが起きた。法律は守られず、命令は無視された。一定期間でも低級職に割り当てられた者は高級職を求めてたえず画策し、高級職に割り当てられた者は是が非でもその地位を守ろうと対抗策をめぐらした。六年後には本格的な内戦が勃発し、二万二千の人口のうち一万九千が死んだ時点で、生存者全員が一致して、自分たちにかわって島を統治してほしいと世界統制官会議に嘆願した。統制官たちはその嘆願を受け容れた。かくして、史上唯一のアルファだけの社会は終焉を迎えた」

野人は深々とため息をついた。

「理想的な人口構成は、氷山をモデルにしたものだよ」とムスタファ・モンドは言った。「九分の八は水面下で、水面上に出ているのは九分の一」

「水面下の人たちはしあわせなんですか？」

「水面上の人たちよりもしあわせだよ。たとえば、ここにいるきみの友人二人よりもね」と、ムスタファ・モンドはヘルムホルツとバーナードを指さした。

「あんなひどい仕事に就いていても？」

「ひどい仕事？　彼らはひどいなんて思ってないさ。その反対に、いい仕事だと思っているよ。子どもでもできるような簡単な軽作業だからね。頭脳にも筋肉にも負担がかからない。疲れない程度の軽い労働を七時間半やれば、あとは配給分のソーマとゲームとフリー・セックスと感覚映画が楽しめる。それ以上、なにを求める？　たしかに、労働時間の短縮を求めるかもしれない。もちろん、それは実現可能だよ。技術的に言えば、下層階級全員の労働時間を一日三時間か四時間にまで短縮することは造作もない。しかし、そうなったとして、彼らはいまより少しでもしあわせになるだろうか？　いや、ならない。その実験は、いまから一世紀半も前に行われている。アイルランド全土で、一日四時間労働制が実施されたんだよ。結果は？　社会不安が起こり、ソーマの消費量が大きく増えた、ただそれだけ。一日あたり三時間半プラスされた余暇は、しあわせの源になるどころか、人々はそれから逃れるためにソーマの休日をとることを強いられたんだ。発明局には、労力節約プランが山と積まれている。山とね」ムスタファ・モンドは、大げさなジェスチャーをした。「だったらなぜ、われわれはそのプランを実行に移さないのか？　労働者のためだよ。余分な余暇で彼らを悩ますのは、まったく残酷きわまりない。農業についても同じことが言える。その気になれば、われわれはあらゆる食べものをすべて合成できる。しかし、そんなことはしない。人口の三分の一を土地に定着させておくほうが好ましいからだ。農民自身のためにね。つまり、食料は、工場で生産するより、土地から生産するほうが時間がかかる。それに、社会の安定も考慮しなければならない。われわれは変化を望まない。あらゆる変化は、安定を脅かす。それもあって、われわれは新たな発明の導入に、かくも慎重なのだ。科学における発見は、どんなものでも、破壊につながる可能性を秘めている。だから、科学でさえも、ときには潜在的な敵と見なさねばならない。そう、科学でさえも」

科学？　野人は眉間にしわを寄せた。言葉は知っているが、具体的になにを意味するのか、よくわからない。シェイクスピアも、プエブロの長老たちも、科学に言及したことは一度もなかったし、リンダから聞いた科学の話はおそろしく曖昧模糊としていた。科学とはヘリコプターをつくるとき使うものだとか、収穫祭の踊りを笑う原因だとか、しわが寄ったり歯が抜けたりするのを防ぐものだとか。野人は、統制官の言葉の意味を理解しようと必死に努力した。

「そう」とムスタファ・モンドが話している。「それも、安定の代償のひとつ。幸福と両立しないのは芸術だけじゃない。科学もだ。科学は危険だ。最大限の注意を払って鎖につなぎ、口輪をはめておく必要がある」

「なんですって？」ヘルムホルツが驚いて訊き返した。「科学こそすべてだと、みんないつも言ってるじゃないですか。睡眠学習の決まり文句ですよ」

「十三歳から十七歳まで、週に三回」とバーナードが口をはさむ。

「それに、感情工科大学では、科学を称揚するプロパガンダが山ほど……」

「ああ。しかし、それはどういう科学だね？」ムスタファ・モンドが皮肉な口調でたずねた。「きみは科学教育を受けていないからわかるまいが、わたしは若いころ、かなり優秀な物理学者だった。むしろ、優秀すぎた。われわれの科学がただのクックブックだと気がつく程度に優秀だった。そのクックブックにはオーソドックスな料理法だけが載っていて、だれも料理法に疑問を呈してはならず、料理長の許可がないかぎり、新たなレシピをつけ加えることもできない。いまのわたしは料理長だが、当時は探求心旺盛な皿洗いだった。だから、暇を見つけて自己流の料理をはじめた。オーソドックスではない料理、禁制の料理を。つまり、本物の科学だ」統制官はそこで口をつぐんだ。

「で、どうなったんです」ヘルムホルツ・ワトスンが訊いた。

統制官はため息をついた。「これからきみたち二人の身に起きることと非常に近いね。もうちょっとで、ある島に飛ばされるところだった」

その言葉でバーナードは電流を流されたように激しく震え、見苦しく行動しはじめた。

「島に飛ばされる？」はじかれたように立ち上がり、ムスタファ・モンドの前に走っていくと、身ぶり手ぶりを交えて訴えた。「あんまりですよ。わたしはなにもしていません。この二人です。やったのはこの二人なんです」犯人を告発するように、ヘルムホルツと野人に指を突きつけた。「お願いですから、アイスランドには異動させないでください。これからは、ちゃんと正しく行動しますから。どうか、チャンスをください。もう一度だけ、チャンスをください」涙がぼろぼろとこぼれてくる。「とにかく、この二人のせいなんです」とすすり泣く。「アイスランドだけは勘弁してください。お願いです、閣下、後生ですから……」行動が卑屈になる発作でも起こしたように、世界統制官の前で両膝をついた。ムスタファ・モンドは立たせようとしたが、バーナードは平伏をやめず、嘆願の言葉がとめどなくあふれてくる。とうとう統制官はベルを鳴らして第四秘書を呼んで、

「三人よこしてくれ」と命じた。「マルクスくんを寝室に連れていって、ソーマの霧をたっぷり与えてから、ベッドに寝かせてやるように」

第四秘書は書斎を出ると、緑色の制服を着た多胎児の使用人を三人連れて戻ってきた。バーナードは、なおもわめき、すすり泣きながら、部屋から連れ出された。

「やれやれ、これから死刑に処せられるとでもいうような騒ぎぶりだな」ドアが閉まると、統制官は言った。「ところが、少しでも分別があればわかるとおり、彼が受ける罰

は、じつは報酬なんだ。あの男は島に送られる。それはつまり、世界でもっとも興味深い人たちと出会えることを意味している。なんらかの理由で自意識と個性が強くなりすぎて、共同生活に適応できない人たち。まともな生活に満足できない人たち、独自の考えを持っている人たち。要するに、だれもがそれぞれ個性を持つ人間ひとりひとりなんだ。きみたちがうらやましいくらいだよ、ワトスンくん」

ヘルムホルツは笑った。「だったらどうして島へ行かないんです？」

「なぜなら、最終的にこっちをとったからだよ」と統制官は答えた。「わたしは選択肢を与えられた。島へ行って独自の科学研究を続けるか、世界統制官会議の末端に連なって、いつの日か世界統制官になれるかもしれない可能性に賭けるか。わたしは後者を選び、科学の道をあきらめた」短い沈黙のあと、「ときには」と言葉を継ぐ。「科学を捨てたことを悔やむこともある。しあわせは、苛酷な主人だ――他人のしあわせはとくにね。しあわせをなんの疑問もなく受け容れるように条件づけされていない場合、しあわせは、真実よりもはるかに苛酷な主人になる」ため息をつき、また少し黙ってから、もっと快活な口調で続けた。「ともあれ、職務は職務。自分の好みの言いなりになるわけにはいかない。わたしは真実に興味があるし、科学が好きだ。しかし、真実は脅威だし、科学は大衆にとって危険だ。もたらす恩恵と同じくらい大きな危険がある。科学はわれわれに、史上もっとも安定した均衡を与えてくれた。古代中国の長く続いた王朝でさえ、この世界とくらべたら絶望的に不安定だよ。原始の女家長制にしても、いまのわれわれの社会ほどは安定していなかった。そう、さっき言ったとおり、ひとえに科学のおかげだ。しかし、だからといって、科学のなしとげた偉業が科学によって破壊されるのを許すわけにはいかない。だからこそわれわれは、科学研究の領域を注意深く制限している——だからこそわたしは、危うく島送りにされかけた。喫緊の最重要課題だけしか、科学には扱わせない。他のすべての研究の芽は入念に摘みとっている」しばし間をおいてから、また口を開き、「わが主フォードの時代の人々が科学の発展について書いたものを読むと、なかなか面白いよ。科学は、他のすべてを度外視して、どこまでも無制限に進ませてかまわない——そんなふうに思われていたらしい。知識は最高の善であり、真実には至高の価値がある、他のすべては、それに従属する二次的なものにすぎない、と。たしかに、その当時でさえ、すでに、思想が変化しはじめていた。真実と美から、なぐさめとしあわせへ。わが主フォードその人も、この移行に多大の貢献を果たされた。大量生産がこの移行を求めた。社会という車輪を安定的にまわしつづけるのは、万人の幸福だ。真実や美に、その力はない。そしてもちろん、大衆が権力を握ったとき、問題になるのは真実と美ではなく、幸福だった。それでもやはり、当時は無制限の科学研究が許されていた。人々は、依然として、真実と美を、それが最高善であるかのように語りつづけていた——九年戦争のときまで。ところが、九年戦争を境に、空気が一変した。まわりじゅうで炭疽菌爆弾が爆発しているとき、真実や美や知識になんの意味がある？九年戦争後、科学研究は初めて制限されるようになった。このときばかりは、自分の欲望を制限されることにさえ納得する空気があったからね。平穏な生活はなにものにもかえがたい。以来ずっと、われわれは制限を続けてきた。もちろん、真実のためには、あまりいいことではない。しかし、幸福のためには非常に好都合だった。代償なしに手に入るものなどない。しあわせにも代価が必要だ。ワトスンくん、きみもしあわせの代価を支払っているんだよ——きみの場合は、美に対する関心が強すぎた。わたしの場合は、真実に対する関心が強すぎた。だからその代価を支払った」

「でも、あなたは島へは行かなかった」野人が長い沈黙を破って言った。

統制官はにっこりして、「そういうかたちで代価を支払ったんだ。しあわせに仕える道を選ぶことでね。仕える相手は、他人のしあわせだ——わたし自身のしあわせではない」短い間を置いて、「さいわい、世界にはじつにたくさんの島がある。島がなかったら、どうなっていたことやら。きみたちみんなをガス室に送るしかなかっただろうね。ところでワトスンくん、きみは熱帯が好きかね？　たとえばマルケサス諸島とか、サモア諸島とか。それとも、もっとさわやかな気候がいいかな？」

ヘルムホルツはむちむちの椅子から腰を上げて、「最低最悪の気候がいいですね。気候が厳しい土地のほうが、いいものが書けるんじゃないかと。たとえば、風が強くて、しじゅう嵐が来るような……」

統制官は賞賛するようにうなずいた。「見上げた心がけだ、ワトスンくん。じつに気に入ったよ。公人としての見解はその正反対だがね」またにっこりして、「フォークランド諸島はどうかな？」

「ええ、いいんじゃないでしょうか」とヘルムホルツは答えた。「では、よろしければ、かわいそうなバーナードのようすを見にいってきます」

第17章

「芸術、科学——幸福のために、ずいぶん大きな代償を支払ったみたいですね」世界統制官と二人きりになると、野人は言った。「ほかにはなにを？」

「むろん、宗教だ」と統制官は答えた。「昔は神と呼ばれるものが存在した——九年戦争前には。いや、しかし、神のことなら、きみのほうが専門家だったね」

「いえ……」野人は口ごもった。話せるものなら話したかった。孤独のこと、夜のこと、月の下に白くそびえる地卓《メサ》のこと、断崖のこと、暗闇に飛び込むこと、死のこと。話せるものなら話したかったが、言葉が見つからなかった。シェイクスピアの作品にさえ。

統制官は書斎の奥へと歩いていって、本棚と本棚のあいだの壁にしつらえられた大型金庫を解錠した。重い扉が開かれる。中の暗闇を手探りしながら、「宗教というテーマには、昔からずっと興味を持ってきた」と言って、分厚い黒い本をとりだした。「たとえばこれ。読んだことがないだろう」

野人は本を受けとり、扉の題名を読んだ。「『聖書、旧約ならびに新約』（いわゆるジェイムズ王欽定訳聖書）」

「それに、これも」表紙のとれた、小さな本だった。

「『キリストに倣いて』（トマス・ア・ケンピスの著書）」

「それに、これも」とさらにもう一冊ジョンに手渡す。

「『宗教的経験の諸相』、ウィリアム・ジェイムズ著」

「まだまだたくさんある」ムスタファ・モンドはそう言いながら、また椅子に腰を下ろした。「猥褻な古書のコレクションがひと山。神は金庫に、フォードは書棚に、だ」と言って、人目につくほうのコレクションを笑いながら指さす。書物がずらりと並んだ書架、読書端末のテープやサウンドトラックのロールがぎっしり詰まった整理棚。

「神のことを知ってるんなら、どうしてみんなに教えないんですか？」野人は憤然としてたずねた。「神について書いたこういう本をどうしてみんなに与えないんです？」

「『オセロー』を与えないのと同じ理由だよ。こういう本は古い。何百年も前の神について書かれている。いまの神のことは書いていない」

「でも、神は変わらない」

「だが、人間は変わる」

「だからといって、なんの違いがあるんです？」

「まったく違うよ」ムスタファ・モンドはそう言って立ち上がり、また金庫へと歩み寄った。「その昔、ニューマン枢機卿という人物がいた。枢機卿というのは、言ってみれば、大昔の共同体合唱会大歌教みたいな存在だな」と注釈を加える。

「わたしは、うるわしきミラノの枢機卿、パンダルフ（『ジョン王』3幕1場）。シェイクスピアで読みました」

「ああ、むろんそうだね。ともあれ、ニューマン枢機卿という人物がいた。ああ、この本だ」と書物をとりだす。「ついでに、こちらも出しておこう。メーヌ・ド・ビランという人の本だ。彼は哲学者でね。と言っても通じないかもしれないが」

「天と地のあいだには考えもつかないことがある（『ハムレット』1幕5場）っていう、あの人ですね」と野人は即座に言った。

「そのとおり。彼が考えついたことのひとつはあとで読んで聞かせるよ。しかしその前に、大昔の共同体合唱会大歌教が書いたことを聞きたまえ」と言って、栞《しおり》がはさまれたページを開き、読みはじめた。「『所有しているものがわれわれ自身のものでないのと同様、われわれは、自分自身のものではない。自分で自分をつくったのでない以上、われわれは、自分自身の上に立つ絶対者とはなりえない。われわれは、みずからの主人ではない。われわれは、神の所有物である。こんなふうに考えることは、われわれにとって不しあわせだろうか。自分は自分のものと考えることが、しあわせとなぐさめをもたらすのだろうか。若く元気な人ならそう考えるかもしれない。思いどおりにすべてを手にし、だれにも頼らずにわが道を行き、目に入らないもののことはいっさい考えず、感謝したり祈ったり他人の意思を忖度《そんたく》して行動したりという面倒から解放されること――それがすばらしいと思うかもしれない。しかし彼らも、時が経つにつれて、すべての人間と同じく、独立独歩は人間に向いていないと――不自然な状態であると――気がつく。しばらくは独立独歩でやっていけるかもしれないが、それは、人生の終わりまで、人間をつつがなく導いてくれる生き方ではない……』

ムスタファ・モンドは言葉を切り、本を置いて、もう一冊の本をとりあげ、ページをめくった。そして、「たとえばここ」と言って、深い声でまた朗読をはじめた。

『人間は年をとる。すると、加齢にともなう感覚を体の根本から抱くようになる。弱さ、無力感、不快感。こうした感覚に襲われた人間は、自分は病気になっただけだと思い込み、この苦しみは特定の原因によるものだと考えて不安をなだめると同時に、病気が治るのと同じように、いずれこの苦しみからも恢復するだろうと期待する。なんとむなしい思い込みだろうか！　その病気とは、すなわち老いにほかならない。たしかにおそろしい病気だ。死と死後に待つ運命とに対する恐怖から、人間は宗教にすがるようになると言われる。しかし、わたしの経験から言えば、そうした恐怖や思い込みとは関係なく、宗教的感情は加齢とともに大きくなる傾向がある。なぜなら、感情の起伏がなだらかになり、想像力や感受性が衰えるにつれて、理性の働きを妨げる要因が少なくなり、かつて理性を呑み込んでいた空想や欲望や娯楽に曇らされる度合いが減少するからだ。かくして、雲のうしろから太陽が顔を出すように、神があらわれる。すべての光の源。われわれの魂は、それを感じ、それを見、自然に必然的にそちらを向く。というのも、感覚の世界に生命と魅力を与えていたものすべてが少しずつこぼれ落ち、知覚しうる存在がもはや内外からの印象によって支えられなくなると、われわれは、なにかずっと残るもの、けっして欺かないものにすがりたいという欲求を抱く。すなわち、実在。すなわち、絶対的かつ永続的な真実。そう、かくして人は必然的に神に向かう。この宗教的感情は本質的に純粋なものであり、それを経験する魂にとってたいへん喜ばしいものなので、失うものすべてのかわりになる』」

ムスタファ・モンドは本を閉じ、椅子の背にもたれた。「これでわかっただろう。天と地のあいだにあって哲学者たちが考えつかなかった多くのことのひとつは」（片手を振って）「われわれだよ。現代のこの世界。神から独立していられるのは若くて元気なころだけ。独立独歩は人生の終わりまで人間をつつがなく導いてくれる生き方ではない。哲学者はもっともらしくそんなふうに述べたが、いまのわれわれは、若くて元気な時期を人生の終わりまで持続できる。その論理的帰結は明らかだ。われわれは、神から独立していられるんだよ。宗教的感情は、人間が加齢とともに失うもののすべてのかわりになる、と哲学者は言った。しかし、そもそもわれわれは、なにひとつ失わない。だから、宗教的感情など余計だ。若いころの欲望がいつまでも衰えないのに、なぜそのかわりを求める必要がある？　死ぬまで莫迦騒ぎが楽しめるのに、なぜ娯楽のかわりが要る？　心も体も最後までずっと楽しく活動していられるのに、なぜ安らぎを求める？　ソーマがあるというのに、なぜなぐさめが必要なのか？　社会秩序が確立しているのに、なぜよりどころが必要なのか？」

「じゃあ、神は存在しないと思ってるんですね？」

「いや、かなりの確率で存在するだろうと思っているよ」

「だったらどうして……？」

ムスタファ・モンドはそれをさえぎり、「しかし神は、人によって、違うかたちであらわれる。現代以前には、こういう本に書かれているようなかたちであらわれた。だがいまは……」

「いまはどんなかたちであらわれるんです？」

「いまは、不在というかたちであらわれる。まるで存在しないかのように」

「それはあなたたちのせいでしょう」

「文明のせいだと言ってくれ。神は、機械や医学や万人の幸福とは両立しない。どちらかを選ぶ必要がある。われわれの文明は、機械と医学と幸福を選んだのだ。だからわたしはこういう本を金庫にしまっている。猥褻だからね。もし読んだら、みんなショックを……」

今度は野人が口をはさんだ。「でも、神がいると感じるのは自然じゃないですか？」

「それは、ズボンの前をジッパーで閉めるのが自然かとたずねるようなもんだね」統制官は皮肉っぽく答えた。「きみの話を聞いていると、また別の古人を思い出すよ。ブラッドリーというその人物はこう言った。哲学とは、人間が本能で信じていることにろくでもない根拠を見つける学問である、と。しかし、人間は本能で信じるわけじゃない！人がなにかを信じるのは、それを信じるように条件づけられているからだ。だから、哲学とは、人間がろくでもない根拠で信じていることに、それとは別のろくでもない根拠を見つける学問だよ。人間が神を信じるのは、神を信じるように条件づけられているからだ」

「でもやっぱり」と野人は言い張った。「孤独なときに人が神を信じるのは自然なこと

ですよ――ひとりぼっちの夜、死について考えるとき……」

「しかしいまは、だれもひとりぼっちじゃない」とムスタファ・モンドは言った。「われわれは、人間が孤独を嫌うようにしている。そして、孤独になることがほぼ不可能なように、社会生活を設計している」

野人はむっつりとうなずいた。マルパイスでは、村のみんなが参加する集団活動から締め出されたせいで苦しんだ。ロンドンの文明社会では、そうした集団活動から逃れて、ひとりぼっちの時間を静かに過ごすことができないせいで苦しんでいる。

「『リア王』のこのくだりを覚えてますか？」ようやく口を開いて、野人はたずねた。

『神々は公正だ。悪徳の快楽にふけると、神々はそれを道具に使ってわれわれを罰する。父上は、暗い悪徳の場所でおまえを孕ませ、その代償として両眼を失った』すると、エドマンドが――怪我をして、死にかけているエドマンドが――こう答える。『たしかにおまえの言うとおりだ。運命の糸車がぐるりとひとまわりして、俺はここにいる』（『リア王』5幕3場）これはどうです？　ものごとを差配する神が罰を下したり報酬を与えたりしている、そんなふうに見えませんか？」

「さあ、そう見えるかね？」と統制官が逆に訊き返した。「いまは何人の不妊個体《フリーマーチン》とど

れだけ悪徳の快楽にふけったところで、息子の愛人に目玉をくり抜かれる心配などまったくない。『運命の糸車がぐるりとひとまわりして、俺はここにいる』と。しかし、この現代なら、エドマンドはどこにいるだろうね？　さしずめ、むちむちの椅子にすわって、女の子の体に腕をまわし、性ホルモンガムを嚙みながら感覚映画《フィーリー》を見ているだろう。神々は公正だ。それはまちがいない。しかし、神々の法といえども最終的には社会を組織している人間によって規定されるし、天の摂理も人間の例にならうんだよ」

「ほんとにそうなんですか？」と野人。「そのむちむちの椅子にすわったエドマンドは、傷つき血を流して死にかけているエドマンドと同じくらい厳しい罰を受けてるんじゃないと言い切れますか？　神々は公正です。神々は悪徳の快楽を道具に使って、彼を堕落させたんじゃないですか？」

「どんな場所から堕落させたんだい？　よく働きよく消費するしあわせな市民として、彼は完璧だ。もちろん、われわれの社会とは別の規範に照らせば、堕落したと言えるかもしれない。しかし、規範はひとつに絞るべきだ。遠心バンブル・パピーのルールで電磁ゴルフはプレーできない」

「でも、ものの値打ちは個人の意志で決まるものではない」と野人が言った。「値踏みをする人の中で貴いのみならず、それ自体が貴い場合に、ものは値打ちと品位を持つのです（『トロイラスとクレシダ』2幕2場）」

「おいおい」とムスタファ・モンドが抗議した。「その議論はちょっと極端じゃないかね」

「神のことを考える人間であれば、悪徳の快楽によって堕落したりすることはないでしょう。辛抱強くなにかに耐えたり、勇敢になにかを実行したりする理由ができますからね。げんに僕は、インディアンたちがそうするのを見てきました」

「そりゃ見ただろう」とムスタファ・モンド。「しかし、われわれはインディアンじゃない。文明人は、ほんとうに不快なことに辛抱強く耐える必要がない。勇気をもってなにかを実行することについては――そんな考えを起こさないことを祈りたいね。人間がそれぞれ勝手になにかを実行しはじめたら、社会秩序全体が崩壊する」

「じゃあ、禁欲はどうです？　神を信じるなら、禁欲する理由がある」

「しかし、産業文明は禁欲のないところでしか成立しない。健康と家計が許す限界ぎりぎりまでの浪費。それがなければ、車輪の回転が止まってしまう」

「でも、貞節を守ることにも理由があります！」と言いながら野人はちょっと顔を赤らめた。

「貞節を守ることは激しい感情につながるし、神経衰弱を招く。激情や神経衰弱は社会の不安定に通じる。不安定は文明の終焉を意味する。悪徳の快楽がたっぷりないと、文明の存続はありえない」

「でも、神は、気高く立派で英雄的なすべての行動の理由になる。もし神を信じるなら……」

「ねえ、きみ」とムスタファ・モンド。「文明には、気高さも英雄らしさもまったく必要ないんだよ。そんなものは、政治的な失敗のあらわれだ。この文明世界のように、きちんと組織された社会では、だれひとり、気高さや英雄らしさを発揮する機会を持つことができない。社会が全面的に不安定になってはじめて、そういう機会が生まれる。戦争とか、派閥争いとか、克服すべき誘惑とか、戦って勝ちとったり守ったりする愛の対象とか、そういうものが存在する場合には、気高さや英雄らしさに、たしかに意味がある。しかし、いまの時代、戦争はまったくない。愛については、だれかを愛しすぎることがないように、注意深く配慮されている。派閥争いなどというものも存在しない。条件づけによって、人はすべきことをせずにいられない。しかも、すべきことは概してとても楽しいし、きわめて多くの衝動が自由に解放できるから、事実上、克服すべき誘惑など存在しない。不運なめぐりあわせで、もし万一、不快なことが起きたら、そのときはいつでもソーマがある。好きなときに現実を離脱して休暇がとれる。ソーマはいつでも、怒りをしずめ、敵との和解を助け、辛抱強くしてくれる。昔なら長年にわたる努力と厳しい精神修養でようやくたどりつけた境地に、いまは半グラムの錠剤を二つ三つ服むだけですぐ到達できる。いまはだれもが徳の高い人間になれる。道徳心の半分以上は瓶に入れて持ち歩ける。苦もなく身につくキリスト教精神――それがソーマだ」

「でも、苦労は必要です。オセローの言葉を覚えてませんか？　『嵐のあとにいつもこんな平穏が訪れるのなら、風よ、死者が目を覚ますほど激しく吹き荒れろ』（『オセロー』2幕1場）インディアンの長老のひとりが、マツァキの娘の話をよく語ってくれました。その子と結婚したいと思う若者は、毎朝、彼女の家に行って、庭の手入れをしなければならない。簡単そうですが、庭には蠅や蚊がいる。それも魔物みたいなやつらが。ほとんどの若者はそれに我慢できなかった。しかし、ひとりだけ我慢できた若者がいた――その若者が、娘を手に入れたんです」

「素敵な話だ！　しかし、文明国では、庭の手入れなどしなくても女の子は手に入る。それに、うるさい蠅も、人を刺す蚊もいない。何世紀も前に一掃したからね」

ジョンは顔をしかめてうなずいた。「一掃した。ええ、じつにあなたたちらしいやりかたですね。不快なものは、それに耐えることを学ぶのではなく、消し去ってしまう。暴虐な運命の石つぶてや矢弾を心の中で耐え忍ぶのと、怒濤のように押し寄せる苦難と闘ってそれを終わらせるのと、どちらが立派でしょうか（『ハムレット』3幕1場）。でも、あなたたちはどちらもしない。耐え忍ぶことも闘うこともない。ただあっさりと、石つぶてや矢弾を一掃する。安直すぎる」

野人は急に黙り込み、母親のことを考えた。三十七階の自室で、リンダは歌う光の海と芳香の愛撫の中に漂っていた——漂い流れて、空間を抜け出し、時間を抜け出し、記憶と、習慣と、老いて肥満した肉体の牢獄を抜け出して漂い去った。そして、孵化条件づけセンター前所長のトマキンは、いまも休暇中——屈辱と心痛からソーマの休日をとって、非難や嘲笑が聞こえない、あのおぞましい顔が見えない、汗ばみ弛んだ腕が首に巻きつく感触のない、美しい世界にいる。

「気分を変えて、たまにはなにか苦労が必要なものをとりいれたらどうですか？」と野人は続けた。「この世界では、なにもかも安く手に入りすぎる」

（「千二百五十万ドルだ」以前、野人が同じ話をしたとき、ヘンリー・フォスターはそう言って反論した。「千二百五十万ドル——条件づけセンターの建設にはそれだけのコストがかかってる。安いもんか」）

「限りあるはかないこの身を運命や死や危険にさらし、たかが卵の殻ほどのものを争う（『ハムレット』4幕4場）。そこにはなんの意味もないんですか？」野人はムスタファ・モンドを見上げてたずねた。「神の問題はひとまずおくとしても——といっても、もちろん、神の存在が、そういう行動の理由なんでしょうけど——危険を覚悟して生きることに意味はないんですか？」

「いや、大ありだよ」と、統制官が答える。「人間は、ときどき副腎を刺激される必要があるからね」

「はあ？」野人は理解できずに訊き返した。

「完全な健康を保つための条件のひとつだ。だからわれわれは、ＶＰＳ療法を義務づけている」

「ＶＰＳ？」

「代替激《ヴァイオレント・パッション・サロゲート》情療法。月に一度、全身にアドレナリンを循環させる。生理学的には、恐怖や激怒とまったく同じ効果がある。デズデモーナを殺したり、オセローに殺されたりするのと同じ強壮作用はすべてそなわっていて、しかも、不都合はひとつもない」

「でも、僕は不都合が好きなんです」

「われわれは違うね」と統制官。「われわれは、なんでも楽にやるほうが好きだ」

「でも僕は、楽なんかしたくない。神がほしい、詩がほしい、本物の危険がほしい、自由がほしい、善がほしい。罪がほしい」

「つまりきみは」とムスタファ・モンドが言う。「不幸になる権利を要求しているんだね」

「ええ、それでいいですよ」と野人が喧嘩腰で言った。「僕は不幸になる権利を要求する」

「老いて醜くなり、無力になる権利はもちろん、梅毒や癌にかかる権利、食料不足に陥る権利、虱《しらみ》にたかられる権利、あしたどうなるかわからないという不安をつねに抱えて生きる権利、腸チフスになる権利、あらゆる種類の言語に絶する苦痛に苛まれる権利も」長い沈黙が流れた。

「そのすべてを要求します」と、ようやく野人が言った。

ムスタファ・モンドは肩をすくめた。「では、ご自由に」

第18章

ドアが少し開いていたので、二人は部屋に入った。

「ジョン！」

バスルームから、独特の不快な音が響く。

「どうかしたのか？」ヘルムホルツが外から声をかけた。

返事がない。不快な音がさらに二度くりかえされ、静かになった。それから、カチッと音がして、バスルームのドアが開き、真っ青な顔をした野人が出てきた。

「おいおい」ヘルムホルツが心配そうに声をあげた。「ずいぶん顔色が悪いぞ、ジョン！」

「なにか悪いものでも食べたのかい？」とバーナードがたずねる。

野人はうなずいて、「文明を食べた」

「なに？」

「文明の毒にあたったんだ。僕は汚されてしまった。それに」と、声を低くしてつけ加えた。「自分自身の邪悪さを食べた」

「わかったよ、でも具体的には？……つまり、きみはいまトイレで……」

「もう清められたよ」と野人。「からしをお湯に溶かして飲んだから」

二人は驚いて野人を見た。「つまり、体の中をきれいにするために、わざわざそんなものを飲んだのかい？」とバーナードがたずねた。

「インディアンはいつもそうやって自分を清めるんだ」野人は腰を下ろしてため息をつき、ひたいに片手をあてた。「しばらく休まないと。ちょっと疲れちゃった」

「だろうね」とヘルムホルツが言った。しばらく間を置いてから、口調をあらためて、「さよならを言いにきたんだ。俺たちはあしたの朝、出発する」

「そう、あしたの朝」とバーナードがくりかえす。野人は、彼の顔に、いままで見たことのない、覚悟を決めたようなあきらめの表情が浮かんでいるのに気づいた。「それと、ジョン」バーナードは椅子から身を乗り出して、野人の膝に片手を置いた。「きのうのことはほんとに悪かった」顔を赤らめ、「恥ずかしいよ」と震える声で先を続ける。「ほんとに……」

野人はそれをさえぎり、膝に置かれたバーナードの手をとると、親愛の情をこめてぎゅっと握った。

「ヘルムホルツが面倒をみてくれて」短い沈黙のあと、バーナードは言った。「もし彼がいなかったら、僕はきっと……」

「もういいよ」とヘルムホルツ。

三人とも、じっと黙り込んだ。悲しいにもかかわらず、いや、悲しいからこそ——というのも、悲しみは三人の親愛の情のしるしだったから——彼らはしあわせだった。

「けさ、世界統制官と会ってきた」ようやく野人が口を開いた。

「なんのために？」

「いっしょに島に行かせてほしいと頼みに」

「で、なんて？」ヘルムホルツが勢い込んでたずねた。

野人は首を振った。「許してくれなかった」

「どうして？」

「実験を続けたいからだって。ああ、くそ！」野人は急に怒りをあらわにして、「いつまでも実験台にされるのなんてごめんだ。世界統制官全員に頼まれても断る。僕もあした、ここを出ていくよ」

「でも、どこへ？」あとの二人が異口同音にたずねた。

野人は肩をすくめて、「どこだっていいよ。ひとりになれる場所なら」

ロンドンからの下りの航空路は、ギルフォードからウェイ川沿いにゴダルミングへ、それからミルフォードとウィットレーを過ぎてヘイズルミアを通過し、ピータースフィールド経由でポーツマスへと向かう。上りの航空路は、それとほぼ平行に、ウォープルズデン、トンガム、パテナム、エルステッド、グレイショットの上空を通過する。かつて、ホッグズ・バック山脈とハインドヘッドのあいだに、両路線の間隔がわずか六、七キロまで近づく箇所があった。不注意なパイロットにとっては——とくに夜間、ソーマを半グラムよけいに服んで飛んでいるときなど——距離が近すぎて、しばしば重大な事故につながったため、上りの航空路を西に二、三キロ動かす決定がなされた。現在、ロンドン方面に向かうヘリコプターがたえずパタパタゴーゴーと飛んでいるのは、セルボーン、ボードン、ファーナムの上空だ。グレイショットとトンガムのあいだの空はすっかり静かになり、もう使われていない四基の航空灯台だけが、旧ポーツマス－ロンドン線を偲ぶよすがとして残っている。

野人が隠れ家に選んだのは、その古い航空灯台のひとつだった。パテナムとエルステッドのあいだにある丘のいただきに立つこの灯台は、鉄筋コンクリート製で、状態は新築同様――はじめて実地に検分したとき、これは文明的かつ贅沢すぎるんじゃないかと思ったくらいだった。そのかわり、もっと厳しく修養し、清めの儀式を徹底すると自分に誓うことで、野人は良心と折り合いをつけた。隠れ家で過ごした最初の夜は、意図的に一睡もしなかった。ひざまずき、祈りを捧げて何時間も過ごした。あるときは罪を犯したクローディアス王が赦しを求めたあの天に向かって、またあるときはズーニー語でアウォナウィロナ神に向かって、また別のときはイエスやプーコング神に向かって、さらにまた、自分自身の守護動物である鷲に向かって。ときおり、十字架にかけられたような格好で両腕を伸ばすと、長いあいだその姿勢を保ち、しだいに大きくなる痛みが拷問のような激痛となり、体が震え出すまで耐え抜いた。この自主的なはりつけのあいだじゅう、歯を食いしばり(そのあいだにも滝のような汗が顔を流れ落ちる)「どうかお赦しください！　僕を清めてください！　僕が善良になれるよう力を貸してください！」と、痛みで失神する寸前まで何度も唱えつづけた。

朝が来たときには、灯台に住む資格を勝ちとった気がした。とはいえ、ほとんどの窓にガラスがはまっていたし、バルコニーからの眺望はあまりにすばらしすぎた。そのため、そもそも灯台を隠れ家に選んだ理由が、ほとんど即座に、引っ越すべき理由に変わってしまった。ここに住むことにしたのは、景色が美しいからだった。バルコニーからは、神性が具現化したような光景が見晴らせる。でも僕は、いつも美しい景色に囲まれているような贅沢に見合う人間だろうか。野人はそう自問した。神の存在を目のあたりにしながら暮らしていい人間だろうか。僕にふさわしい住まいは、汚い豚小屋か、地下の穴ぐらだ……。苦痛に満ちた長い一夜のあと、野人は全身に残る凝りと痛みを感じながら、そのおかげで安らかな気持ちになって灯台のバルコニーに上がり、明るい日の出の世界を眺めた。この一夜によって、彼はこの世界に生きる権利をふたたびとりもどしたのだ。北にはホッグズ・バック山脈の長い白亜の尾根が壁のようにそそり立ち、その東端のうしろから、ギルフォードの七つの摩天楼が顔を出している。その高層ビル群を見て野人は顔をしかめたが、いずれこの眺めとも折り合いをつけることになるだろう。というのも、夜になると、摩天楼は幾何学的な星座のように華やかに輝き、投光照明が何本もの光る指で、測りがたい神秘に満ちた天をおごそかに指し示すからだ（いまのイングランドで、その仕草が持つ意味を理解しているのは、野人ひとりだけだった）。ホッグズ・バックと灯台が立つ砂丘とのあいだにあるパテナムの街は、九階建ての高さの小さな村で、サイロや養鶏場や小さなビタミンD製造工場などがある。灯台の南は、ヒースの生い茂るなだらかな長い下り坂になり、その先は、いくつもの池が鎖のようにつながっている。

池の向こうには、森をはさんで、エルステッドの十四階建ての高層ビルがそびえていた。イングランドらしい靄のかかった空気の中にぼんやり浮かぶハインドヘッドとセルボーンが、目を惹きつける青いロマンチックな遠景になっている。しかし、野人がこの灯台に惹かれたのは、遠景のためだけではなかった。近景もまた魅力的だ。森、ヒースや黄色いハリエニシダが茂る広々とした荒野、赤松の林、白樺の枝が張り出した池と、その輝く水面に浮かぶ睡蓮、灯心草の群生——どれも美しく、アメリカ大陸の砂漠の無味乾燥な景色を見慣れた目には驚異だった。それにこの孤独！　一日中、人間をひとりも目にしない日が何日も続いた。灯台はチャリングTタワーからヘリコプターでわずか十五分の距離だが、ひとけのなさにかけては、マルパイスの丘陵も、サリー州のこのヒースの荒野に及ばない。おおぜいの人間が毎日ロンドンを離れるが、目的は電磁ゴルフやテニスをすることだけ。パテナムにゴルフ場はないし、いちばん近いリーマン平面テニスコートはギルフォードだ。このあたりの名物は花と風景だけなので、人が来る理由がなく、じっさいだれもやってこない。ここに越してきた最初の日々は、野人もひとりぼっちで、だれにも邪魔されずに過ごせた。

ロンドンを発つ前、ジョンは、はじめて文明世界に来たときに小遣いとして渡された金のほとんどを注ぎ込んで、新生活に必要なものを買い揃えた。人造ウールの毛布四枚、ロープと紐、釘、接着剤、いくつかの道具、マッチ（もっとも、いずれは火起こし錐をつくるつもりだった）、鍋釜、種の袋二ダース、それに小麦粉十キロ。

「いや、人工澱粉も、綿屑の代用小麦粉も要らない」買い物のとき、ジョンは頑固にそう言い張った。「いくら栄養価が高くてもね」しかし、総合ホルモン配合ビスケットやビタミン入り代替牛肉となると、店員のすすめを断りきれなかった。いま、その缶詰類を見ながら、ジョンは苦い思いで自分の意志の弱さを後悔していた。忌まわしい文明の産物め！　いくら餓えてもこんなものはぜったい食べないぞ。やつらもこれで思い知るだろう。まるで復讐のように、心の中でそうつぶやいた。自分自身もきっと思い知るだろうが。

野人は金を数えた。残りはわずかだが、たぶん冬は越せるだろう。来年の春には、外界に頼らず、庭の作物で自給自足できるようになるはずだ。それまでは、獲物をとればいい。兎はしじゅう見かけるし、池には水鳥もいる。さっそく、弓と矢をつくりはじめた。

灯台の近くには弓の材料となるトネリコの林があったし、矢をつくるなら、みごとにまっすぐ伸びたハシバミの若木が雑木林にたくさん生えている。手はじめに、トネリコの若木を一本、伐り倒した。ミツィマ老に教わったとおり、幹を長さ六フィートに切って枝を落とし、樹皮を剝ぎ、白木を少しずつ薄く削いでゆく。やがて、自分の背丈くらいの長さの細い板ができた。厚みを残した真ん中あたりは硬く、薄く削った両端はしなやかでよくたわむ。この作業は、大きな喜びを与えてくれた。ロンドンで過ごした数週間は、なにもすることがなく、なにかほしいときはスイッチを押すかハンドルをまわせば手に入った。そんな怠惰な日々のあとでは、技術と忍耐を必要とする手作業が純粋に楽しかった。

板をさらに削って形を整え、弓が完成に近づいたころ、知らず知らずのうちに自分が歌を歌っているのに気づいてはっとした——僕が歌を！　知らない自分にばったり出くわしたような感じだった。自分がよからぬことをしている現場を不意打ちしたような気分。うしろめたさに顔が赤くなる。ここに来たのは、歌ったり楽しんだりするためではない。文明生活の汚れにこれ以上染まらないため、自分を清めて善に戻るため、行状を積極的に改めるためだった。ところが、いまようやくそれに気づいて愕然としたのだが、弓をつくるのに夢中になるあまり、片時も忘れないと心に誓ったことを忘れてしまっていた——哀れなリンダと、自分が彼女にした、人殺しも同然のつれない仕打ちのこと。それに、あのおぞましい多胎児たちのこと。リンダの臨終のベッドに虱のようにたかって、その存在によって、ジョン自身の悲嘆と悔恨のみならず、神々さえも侮辱した。けっして忘れないと誓い、その償いはきっとしようとたえず心に刻みつづけていたのに。気がついてみれば、こうして楽しく弓づくりに没頭し、歌を歌っていた。そう、たしかに歌っていた……

灯台の中に入ると、からしの箱をあけ、鍋に水を入れて火にかけた。

三十分後、パテナムのボカノフスキー集団のどれかに属するデルタマイナスの土地労働者三人が、トラックでエルステッドに向かう途中、驚くべき光景を目にした。丘の上に立つ、もう使われていない灯台の前で、上半身裸の青年が、何本にも分かれた紐の先に結び玉のついたバラ鞭で、われとわが身を鞭打っていたのである。その背中には真紅のみみず腫れが何本も水平に走り、流れ落ちる血が横縞のあいだに細い縦のすじをつけていた。運転手は道端にトラックをとめると、二人の仲間といっしょに、あんぐり口をあけて、その異様な光景を見つめた。一回、二回、三回——彼らは鞭打ちの回数を数えた。八回目のあと、青年は自罰行為を中断し、森のほうまで走っていって激しく嘔吐した。それが終わると、また鞭をとり、自分を打ちはじめた。九回、十回、十一回、十二回……。

「いやはや《フォード》！」運転手がささやくように言った。

「たまげた《フォーディー》！」と、彼らも叫んだ。

三日後、死骸に引き寄せられるヒメコンドルのように、記者たちがやってきた。弓は、生木をじわじわと燃やした火で乾燥し、堅くなって、すでに完成している。いまの野人は、矢をつくるのに忙しかった。三十本のハシバミの棒を削り、乾かし、先端に鋭い釘をとりつけ、ていねいに矢筈をつけた。矢羽については、すでにある晩、パテナムの養鶏場に忍び込んで、すべての矢に足りるだけの羽根を調達してある。一番乗りの記者が到着したのは、野人がその羽根を矢にとりつける作業をしている最中のことだった。空気入りの靴を履いたレポーターは、音もなく背後から近づいて、「おはようございます、ミスター野人《サヴェッジ》」と声をかけた。「アワリー・レイディオの者ですが」

野人は蛇に咬まれたようにぱっと立ち上がった。矢と羽根と接着剤の缶と刷毛が地面に散らばる。

「失礼しました」心から申し訳なさそうに記者が言った。「驚かせるつもりは……」と言いながら帽子に手をやる——アルミニウム製のシルクハットで、中に無線送受信機が入っていた。「帽子もとらずにすみませんが、ちょっと重いもんで。ところで、さっき言ったとおり、わたしはアワリー・レイディオの者で……」

「なんの用?」野人は険しい表情でたずねた。記者は機嫌をとるような笑みを浮かべて、

「それはもちろん、うちの読者が大きな関心を持つだろうと思いまして……」と、小首を傾げ、ほとんど媚びを売るように、さらに笑みを大きくした。「ぜひお話をうかがいたいんです、ミスター・サヴェッジ。ほんの二言三言でも」それから、一連の儀式的な動作で、二巻きのケーブルをほどいて腰のバッテリーに片方の端を接続し、反対側の端をアルミ帽子の側面に挿した。帽子のてっぺんのバネに手を触れると、アンテナがぴょこんと突き出した。次いで、つばの前にあるバネに触れると、びっくり箱の人形みたいにマイクが飛び出し、記者の鼻先六インチのところに揺れながら吊り下がった。記者はレシーバーをひっぱりおろして耳に装着した。帽子の左側のスイッチを押す――ブーンというかすかなハム音が洩れてきた。右側のダイヤルをまわす――聴診器で聞くようなゼーゼーガーガーの音と、しゃっくりみたいな音やかん高いノイズがハム音をかき消した。

「もしもし……」記者はマイクに向かって言った。「もしもし、もしもし……」帽子の中で、だしぬけにベルが鳴った。「エゼルか？　プリーモ・メロンだ。ああ、つかまえたよ。いまから、ミスター・サヴェッジがマイクに向かって、二言三言、話してくれる。ですよね、ミスター・サヴェッジ？」記者は野人の顔を見上げ、例の愛嬌たっぷりの笑みを向けた。「うちの読者に教えてください。どうしてここに来たのか。どうしてこんなに急にロンドンを（おいおい、しっかり回線をつないどけよ、エゼル！）離れたのか。それと、もちろん、例の鞭のこと」（ジョンはびくっとした。どうして鞭のことを知ってるんだろう？）「みんな、鞭のことが知りたくてしょうがないんですよ。それから、文明についても少々。ほら、〝文明世界の若い女性について僕が思うのは〟みたいな。ほんの二言三言でいいんです。ごく短く……」

野人はこのリクエストにほとんど文字どおりに応じた。彼が発したのはたったの五語――共同体合唱会大歌教について、バーナードに述べたときとまったく同じ、五つの単語だった。「ハニ！　ソンス・エソ・ツェ・ナ！」そして、記者の肩をつかんでうしろを向かせると（都合よく、尻にたっぷり肉がついていた）、一流の口式蹴球《フット・アンド・マウス・ボール》選手顔負けのパワーと正確さで、狙いすましたみごとなキックを放った。

八分後、ロンドンの街頭でアワリー・レイディオ紙の最新版が発売された。一面には『消えた野人、本誌記者に尾骨蹴り』の大見出し。『サリー州の大騒動《センセーション》』ロンドンでも大騒動《センセーション》だな。と本社に戻って紙面を見た記者は思った。しかも、ずいぶん痛い感覚《センセーション》だ。心の中でそうぼやきながら、ランチの椅子におそるおそる尻をのせた。

同業者が尾骨にもらった警告の痣をものともせず、ニューヨーク・タイムズ、フランクフルト四次元連続体、フォーディアン・サイエンス・モニター、デルタ・ミラーの四紙の記者がその日の午後に灯台を訪れ、それぞれ、段階的に激しさを増す暴力で迎えられた。

安全な距離を置いて、なおも尻を撫でながら、フォーディアン・サイエンス・モニターの記者は、「未開の阿呆め！」と叫んだ。「ソーマを服め！」

「消えろ！」ジョンは拳を振った。

記者はさらに何歩か離れたあと、またふりかえった。「ソーマ二グラムでいやなことも幻」

「コハクワ・イヤストキャイ！」威嚇するような嘲りの口調で野人が怒鳴る。

「痛みは気のせい」

「ほう？」野人はハシバミの太い枝を手にとり、記者のほうに歩み寄った。

フォーディアン・サイエンス・モニターの記者はヘリコプターに向かってダッシュした。

そのあとしばらくは平穏に過ごせた。それから、数機のヘリコプターが飛来して、灯台の周囲を穿鑿《せんさく》するように旋回した。しつこく近づいてくる一機を弓で射ると、矢はキャビンのアルミ製の床を突き抜けた。かん高い悲鳴があがり、ヘリはスーパーチャージャーをフル稼働させて最大加速で急上昇した。以後、他の機は適切な距離を保つようになった。ブンブンうなるうるさい騒音を無視して（野人は、しつこい虻や蠅にもひるまずマツァキの乙女を射止めた男に自分を重ねた）、菜園になる予定の土地を耕した。しばらくすると害虫は飽きて飛んでいってしまった。それから数時間、頭上の空はからっぽで、ヒバリの鳴き声以外は静かだった。

　天候は息苦しいほど暑く、雷が鳴っている。午前中ずっと土を開墾していた疲れで、野人はいま、床に長々と寝そべっていた。だしぬけに、レーニナの姿が頭に浮かんだ。靴とソックスと香水だけを身につけた立体的で生々しい裸身が、「大好き！」「抱いて！」と訴える。この恥知らずの淫売め！（『オセロー』4幕2場）だが、ああ、ああ、首に巻きつくその腕、張り出した乳房、口！　この唇と目に永遠があった（『アントニーとクレオパトラ』1幕3場）。レーニナ……ダメだダメだダメだダメだ！　ジョンは弾かれたように立ち上がり、半裸のまま灯台の外に走り出た。ヒースの荒野のはずれに老いた杜松《ねず》の群生地がある。野人は杜松に身を投げ、抱きしめた——欲望の炎が燃えるすべすべした自分の体ではなく、鋭く尖った緑の針葉を、腕いっぱいに。数千の棘が肌を刺す。哀れなリンダのことを思い出そうとした。息ができず、声も出せず、両手を組み、言葉にならない恐怖を目に浮かべていたリンダ。かたときも忘れないと誓ったリンダ。なのに、いま脳裏につきまとって離れないのは、レーニナだった。忘れると誓ったレーニナ。杜松の針に刺されながらも、痛みにたじろぐ肉体はレーニナを意識している。逃れようのない現実。「大好き、大好き……あなたもわたしのことが欲しかったんなら、どうして……」

　鞭は、記者たちが来たらすぐ手にとれるように、ドアの横の壁に釘を打って、そこにひっかけてある。狂乱のなか、野人は灯台に駆け戻り、それをつかんで振りまわした。先端に結び玉をつくった幾本もの紐がわが身に食い込んだ。

「淫売め！　淫売め！」一撃ごとに、レーニナを鞭打つかのように叫んだ（無意識のうちに、相手がほんとうにレーニナならいいのにと狂おしく願っていた）。白くてあたたかくていい匂いのする破廉恥なレーニナ。「淫売め！」それから絶望の声で、「ああ、リンダ、僕を許して。許してください、神よ。僕は邪悪です。悪い人間です。僕は……違う、違う、おまえだ、淫売、この売女め！」

　三百メートル離れた林の中に周到につくった隠れ場所から、感覚映画《フィーリー》公社一の名カメラマン、ダーウィン・ボナパルトがそのすべてをじっと見守っていた。忍耐と手腕がついに報われた。この三日間、昼間はつくりもののオークの木の洞《うろ》に潜み、夜はヒースの荒野を這いずってハリエニシダの茂みにマイクを隠し、やわらかな灰色の砂にケーブルを埋めた。つらく苦しい七十二時間。しかしいま、すごい瞬間が訪れた。たぶんこれは

——と、ダーウィン・ボナパルトは撮影機材のあいだを移動しながら思った——俺が撮った作品の中でも、ゴリラの結婚式を記録したあの有名な超弩級の立体感覚映画以来の傑作になるだろう。「すばらしい」野人が驚愕の行為に及んだとき、彼はひとりごちた。「すばらしい！」望遠レンズをつけたカメラで慎重に狙い、被写体の動きを逐一追いかける。さらにズームして、狂乱に歪んだ顔のクローズアップ（みごとだ！）をおさえる。それから三十秒間、高速度撮影に切り替えた（ここでスローモーションが入ると、最高に笑える絵になるはずだと計算した）。そのあいだじゅう耳に届く鞭打ちの音、うめき声、荒々しい錯乱した言葉は、サウンドトラックにちゃんと記録されている。録音レベルをちょっと上げてみよう（よし、断然こっちのほうがいい）。鞭打ちが小休止になり、あたりが静まったとき、かん高いヒバリのさえずりが聞こえて、ダーウィン・ボナパルトは有頂天になった。ここで野人がうしろを向いてくれたら、背中の血を寄りで撮れるんだが——と思ったら、ほとんどその瞬間に（なんと驚くべき幸運！）親切な男がほんとうに背中を向けてくれたので、完璧なクローズアップが撮れた。

「いやあ、最高だったなあ！」撮影が終わると、ダーウィン・ボナパルトは、顔の汗を拭いながらつぶやいた。「掛け値なしに最高だ！」撮影所で感覚効果《フィーリー》を入れたら、すごい映画になる。『マッコウクジラの性生活』に迫るレベル——ということはつまり、相当な傑作だ！

十二日後、感覚映画『サリー州の野人』が、西欧のあらゆる一流劇場で公開された。ダーウィン・ボナパルトの映画の反響はただちに、それも大々的にあらわれた。封切りは夜だったが、早くも翌日の昼、ジョンの孤独な田舎暮らしは、突如、頭上に飛来したヘリコプターの大群によって破られた。

彼は菜園の土を耕していた――同時に、心の中にも鍬《くわ》を入れて、黙考のたねを掘り出していた。死――一度、二度、さらにもう一度と鍬をふるう。すべてのきのうという日は、莫迦者どものために、塵にまみれた死への道を照らしただけだ（『マクベス』5幕5場）。この言葉には説得力のある雷鳴が轟いている。野人はまた鍬で土を掘り起こした。リンダはどうして死んでしまったんだろう？　どうしてあんなふうに放置されて、しだいに人間以下の存在と化し、最後には――野人はぶるっと身震いした――太陽に口づけされる腐肉（『ハムレット』2幕2場）となりはてたのか？　鍬に片足をのせ、全体重をかけて、堅い土の中へと強く押し込んだ。神々にとっての人間は、腕白坊主の手にある蝿も同然、面白半分に殺される（『リア王』4幕1場）。また雷鳴が轟く。みずからが真実だと宣言している言葉――どういうわけか、真実そのもの以上に真実味がある。しかも、当のグロースターが、その神々を、いつも憐れみ深い神々（『リア王』4幕6場）と呼んでいる。それに、おまえの最上の休息は眠りだ、おまえはしばしばそれを求めるくせに、たかだか眠りでしかない死をひどく恐れている（『尺には尺を』3幕1場）。たかだか眠りでしかない。眠り。あるいは夢を見ることかもしれぬ（『ハムレット』3幕1場）。鍬の刃が石にぶつかった。腰を曲げてその石を拾い上げる。その死の眠りの中には、どんな夢がある？（同前）

　頭上のローター音が咆哮に変わったかと思うと、とつぜん、あたりに影が落ちた。太陽の光をなにかがさえぎっている。驚いて、土を掘り返す手を止め、考えを掘り下げるのもやめて天を仰ぎ、とまどいの表情を浮かべたが、心はまだ、真実以上に真実味のある別世界をさまよい、死と神という深遠な問題に集中していた。頭上の低空に、ホバリングするヘリコプターの群れが見えた。いなごのように飛来しては、まわりに広がるヒースの荒野に次々に降りてくる。それぞれの巨大ないなごの腹から、男女のペアがひと組ずつ出てきた。男のほうは白の合成フランネル、女のほうは（暑い日だったので）、アセテートシャンタンのパンタロンまたはベルベットのショートパンツに、上はジッパーを半分下ろした袖なしのシングレット。ものの数分で、数十人が灯台を囲んで大きな輪をつくり、見物したり、笑ったり、パチパチ写真を撮ったり、（猿に投げるように）ピーナッツや性ホルモンガムや総合ホルモン配合プチブールを投げたりしはじめた。しかも、刻一刻――ホッグズ・バック山脈を越えて、ヘリコプターの波がたえまなく押し寄せている——その数が増えてくる。数十だったのが、たちまち百を超え、さらに数百になる。

野人は身を隠す場所を求めて退却し、追いつめられた動物さながら灯台の壁にへばりつくと、理性を失った人間のように、言葉にならない恐怖に見舞われ、見物人の顔を順ぐりに見つめた。

この麻痺状態からわれに返ったのは、狙い定めたガムの包みが頬に命中したときだった。鋭い痛みに目が覚めて、同時に激しい怒りを覚えた。

「あっちへ行け！」と怒鳴りつける。

猿が口をきいたとばかりに、爆笑と拍手が盛大に湧き起こる。「いいぞ、野人！　フレー、フレー、野人！」騒がしい野次に混じって、叫び声が聞こえた。「鞭打ち、鞭打ち、鞭打ち！」

その言葉に押されたように、野人はドアの横の釘から結び玉のついたバラ鞭をつかみ、うるさい野次馬の群れに向かって振りまわした。

皮肉な喝采の叫びがそれに応える。

野人は彼らに向かって威嚇するように足を踏み出した。女のひとりが恐怖の悲鳴をあげる。列の最前線のいちばん危険な箇所がちょっと揺れたが、やがてまたしっかりした列になった。自分たちのほうが圧倒的に多数だという認識が、予想もしていなかった勇気を彼らに与えている。野人はあっけにとられて立ち止まり、あたりを見まわした。「なんで放っといてくれないんだ?」その怒鳴り声には、ほとんど悲しみのような響きがあった。

「マグネシウム塩アーモンドを食べてみな!」野人が前に出れば真っ先に襲われる位置にいる男がそう声をかけ、紙包みをさしだした。「ほんとにいけるんだよ」と機嫌をとるように神経質な笑みを浮かべてつけ加える。「それに、マグネシウム塩は若さを保つ効果があるし」

野人はそれを無視して、「いったいなんの用だ?」と、にやにやしている顔から顔へと視線を移しながらたずねた。「僕にどうしろと?」

「鞭打ちだ」百人ほどの声ががやがやと入り交じった答えが返ってきた。「鞭打ちの芸だ。鞭打ちの芸を見せてくれ!」

列のいちばん端にいた一団が、ゆっくりした重々しいリズムで、「鞭打ち見せろ」とシュプレヒコールをはじめた。「鞭打ち見せろ、鞭打ち見せろ」

他の全員がたちまちその叫びに唱和し、オウムのように、この言葉を何回も何回もくりかえす。声はくりかえされるたびに大きくなり、七、八回目には、ほかの言葉はまったく聞こえなくなった。

全員いっしょになって叫んでいる。「むちうちみせろ！」その声の大きさと、ぴったり揃った団結の美しさと、リズミカルな一体感に酔いしれて、この大合唱は何時間でも——ほとんど永遠に——続きそうだった。しかし、二十五回ほどくりかえされたところで、とつぜん中断された。新たに一機のヘリコプターがホッグズ・バックを越えて飛来し、群衆の頭上で静止したのち、やがて、見物人の列と灯台のあいだにある野原の、野人が立つ場所からほんの数ヤードのところに着陸したのである。ヘリコプターのローター音がしばし群衆のシュプレヒコールを呑み込んだが、やがてエンジンがとまると、同じ一本調子で執拗に続く「むちうちみせろ、むちうちみせろ」の大合唱がまた聞こえはじめた。

ヘリコプターのドアが開き、最初に降りてきたのは、金髪で血色のいい顔の若い男だった。それに続いて、緑のベルベットのショートパンツに白いシャツ、騎手帽《ジョッキー・キャップ》というファッションの若い女が出てくる。

その若い女を見るなり、野人は顔を蒼白にしてあとずさった。

女は足を止めて、彼に微笑みかけた——自信なげな、哀願するような、ほとんど卑屈な笑み。数秒が過ぎた。彼女の唇が動く。なにかしゃべっているが、その声は、しつこくくりかえされる野次馬の大合唱にかき消されて聞こえない。

「むちうちみせろ！　むちうちみせろ！」

若い女は、両手で左の脇腹を押さえた。人形のように美しい、ピンク色の輝くその顔に、切望するような、苦しむような、奇妙にちぐはぐな表情が浮かんだ。青い瞳が大きく明るくなったかに見えたとき、だしぬけに二粒の涙が頬を伝った。聞こえない声で、またなにか口にした。それから、すばやい熱情的なしぐさで野人に向かって両手をさしのべ、前に進み出た。

「むちうちみせろ！　むちうち……」

そのときとつぜん、群衆の願いがかなえられた。

「売女め！」野人が狂ったように彼女に襲いかかった。「このケナガイタチめ！」狂ったように、バラ鞭で彼女を打ち据えた。

女は恐怖にかられたように身をひるがえして逃げ出そうとしたが、つまずいて、ヒースの上に倒れ伏し、「ヘンリー、ヘンリー！」と悲鳴をあげた。しかし、血色のいい顔をした連れの若者は、すでに危険を避けてちゃっかりヘリコプターのうしろに隠れていた。

興奮した歓声とともに見物客の列が崩れ、磁場の中心に向かって暴走がはじまった。苦痛は魅惑的な恐怖なのだ。

「燃えろ、この色魔、燃えろ！（『トロイラスとクレシダ』5幕2場）」狂乱した野人が、また鞭打つ。野次馬たちは貪欲にそのまわりを囲み、かいば桶に群がる豚のように押し合いへし合いしている。

「この体め！」野人はぎりぎりと歯噛みし、今度は自分自身の肩を鞭打った。「こいつを殺せ！　殺せ！」

群衆は、苦痛という恐怖が持つ魅惑に引き寄せられ、また内側からは、条件づけが根深く植えつけた協力の習慣と、団結と合一への欲望に駆り立てられ、野人の狂乱のしぐさに倣ってたがいに殴り合いはじめた。野人はなおも、意のままにならないわが身と、足もとのヒースの中でもだえる豊満な堕落の化身とを交互に鞭打ち、

「殺せ、殺せ、殺せ……」と絶叫しつづけている。

やがて、だしぬけに、だれかが「ランラン乱交《オージー・ポーギー》」と歌い出すと、一瞬後には全員がそのリフレインに唱和し、歌いながら踊りはじめた。オージー・ポーギーとぐるぐる回り、八分の六拍子でたがいを殴り合う。オージー・ポーギー……

ヘリコプターの最後の一機が飛び去ったのは、真夜中過ぎだった。ソーマのために頭がぼうっとなり、長時間にわたる肉欲の狂乱に疲れ果てて、野人はヒースの上で眠り込んでいた。目が覚めたときは、すでに日が高かった。しばらくあおむけに横たわったま

ま、わけもわからず、ふくろうのように目をぱちくりさせていたが、やがてはっと思い出した――すべてを。

「ああ、神さま、神さま！」野人は片手で目をおおった。

その夜、ホッグズ・バックを越えて飛来したヘリコプターの大群は、長さ十キロにも及ぶ黒い雲のようだった。というのも、前夜の合一の乱交《オージー》があらゆる新聞で記事になったからだ。

「野人さん！」一番乗りした人間たちが、ヘリコプターから降り立って声をかけた。

「野人さん！」

返事はなかった。

灯台のドアが少し開いたままになっていた。彼らはドアを押しあけ、鎧戸を下ろした薄暗がりの中に足を踏み入れた。部屋の向こう側にあるアーチ路の先に、上の階へ通じる階段の昇り口が見える。そのアーチ形の頂点のすぐ下に、二本の足がぶら下がっていた。

「ミスター野人《サヴェッジ》！」

緩慢に動く羅針盤の針のように、ゆっくり、ゆっくりと、二本の足は右回りにまわっていた。北、北東、東、南東、南、南南西。やがて止まり、二、三秒後、やはり緩慢に、今度は左回りに動き出した。南南西、南、南東、東……

訳者あとがき

「ついに、わたしたちはここまで来た」（中略）「『すばらしき新世界』」

わたしには何のことかわからなかった。ミァハはそれを察し、

「ユートピアだよ、霧慧トァンさん。書いたのはオルダス・ハクスリー」

タタン。

「幸福を目指すか、真理を目指すか。人類は〈大災禍《ザ・メイルストロム》〉のあと幸福を選んだ。（中略）人類はもう、戻ることのできない一線を越えてしまっていたんだよ」

——伊藤計劃『ハーモニー』（ハヤカワ文庫JA）

本書は、オルダス・ハクスリーの長篇小説『すばらしい新世界』（*Brave New World,*

1932）の全訳である。ジョージ・オーウェル『一九八四年』と並ぶディストピアSFの歴史的名作としてつとに名高く、じっさい、一九六八年に出た早川書房『世界SF全集10』には、この二作がセットで収録されている（前者は松村達雄訳、後者は新庄哲夫訳）。

もちろん、二〇世紀の英文学を代表する名作としての評価も高く、たとえば、アメリカの老舗文芸出版社モダン・ライブラリーが選ぶ「英語で書かれた二〇世紀の小説ベスト100」では、①ジョイス『ユリシーズ』、②フィッツジェラルド『グレート・ギャッビー』、③ジョイス『若い芸術家の肖像』、④ナボコフ『ロリータ』に次いで、本書が第5位に入っている（『一九八四年』は13位）。

いやしくもSFファンなら基礎教養として読んでおかなければならない古典——というオーラに包まれていたから、中学生の時分、勉強のつもりで、このSF全集版を地元の図書館から借り出した記憶はあるものの、正直、中身はほとんど覚えていない。ちゃんと読み通したかどうかも定かではなく、どちらかといえば、神棚に祀っておく立派な本というイメージだった。

おかげで、それから四十年余りのあいだ、一度も再挑戦することなくスルーしてきたので、今回、思いがけず新訳の話をいただいてから、あらためて原書で（というか、

Kindle版を買ったので、電子テキストで）読み直してみたところ、おぼろげな記憶というか思い込みとのギャップに仰天した。いやもう、すばらしく笑えるじゃないですか。オーウェルの『一九八四年』より十七年も早く、一九三二年（日本では五・一五事件が起きて犬養毅首相が殺害された年）に刊行された小説なんですが、とてもそんな大昔の作品とは思えないくらい、現代的なユーモアとブラックなギャグ、新鮮なSF的ディテールに満ちている。書きっぷりも自由奔放、なんともやんちゃで型破りで、教科書的な行儀の良さとはほど遠い。

そもそも、ディストピアというと、だいたい暗いイメージで、監視社会だったり管理社会だったりするもんですが、この小説に描かれる未来社会（西暦二五四〇年）は、『一九八四年』のそれと対照的に、たいへん明るい。フリーセックスと合法ドラッグ（ソーマと呼ばれる）が公的に推奨される一方、重くて面倒くさい人間関係は一切なし。この時代、子どもは母親からではなく、人工授精によって瓶から生まれる（〝出瓶〟する）ので、親子関係なるものは社会に存在しない（〝母親〟や〝父親〟は、人前で口にできないほど下品で猥褻な言葉と思われている）。結婚制度もないから夫婦関係もなく、当然のことながら家族という概念もない。特定の恋人と長くつきあうことは不適切な関係と見なされるから、みんな複数の異性とカジュアルに交際している。だれもがリア充な社会。

テレビや感覚映画を中心に娯楽産業はおおいに繁栄する一方、シリアスな文学や芸術は社会から排除され、哲学も宗教も存在しない。テクノロジーの進歩によって病気も老化も追放され、六十歳で安楽にぽっくり死ぬまで、セックスとスポーツを楽しみながら、健康でしあわせな毎日が送れる（万一、なにか不愉快な目に遭ったときは、ソーマの力を借りて桃源郷に遊び、ストレスを発散できる）。

この安定を維持するため、出生（出瓶）前から、各人の社会階層がアルファ、ベータ、ガンマ、デルタ、イプシロンと厳密に定められ、さまざまな条件づけと睡眠学習がほどこされてるんですが、その結果、（主観的には）万人の幸福が実現している。

少子化も高齢化も、戦争も暴力も、不況も金融危機も、自殺も食糧問題も教育問題もない社会。ちなみに、この理想的な世界をさらにソフト化したのが、冒頭に引用した伊藤計劃『ハーモニー』で描かれる、〝真綿で首を絞めるような、優しさに息詰まる世界〟。本書は、カート・ヴォネガット・ジュニア『プレイヤー・ピアノ』から、アイラ・レヴィン『この完全なる時代』、バリントン・J・ベイリー『時間衝突』（のレトルト・シティ部分）、栗本薫『レダ』、貴志祐介『新世界より』、さらにはアニメの『PSYCHO-PASS サイコパス』まで、無数のディストピアSFに直接間接の影響を与えているが、『ハーモニー』もその直系の子孫のひとつ。御冷ミァハが野人ジョンの後継者だと思うと感慨深い。

このへんで、小説の中身を簡単に紹介しておくと、冒頭では、中央ロンドン孵化条件づけセンターを舞台に、この社会を維持するための仕組みが要領よく紹介される。孵化システムと条件づけシステム、それに睡眠学習システム。そのまことしやかな説明は、ほとんどシュールなコントの域に達している。

胎児を入れた瓶がベルトコンベアで運ばれるあいだに酸素量を調節して体の大きさをコントロールするとか、瓶を回転させてバランス感覚を養うとか。あるいは、電気ショックを利用して赤ん坊のころから本が嫌いになるように条件づけしたり、寝ているあいだに「みんなはみんなのために働く」などのスローガンをくりかえし耳もとで流したり。「みんながみんなのもの」という思想が徹底された結果、セクハラ的な行為はむしろ社会的な礼儀として奨励されてるので、エチケットにうるさい所長はかわいい女性スタッフのお尻につねにタッチするとか。それこそ、ありえない仮定を出発点にどんどん肉付けしてふくらませたネタ小説のような設定だ。

上級階層に属しているにもかかわらず、そういう社会になぜかなじめずにいる主要登場人物のひとり、バーナード・マルクスのコミュ障（コミュニケーション障害）ぶりがまた現代的で、その彼が、〝連帯のおつとめ〟と呼ばれる儀式を通じてなんとかグループになじもうと涙ぐましい努力をする第5章など、訳しながら思わず噴き出してしまったほど。

長篇小説としての構成も破格で、視点は固定されず、主役がだれなのかもなかなか見えてこない。最初は孵化条件づけセンターの所長、それからヘンリー・フォスター、次いでレーニナ・クラウン、それからバーナード・マルクスとヘルムホルツ・ワトスン……という具合に、核になる人物がくるくる交替してゆく。小説の真ん中あたり、レーニナとバーナードが休暇旅行でアメリカに渡り、ニューメキシコ州の野人保護区＝Savage Reservation（インディアン居留地＝Indian Reservation のもじり）に赴いたところで、ようやく、後半の主役となる野人ジョンが、満を持して登場する。

メサの上に広がるプエブロ・インディアンの集落（アコマ・プエブロがモデルか）で生まれ育ったジョンは、いわばターザン的な〝高貴な野人〟（Noble Savage）。村にあるほとんど唯一の英語の書物として、幼い頃から古いシェイクスピア全集に読みふけり、シェイクスピア劇のパッションを刷り込まれた彼が引き起こす騒動が後半の軸になる。ニューメキシコ州の荒野からシェイクスピアの母国にやってきたというのに、文明社会ではほとんどだれもシェイクスピアなんか読んでいないという皮肉。

ちなみに本書のタイトルは、作中でジョンが頻繁に引用するシェイクスピア劇の台詞のうち、『テンペスト』第五幕第一場のミランダの台詞、“O brave new world”「ああ、すばらしい新世界」が出典（braveは「勇敢な」の意味だが、文語では「すばらしい」「立派な」の意味がある）。

同じく何度も引用される『マクベス』では、「女から生まれた者には倒されない」という魔女の予言を信じていたマクベスが、（自然分娩で生まれたのではなく）帝王切開で人為的に腹から出されたマクダフによって倒されるが、『すばらしい新世界』のジョンは、ちょうどその反対。だれも女から生まれない文明社会にあって、ただひとりの〝女から生まれた者〟であり、父と母を持つこと自体がスキャンダラスに受けとめられる。ジョンは、マクベスに立ち向かうマクダフのように（あるいは、〝優しさに息詰まる世界に徒《あだ》なす日を夢見る狂犬〟のように）、巨大な敵に挑むが、文明世界はびくともしない。異文化摩擦をネタにしたこのあたりのドタバタ劇も抱腹絶倒だが、下劣で低俗な社会に対する〝高貴な野人〟の異議申し立ては、やがて思いがけない結末を迎えることになる。

このラストについて、著者は、一九四六年に刊行された『すばらしい新世界』の新版に付した序文の中で、野人ジョンに、野蛮か文明か、二つの選択肢しか与えなかったことが本書のもっとも大きな欠陥だと述べ、〝いま書き直すとすれば、野人ジョンに第三の選択肢を与えるだろう……正気の可能性を〟と書いている。その第三の選択肢を求めて、数々の後続のディストピアSFが生まれたとも言えるだろう。

前述したとおり、『すばらしい新世界』の時代設定は、二五四〇年。この世界では、西暦（キリスト紀元）にかわってフォード紀元が採用されているので、AF六三二年ということになる。AF元年は一九〇八年。世界の自動車王ヘンリー・フォードが創業したフォード・モーターがT型フォード（Ford Model T）を発売した年にあたる。以後の二十年間に千五百万台が製造されたT型フォードは、flivver の愛称で親しまれ（flivver はその後すぐに、「失敗」「安物」を意味するスラングになる）、大衆車の代名詞となった。

T型フォードの製造にあたっては、ベルトコンベアを使った流れ作業をはじめ、大規模な大量生産システムが自動車分野に初めて導入された。製品の単純化、作業の標準化、工程の標準化により生産効率を飛躍的に向上させただけでなく、生産高に連動して賃金を引き上げたことにより労働者の生産性と購買力が向上。大量生産・大量消費時代のさきがけとなり、全世界のあらゆる分野に絶大な影響を与えた。

この〝フォーディズム（フォード主義）〟を風刺した映画がチャールズ・チャップリンの『モダン・タイムス』（一九三六）。社会の歯車としてベルトコンベアにこき使われる労働者の姿がおもしろおかしく描かれている。

しかし、『モダン・タイムス』公開の四年前に出版された本書が描くのは、さらにその先の時代。労働者が社会という歯車を安定的にまわしつづけるための部品だとしたら、その部品は一定の品質を保ちながら安定的に供給される必要がある。しかも、万人が幸福でなければ、社会の安定は実現しない。大量生産・大量消費を目標として制度設計された最大幸福社会（菅直人流に言えば〝最小不幸社会〟）……。

もっとも、そんな社会がある日忽然と誕生したわけではない。伊藤計劃『ハーモニー』では、〈大災禍《ザ・メイルストロム》〉と呼ばれる地球規模の核戦争およびウイルス禍に対する反省から高度な福祉社会が誕生するが、『すばらしい新世界』の文明社会では、AF一四一年（西暦二〇四九年）に始まった〝九年戦争〟と世界規模の経済破綻を経て、人類は真理よりも幸福を選びとる。宗教のかわりに、万人の幸福を目的として奉じられたのがフォード主義。ヘンリー・フォードが神またはキリストの座についたため、この社会では、“My god!”や“Thank god!”にかわって、“My Ford!”や“Thank Ford!”が使われる。イエス・キリストが忘れ去られると同時に十字架も廃れ、かわりに十字架の上の部分を取り去ったTの字（T型フォードのT）がイコンとして用いられている（そのため、ロンドンのチャリングクロスに建つ高層ビルはチャリングTタワーと呼ばれる）。教会にかわって人々は合唱館（Singery）に集い、礼拝式（divine service）ならぬ〝連帯のおつとめ〟（Solidarity Services）で乱交に励む。そのため、英国国教会の最高位、カンタベリー大主教（Archbishop of Canterbury）がカンタベリー共同体大歌教（Arch-Community-Songster of Canterbury）にかわっていたり、そういう細かいくすぐりが随所にちりばめられているのも本書の大きな特徴だろう。

著者の生涯をごく簡単にふりかえると、オルダス・ハクスリー（Aldous Huxley）は、一八九四年、イングランド南東部サリー州のゴダルミング生まれ。祖父のトマス・ハクスリーはダーウィンの進化論を支持したことで知られる生物学者、父のレナード・ハクスリーは文芸誌の編集長をつとめた。長兄のジュリアン・ハクスリーも高名な生物学者で、第二次大戦後にはユネスコ事務局長をつとめている。本書の科学的なディテールが非常に細かく、よく考えられているのも、こういう家庭に生まれたことが理由のひとつだろうか。

一九〇八年、オルダス・ハクスリーは名門のイートン校に入学するが、角膜炎を患ってほとんど目が見えなくなり、一九一一年に退学。二年後、いくらか視力が回復して、オックスフォード大学のベイリアル・カレッジに入学、英文学と言語学を学び、一六年に卒業。翌年から一年間、イートン校の教師として教壇に立つ(奇しくも、このとき生徒としてハクスリーにフランス語を教わったのがジョージ・オーウェルだった)。

一九一六年には第一詩集『燃える車輪』を出版。二一年、第一長篇『クローム・イエロー』を刊行。以後、小説、評論、旅行記などさまざまな分野で活躍し、一九三二年、三十八歳の年に『すばらしい新世界』を刊行。一九三八年以降はアメリカに居を定め、『猿と本質』、『ルーダンの悪魔』、『天才と女神』、『島』などの長篇を発表。一九六三年十一月二十二日、ジョン・F・ケネディ大統領暗殺の日に、舌癌のため六十九歳で世を去った。

さて、最後に翻訳について少々。冒頭で触れた『世界SF全集』版の松村達雄訳(のち、講談社文庫に収録)をはじめ、本書には複数の既訳がある。原書刊行の翌年の一九三三年に改造社からいちはやく刊行された渡邊二三郎訳が第一号。今回の翻訳にあたっては、講談社文庫版の松村達雄訳、角川文庫版の高畠文夫訳、光文社古典新訳文庫版の黒原敏行訳を参照し、訳文の参考にさせていただいた。記して感謝する。

翻訳者としての大森はSFが専門領域なので、本書に関しても、英文学の古典としてではなく、めっぽう面白い新作SFを訳すつもりで日本語化することを心がけた。そのため、引用箇所の出典（主にシェイクスピア作品）を割注で示した以外は、ほとんど訳注も入れていない。五百年後の世界を描く小説ということもあってか、発表から八十年以上経っても、『すばらしい新世界』は驚くほど古びていないし、現代の読者にもそのまま通用する。『一九八四年』と並ぶ古典的名作というイメージはいったん棚上げにして、書かれたばかりの新作を読むようにしてドキドキわくわく面白がっていただけると、訳者としてこれにまさる喜びはない。

じっさい、『すばらしい新世界』は一九八〇年、一九九八年と二度にわたってTV映画化されているほか（九八年版ではレナード・ニモイがムスタファ・モンド役を演じている）、二〇一六年現在も、アメリカのケーブルTVチャンネル、Syfy（以前のThe Sci Fi Channel）でTVシリーズ化のプロジェクトが進んでおり、同年八月には、アメリカン・コミックを代表するライターのひとり、グラント・モリソンがその脚本を担当すると発表された。このビッグプロジェクトが実現するかどうかはともかく、本書がいまも現役バリバリの人気作と見なされている証拠だろう。

末筆ながら、この傑作を翻訳する機会を与えてくれた早川書房編集部の清水直樹氏と、編集を担当してくれた梅田麻莉絵氏に感謝する。それと、「読んだことがないならぜったい読まないと！」と、訳者から翻訳原稿のPDFファイルをとつぜん送りつけられたにもかかわらず、多忙を極めるなか時間を割いて目を通し、すばらしいコメントを寄せてくれた伊坂幸太郎氏にも最大級の感謝を。現代日本を代表するディストピア小説の書き手である伊坂さんに面白がってもらえただけでも新訳した甲斐があったというもの。ありがとうございました。願わくは、僕や伊坂さんのように、本書を敬遠したり素通りしたり、知らずに過ごしてきたりした多くの読者に、この新訳版が届きますように。

二〇一六年十二月

本書には、今日では差別的として好ましくない表現が使用されています。しかし作品が書かれた時代背景、著者が差別助長を意図していないことを考慮し、当時の表現のまま収録いたしました。その点をご理解いただけますよう、お願い申し上げます。（編集部）

日はまた昇る〔新訳版〕

The Sun Also Rises

アーネスト・ヘミングウェイ
土屋政雄訳

第一次世界大戦後のパリ。芸術家が享楽的な日々を送るこの街で、アメリカ人ジェイク・バーンズは特派員として働いていた。彼は魅惑的な女性ブレットと親しくしていたが、彼女は離婚手続き中で別の男との再婚を控えている。そして夏、ブレットや友人らと赴いたスペイン、パンプローナの牛追い祭り。七日間つづく祭りの狂乱のなかで様々な思いが交錯する……巨匠の代表作

ハヤカワepi文庫

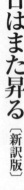

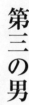

心臓抜き

L'arrache-cœur

ボリス・ヴィアン
滝田文彦訳

成人として生れ一切過去をもたぬ精神科医ジャックモールは、全的な精神分析を施すことで他者の欲望を吸収し、空っぽな心を満たす。被験者を求めて日参する村で目にするのは、血のように赤い川、動物や子供の虐待、人の〝恥〟を食らって生きる男といったグロテスクな光景ばかり……ジャズ・ミュージシャン、映画俳優、劇作家他、20以上の顔を持つ、天才作家最後の長篇小説

ハヤカワepi文庫

悪童日記

Le Grand Cahier

アゴタ・クリストフ

堀 茂樹訳

戦争が激しさを増し、ふたごの「ぼくら」は、小さな町に住むおばあちゃんのもとへ疎開した。その日から、ぼくらの過酷な生活が始まる。人間の醜さや哀しさ、世の不条理——非情な現実を目にするたび、ぼくらはそれを克明に日記に記す。戦争が暗い影を落とす中、ぼくらはしたたかに生き抜いていく。圧倒的筆力で人間の内面を描き読書界に旋風を巻き起こしたデビュー作。

わたしたちが孤児だったころ

When We Were Orphans

ノーベル文学賞受賞
カズオ・イシグロ
入江真佐子訳

上海の租界に暮らしていたクリストファーは十歳で孤児となった。貿易会社勤めの父と美しい母が相次いで謎の失踪を遂げたのだ。ロンドンに帰され寄宿学校に学んだ彼は、両親の行方を突き止めるため探偵を志す。やがて幾多の難事件を解決し社交界でも名声を得た彼は上海へと舞い戻る……現代英国最高の作家が渾身の力で描く、記憶と過去をめぐる冒険譚。解説／古川日出男

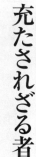

ハヤカワ epi 文庫は、すぐれた文芸の発信源（epicentre）です。

訳者略歴　1961年生，京都大学文学部卒，翻訳家・書評家　訳書『ザップ・ガン』ディック，『ブラックアウト』『混沌（カオス）ホテル』ウィリス，『カエアンの聖衣〔新訳版〕』ベイリー　編訳書『人間以前』ディック　著書『21世紀SF1000』（以上早川書房刊）他多数

すばらしい新《しん》世《せ》界《かい》
〔新訳版〕

〈epi 86〉

二〇一七年一月十五日　発行
二〇二五年三月二十五日　十五刷
（定価はカバーに表示してあります）

著者　オルダス・ハクスリー
訳者　大《おお》森《もり》望《のぞみ》
発行者　早川　浩
発行所　株式会社　早川書房
郵便番号　一〇一‐〇〇四六
東京都千代田区神田多町二ノ二
電話　〇三‐三二五二‐三一一一
振替　〇〇一六〇‐三‐四七七九九
https://www.hayakawa-online.co.jp

乱丁・落丁本は小社制作部宛お送り下さい。
送料小社負担にてお取りかえいたします。

印刷・株式会社精興社　製本・株式会社フォーネット社
Printed and bound in Japan
ISBN978-4-15-120086-1 C0197

本書は活字が大きく読みやすい〈トールサイズ〉です。